私たちが愛し、失った人たちに、
そしてサムとノアに捧げる

日本語版への序文

その人種や抑圧に関する随筆で、一九六〇年代アメリカ社会の対話や積極行動主義を刺激したアフリカ系アメリカ人作家ジェイムズ・ボールドウィンはかつて、突きつけられるすべてのことを変えることはできないが、突きつけられないと何も変わらないと言った。彼は私の友人であり、多くの罪のない人々の命、とくに子どもや若者の命を奪ってきた信念や制度について語ってくれたものだ。

子どもの頃の私は、歴史上、人類に対する最悪な二つの攻撃の真っ只中にいた。私は、現在ではホロコーストと呼ばれる、何百万人ものユダヤ人を大量虐殺した時代を生き延びた。それは単に人殺したちが、史上最大の人工の火事あらしを引き起こしたヨーロッパでもっとも破壊力をもった焼夷弾によって、私が死んだと思い込んだためであった。

同じように、焼夷弾の投下は日本の都市でも多くの罪のない女性や子どもの命を奪い、核爆弾が二つの大きな都市の人々を滅ぼした後、ようやく終息した。そして第二次世界大戦以後、核攻撃も「世界大戦」

もおこなわれてこなかった。しかしその一方で、私たちが共有するヒューマニティを世界じゅうが受け入れ、それに基づいた世界平和が実現したということもない。その代わり、地域戦争、宗教戦争、ジェノサイド、代理戦争、資源を巡る戦争、民族解放戦争、そしてイデオロギーを、領土を、政治を、部族を、民族を、人種を巡って戦争がおこなわれてきた。また、国際連合による平和維持の活動にもかかわらず、ほぼすべての国が、ひとつかあるいはそれ以上の破壊的な紛争に巻き込まれたり、それによって傷ついたりしてきた。

諸国家がそうした危機的状況を防止したり緩和したりすることに失敗した大きな理由は、参加者、不正利得者、あるいは傍観者としての自らの役割を十分に考えてみようとしてこなかったことにあると思う。私は、ナチスの時代についての恐ろしい真実に関する遅ればせの、しかし決然としたドイツの自己検証をみて、この確信を強めた。このことが、迫害の被害者への感情移入《エンパシー》を促す教育へとつながり、またアメリカによるイラク侵攻への参加をやめることや、イラク侵攻に続く中東での戦争によって発生した大勢の難民を受け入れる決意をドイツに支持させた。

同様に日本も、広範囲に荒廃状態をもたらすのみならず、人間の存在そのものを脅かす戦争や核兵器を拒否することで変わった。日本の人々は、日本国憲法が定める非暴力への誓いを放棄するよう迫る圧力に屈服することへの頑とした拒否に、誇りをもって良いのだ。そして誇りよりも重要なことは、声を上げ、正義を伴う国際平和の運動の先頭に立つことであり、それは戦争がもたらすもっとも大規模な荒廃を経験した人間の権利であり、義務である。私もまた、本書を通じて、戦争を経験したヨーロッパの子どもとしての私の経験を伝え、それによって私の声を日本の読者の皆様の声に加えられることに特別な満足を覚えている。

二〇一九年七月

マリオン・イングラム

目次

凡例

・原著の写真は内容を加味し、関連性の低いものや出典の不明瞭なものは掲載を割愛した。

・ひとつの段落が非常に長くなる箇所があったので、読者の可読性を鑑み、邦訳するにあたって一部改行を変更した。

・本文中の〔 〕は訳者による短い補足説明である。

・長くなる訳註には＊に番号を振り、各見開き頁の左側に示した。

・解説の註は（ ）内に番号を振り、末尾に示した。

戦渦の中で

ホロコースト生還者による苦難と希望の物語

呪いが人々の上に降りかかり
血と破壊は日常となるだろう
恐ろしい光景は見慣れたものとなり
母親たちは幼子が戦禍で八つ裂きにされても
ただ笑って見ていることだろう

ウィリアム・シェイクスピア『ジュリアス・シーザー』第3幕　第1場より

はしがき

マリオン・イングラムは並外れた人物である。ホロコーストだけではなく、ハンブルク空襲大火の生還者として、第二次世界大戦のもと起きたもっとも重要な出来事のうちの二つに立ち会った珍しい人物である。

私は、ある年のハロウィンにこれらの出来事についての彼女の回顧録を初めて読んだが、不思議なことに、それを読むのにふさわしいときだと感じた。私の周りでは、近所の子どもたちがその夜に起きる現実味のない恐怖のための準備をしていたが、私は自分がより暗い何かに陥っていることに気がついた。子ども時代のマリオンは、近所の人たちによる脅かしや中傷に苦しんでいた。その人たちには、ハロウィンの日に近所の家々の玄関先にお菓子をねだりに行くといった遊び心が全くなかった。それどころか、近所に住む他の七歳の子どもたちは、彼女が間もなく「〔収容所の死体焼却炉の〕煙突の煙」になるだろうであろうことをほのめかし、あざけった。彼女の生まれ育ったハンブルクの雰囲気は、やがて彼女の母親が自殺を試みるまでに毒されていった。マリオン自身もそれを目撃し、現在に至るまで彼女の脳裏を離れないものとなった。

マリオンとその家族は、全くもって運だけでホロコーストを逃れた。強制収容所に移送される予定日の数日前に、イギリスとアメリカの空軍が空爆作戦を始めたことで、彼女たちは混沌の中、ナチスの計略から何とか逃れることができた。しかし、これが幸運な脱出であるにしても、当時はそうとは見えなかった。ハンブルク空襲大火はマリオンの住む地域のすべてを焦熱地獄へと化し、彼女に非情なトラウマを残す出来事となった。舗装道路に使われたタールは溶け、人々は炎から逃げる際に焼け死んだ。火事によって引き起こされたハリケーンのような強風は、成人男性の足をすくい上げて大火に引き込むほど強力だった。マリオンは、これらの恐怖を、爆撃でできた穴の底から目の当たりにした。その穴は、マリオンと母親にとって、ヨーロッパにおける戦争の中でも史上最悪の空襲であり、史上最大規模の人間が作り出した火事あらし〔焼夷弾などによる大火が引き起こす雨を伴う激しい風〕から逃れるシェルターであった。

爆撃に続く混乱の中を、マリオンとその家族は逃げた。彼女たちは、戦前に父親の共産党員仲間だった人物が所有していた森の小屋で暮らし、身を潜めながら戦争の終わりを見届けた。彼女がその二年間に経験した飢え、絶望、そして孤独は、とうてい語り尽くせないほどのものであり、彼女の家族に耐えきれないほどの精神的負担を負わせることになった。しかしながら、彼女たちは生き延びた。さらには、ただ単に生き延びただけでなく、マリオンは戦後、芸術家として、公民権運動家として、妻として、母として活躍し、そして今では祖母として活躍している。

生還者の回顧録の大半がそうであるように、本書もまた、鮮やかな記憶、印象、再構築された追憶、脚色、そして伝聞が重なった織物であるが、その当時その場所にいた者だけが感じることができた経験、要するに深い真実が潜んでいる。この素晴らしい女性が、こうした出来事を必死で生き抜き、後世の人々のためにここにそれを記す勇気をもって示した不屈の精神を称賛せずにはいられないであろう。二一世紀の快適な世界に暮らす私たちは、我々の子どもたちが彼女と同じような勇敢さを示すよう求められてこなかったことを、ただ神に感謝するのみである。

キース・ロウ『焦熱地獄——ハンブルクの荒廃、一九四三年』[*1]の著者

＊1　Keith Lowe, *Inferno: The Devastation of Hamburg, 1943*, New York: Viking, 2007.

序文

この本は、ナチス政権[*1]に抵抗したことで、または単にユダヤ人だったことで殺害された家族とその知人たちを追悼するために書き下ろした。彼らの物語、そして生き残った者たちの物語を伝えるために、私は、ドイツのハンブルクで子どものときに目撃したり、当時その場に居合わせた両親や知人たちから聞いたりした記憶のかけらをつなぎあわせて、再現した。

ハンブルクを去って半世紀以上経った後、私はハンブルクに戻り、四万人の命を奪った連合軍による爆撃があった夜に町の通りを逃走したときのことをさかのぼって調べることにした。これは、私が一九五〇年代に、ほぼ完全に記憶を取り戻した夜に書き留めておいた恐怖の体験である。また私は、家族と何千人

＊1　アドルフ・ヒトラーを党首とした国家社会主義ドイツ労働者党は一九三三年にドイツの政権を獲得し、諸政党を禁圧し独裁政権を確立したが、敗戦とともに崩壊した。

もの同胞ユダヤ人が絶滅収容所への移送のために集められた公園に設置された名もない碑の上に、小さな石を置いてきた。ユダヤ人ではない私の従姉妹の一人は、私の母がそうした移送命令を受け取り、自殺未遂をした日の翌日に私たちのアパートに来てくれたことを思い出させてくれた。別の親戚は、父の兄弟の一人の自殺が、占領下のフランスでおこなった抵抗運動による逮捕が原因だったことを教えてくれた。

ハンブルク大学のユダヤ史研究所では、母に関する公的な記録を読み、事実収集や事実確認をすることは許されたが、書き写すことまでは許されなかった。そのため、徹底的に調査した歴史を提供するふりをするつもりはない。それよりも、不完全な記憶が時間とともに混沌となり、ホロコーストに関するあらゆる面で様々な論議がつきまとうことを十分承知のうえで、私は思い出せる限り、自分自身の経験の詳細を語ることにする。さらには、実際には目撃しなかった出来事や聞かなかった会話についても、話し手の人柄を少しでも伝えられることを願いながら、伝聞に基づき、できるだけ忠実に再現することを試みた。

〔アメリカの作家、伝記作家、および歴史家である〕ウィリアム・マンチェスターは素晴らしい歴史書『クルップの歴史――一五八七－一九六八』[*2]において、アルフリート・クルップに奴隷として扱われた五〇〇人のユダヤ人の女性の物語を細部に至るまで記述している。私は、ナチスのせいで孤児になった幼馴染みのウリの物語を語る際に、勝手ながらこのユダヤ人女性たちの物語を、形を変えて語ることにした。ウリの家族の悲劇については、重要な要素を思い出すことや確かめることができなかった。そのため、私は彼の姉を、エッセンにあったクルップの工場から三人が脱出に成功した際に引き返した氏名不詳の奴隷として描いた。私が事実に基づくこのフィクションを含めた理由は、まさに「人道に対する罪」[*3]であるこのクルップのユダヤ人女性に対する言語に絶する扱いが、終戦直後のアメリカの占領当局によって赦免されたうえに、戦後のドイツではその記録が出版禁止になっているからである。

＊2 William Manchester, *The Arms of Krupp, 1587-1968*, Boston: Little, Brown, 1968.（鈴木主税訳『クルップの歴史——一五八七—一九六八』上下、フジ出版社、一九八二年）。

＊3 従来の戦時国際法では国際犯罪として裁けなかった自国民に対する迫害を念頭において、戦後おこなわれたニュルンベルク国際軍事裁判において設けられた戦争犯罪のひとつ。その定義は「戦前または戦時中一切の一般人民に対してなされた殺戮、殲滅、奴隷的虐使、追放その他の非人道的行為、または政治的、人種的もしくは宗教的理由に基づく迫害行為」である。

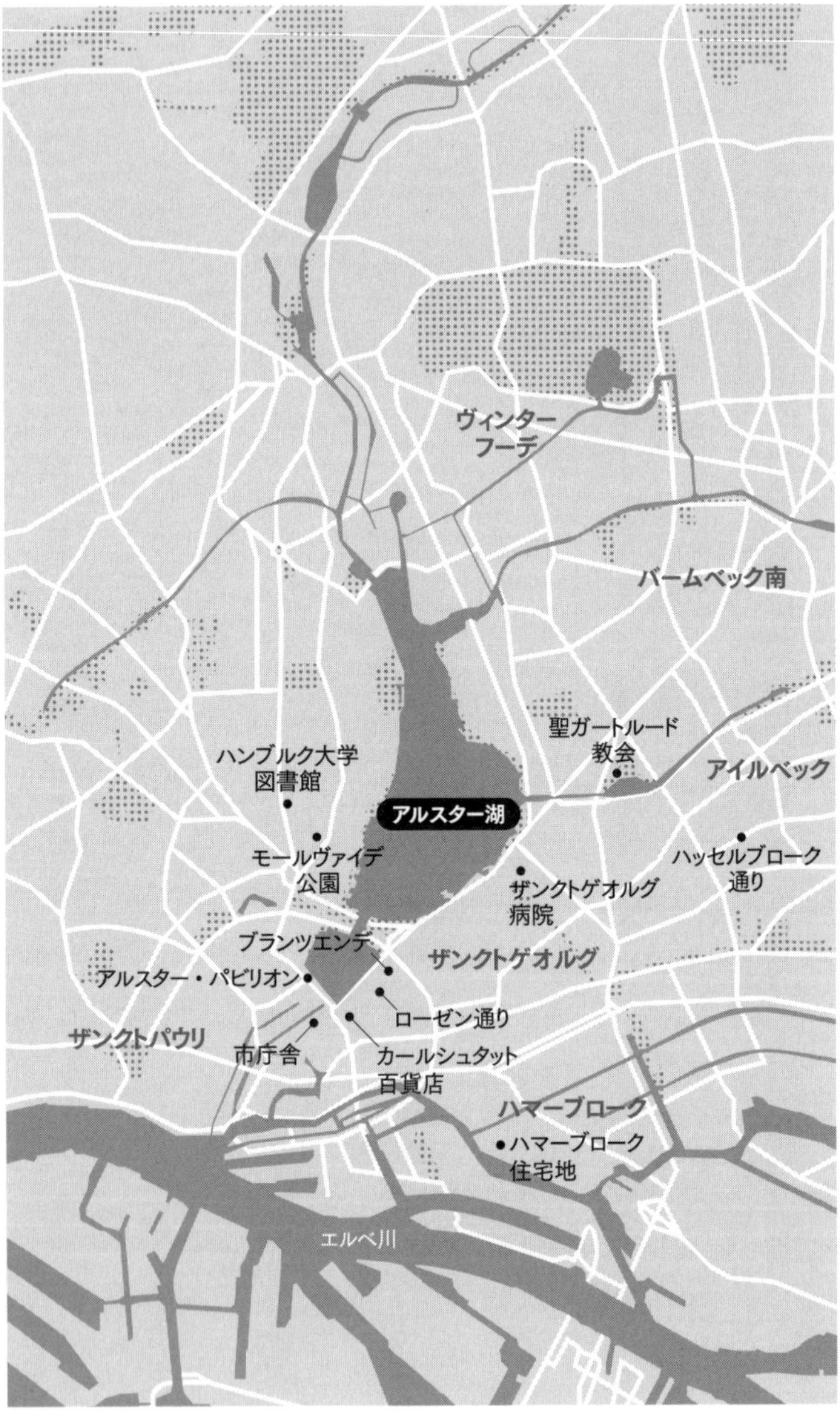
ヴィンター
フーデ
バームベック南
聖ガートルード
教会
アイルベック
ハンブルク大学
図書館
アルスター湖
モールヴァイデ
公園
ハッセルブローク
通り
ザンクトゲオルグ
病院
ブランツエンデ
ザンクトゲオルグ
アルスター・パビリオン
ローゼン通り
ザンクトパウリ
市庁舎
カールシュタット
百貨店
ハマーブローク
ハマーブローク
住宅地
エルベ川

地図１　ハンブルク市

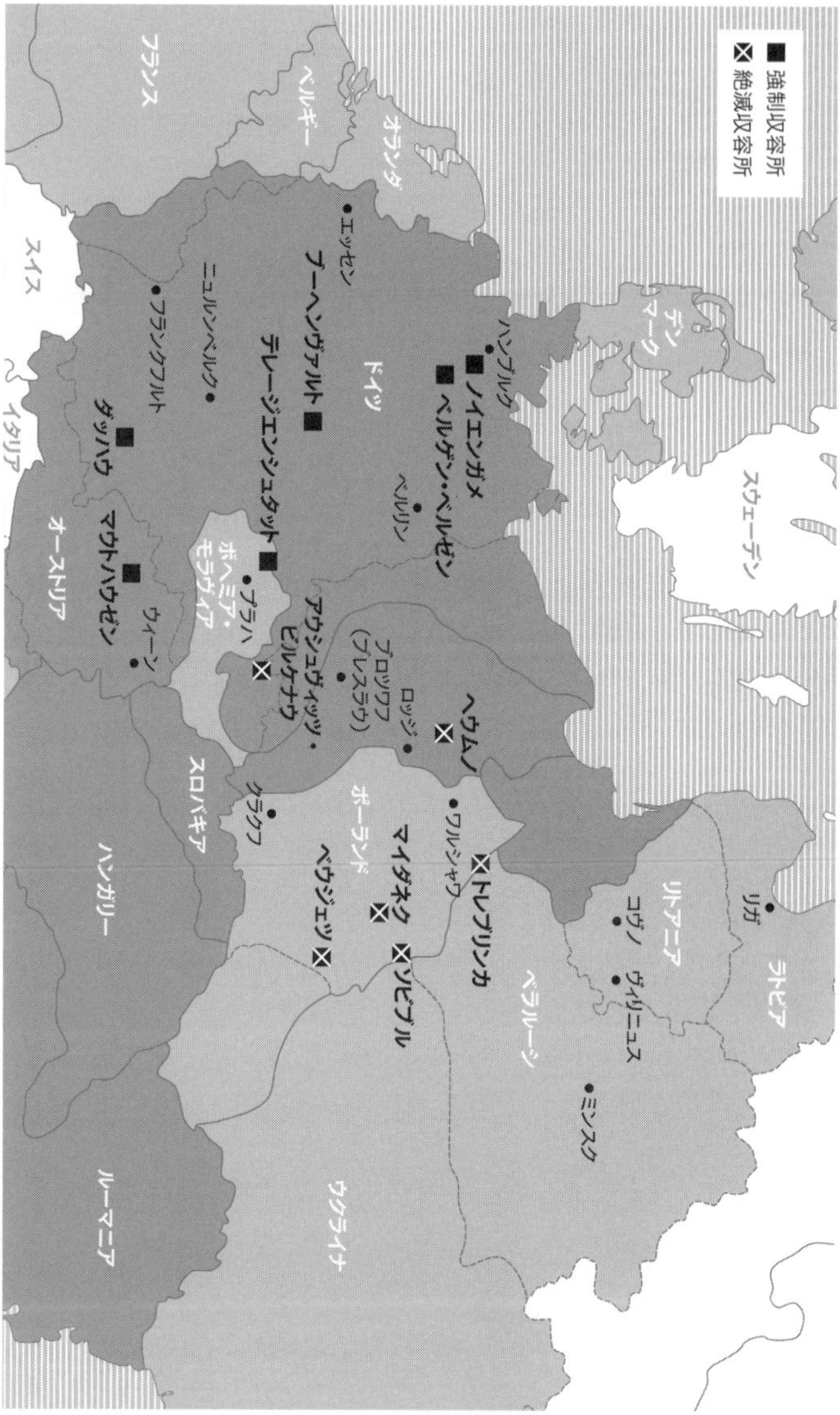

地図２　主な収容所
国境線は 1942 年当時のもの。破線は 2007 年の国境線を示している

第1章

戦時下の子ども

火事や稲妻によって木が冬に開花することを余儀なくされるように、子どもも時を待たずして大人になることを強いられることがある。私はそのような、大国間の世界的な殺戮競争の名もなき標的となり、その大量虐殺戦争における犠牲となった戦時下の子どもだった。早くに音楽や数学の才能を開花させた子どもたちと違って、私は自分が早熟であることを知らなかったが、迫りくる暴力的な死の予感が生への絶対的な関与を私に必要とさせるということは知っていた。一九四三年ドイツのハンブルクの夏には、さらに多くのことが求められた。

それまでに戦争が引き起こしてきたもっとも猛烈な火事あらしの只中で、皮肉にも、ドイツ国内のユダヤ人との戦いのかけ声が解き放ったユダヤ人憎悪が、連合国軍の爆撃機によるぞっとするようなハンブルク市民の大虐殺から私を救ってくれた。すなわち、私は、近所の人たちが防空壕に一緒に入らせてくれなかったことが理由で、彼らがオーブンの中のパンのように焼かれる間、あちこちで爆撃されているハンブルクの通りを逃げることができたのである。その夜、主に女性と子どもたちからなる約四万人の一般人が、これまでと比べて圧倒的に致命的な爆撃によって死亡した。その殺害を計画し指示したイギリス空軍指揮官は、それをゴモラ作戦と呼んだ。彼らとその片われのアメリカ軍は昼夜を問わず一〇日間攻撃を続け、ハンブルクの町を徹底的に破壊し、さらに数千人を殺害した。もはやほとんど殺す者が残っていなくなった後も爆撃を続け、私の足跡を死者の灰で覆った。

八歳までに、私は既に奇跡の存在を信じたり、爆撃機が私を戦渦から救うためにこれほど多くの人の命を奪ったと思ったりするほど無邪気ではなくなっていた。私は、自分が他の人と異なっていることを理解していた。しかし防空壕に入れてくれなかった人々とは同じ人間で、ユダヤ人としての違いはナチスの憎しみに溢れた作りごとだということも理解していた。日頃から両親に言われていたので、私は自分に何が期待されているのかを知っていたし、それを実践していた。しかし、当然のことながら、自分の行動が他の人の命を左右しうることに気づいたときでさえ、常に大人のように振る舞うことまではできなかった。イギリス空軍がゴモラ作戦を開始する二、三日前、母は私に妹のレナをハンブルクの町の別の地域に住む従姉妹のインゲのアパートへ連れて行き、そこで待つように言った。しかし、途中で、私は母の言うことをきかないと決めた。私はそのようにしたことをこの先も良かったと思うだろう。

母と三歳になるレナと私は、ハンブルクのエレベーターのないアパートに住んでいた。ハンブルクは、ヨーロッパ大陸でもっとも忙しい造船所と猥雑なナイトライフを有する誇り高き古代からの港町である。父はドイツ国防軍空軍に仕えていてベルギーに駐屯しており、もう一人の妹のヘルガはハンブルクの町から離れた農場に住んでいた。その日、インゲのアパートに向けて出発したとき、母は私を不安にさせる目をしていたが、私は監督されることなく自分の責任で外に出られることにわくわくしていた。その夏は異常に暑くて乾いた夏だったが、北からの潮風は私の頬を冷やした。車輪とハンドルが私のあごの高さほどもある枝編み細工の乳母車の中に乗せて歩いている間、レナは落ち着いているようだった。

私たちの住んでいた地区にあるハッセルブローク通りは、ハンブルクの町が既に経験していた多くの空襲による損害をほんの少ししか被っていなかった。ハンブルクの中心にあるアルスター湖のほうに向かってアイルベック地区を曲がると、通りの両側には日除けの木とアパートの建物が並んでいた。アパートは、曲線的なアールヌーボー〔一九世紀末から二〇世紀初頭にフランスを中心に欧州で流行した芸術様式〕のデザインと、私が普段、町の通りで見かける本物の人間の顔《フェイス》より断然親しみやすい石づくりの外観《フェイス》で飾られていた。乳母車を一〇街区ほど押した後、砂場やシーソー、ブランコは「アーリア人専用」[*1]と書かれた木の標識がある小さな公園の前で、私は躊躇して立ち止まった。標識に向かって舌を出した後、私はブランコに登り、果てしない空をシーツのように埋め尽くした雲に向かって足を蹴り上げ始めた。

＊1　インド＝ヨーロッパ語系諸族の一派でインドとイランに定住した民族。ナチスは、この人種は金髪、青い目、長身、やせ形という身体特徴をもち、ゲルマン民族こそがそれであるとした。

ハンブルク空襲が起きる前、母の手を握る著者。

スカートの下の風の快い感触にもかかわらず、私は自宅で何かが深刻に間違ったほうに動いているという感覚を振り払うことができなかった。母はほとんど夜通し泣いていて、それがなぜなのか私に教えてくれなかった。私はそれまで、一人で従姉妹のインゲのもとに行かされたこともなかったし、レナを家からこんなに離れたところまで連れて行くように頼まれたこともなかった。私は、道草せずにまっすぐインゲのアパートに行くと母と約束したが、もうこれ以上は無理だと思った。私はブランコから降りて、乳母車を家のほうに向けた。かつて、ぱりっとした皮に入ったイチゴとレモンのアイスクリームを食べたパン屋の前を急いで通り過ぎ、私は足を止めずにアパートまで帰り着いた。

私は階段の吹き抜けに妹を乗せた乳母車を置いたまま、最上階である五階の私たちの部屋まで音を立てずに駆け上がった。ドアが開かず、ノックしても大声を上げても反応がなかったので、私は母が鍵をかけてインゲのところに行く途中に違いないと安堵した。しかし、肩で強く押すとドアが突然開き、私はもう少しで中に倒れ込むところだった。そして私は、母が台所でコンロの前の床に横たわっているのを発見した。

しばらくの間、私はただ立ちすくみ、ガスの炎が怒ったガチョウのようにシューッと音を立てるのを聞いていた。母が服の上に〔ユダヤ人であることを示す〕黄色の六角星をつけていたため、助けを求めることができる人は誰もいなかった。いつもそうだったわけではなかったが、そのときは一九四三年の七月下旬で、昔だったら助けてくれたかもしれない人々はもう長いこと沈黙を保っていた。

「お母さん、起きて！」と私は繰り返し訴え、母の体を揺すり、頬を叩いた。名前で呼ぶことによって父のまねをしようとさえした。「起きろ、マルガレーテ！　マルガレーテ、起きろ！」

ガスを極力吸わないようにしながら、母のぐったりした腕を交互に引っ張り、コンロから引き離した。私はなんとか母の頭と肩をダイニング・ルームに入れることができたが、そこで彼女の服は絡まって、カーペットにぴったりくっついてしまった。だから私はダイニング・ルームの窓を覆っていた暗幕を降ろしてガラス窓を開け、部屋と自分自身の肺に屋外の空気を入れた。母は、体の片方を下にして横たわり、目は閉じ、唇はわずかに開いたままだった。顔色が極めて悪く、ぐったりしていて、私には母が呼吸しているかどうか、はっきりとは分からなかったが、彼女はまだ生きていると信じていた。

ときどき、母の胸がわずかに動いているのが見えたような気がしたが、長く見つめれば見つめるほど、確信がもてなくなった。耳を胸に当てて鼓動を確かめることは、なかなか難しかった。というのも、ちょうどかすかな心臓の鼓動を聞くことができると思ったとき、衣擦れの音や他の雑音が音をもみ消してしまうからであった。次に何をしたら良いのか分からず、母の頭を膝にのせて床に座ったとき、下の階段の吹き抜けで泣いている妹のかすかな声が聞こえた。母は私がレナを置き去りにしたことに腹を立てるのではないかと不安になり、膝から母の頭を下ろし、妹を連れに急いで階段を下りた。

レナを抱えて階段を上がっているとき、私は三階で立ち止まり、ヴィーダーマン夫人に助けを求めたい衝動にかられた。かつての彼女は親しみやすい人で、娘のモニカとも遊んだことがあった。モニカは私の美しいケイテ・クルーゼ人形を抱くことが大好きだった。しかし、ヴィーダーマン氏がナチ党に加わり、街区監督官になった後は、夫人は「アーリア人のみ」の規則に関してもっとも発言力のある施行者になった。モニカは鼻にしわを寄せ、唇をすぼめて、「私はユダヤ人のブタとは遊ばない！」と宣言した。だから私は、彼らが助けてくれるどころか害を与えられる可能性があると思い、階段を上り続けた。

母は、私が部屋を出たときのままだった。彼女のそばにレナを置き、お腹を空かせて泣く声がどうにかして母を起こしてくれることを願った。しかし、そうはいかなかった。それで私は母の頭の下に枕を置いて、レナと私が食べることができる物はないか捜し始めた。私はジャガイモを数個見つけ、洗ってから鍋に水と一緒に入れた。そしてマッチをすりコンロを点火しようとしたが、恐ろしいほど大きな炎が上がって弾けるような大きな音の後に私の髪が焦げる臭いがした。ガスコンロが安定した炎を起こすまで、私は何度も試みた。ジャガイモに火が通ったので、つぶしてレナに与えた。その後、彼女を着替えさせて、父がいないときに三人で一緒に眠っているベッドに寝かせた。

私は、父がブリュッセルではなく、ハンブルクに配属されたら良かったのにと思った。父はユダヤ人ではなく、ゲーリング国家元帥[*2]の調達司令部の制服組で、皆にもっとも機知に富んだ人として知られていたので、父だったら間違いなく母を救うことができるだろうと思った。父は、ナチ突撃隊員[*3]の集団によって死にそうになるまで殴打されたうえにドイツ空軍に徴兵されたのだった。父は半永久的に腎臓を傷つけられ、入隊するか、それともユダヤ人の妻子とともに死ぬかの選択を迫られた。彼が入った部隊は、占領された人々を犠牲にして、ドイツ人を比較的十分に食べさせる手助けをしていた。父は自分の地位を使って、上層部に良質なコニャックとその他の戦時贅沢品を供給したり、さらには、有名な画家であり父の友人であるヘルマン・コラーに上官たちの肖像を描いてもらう手配をしたりしていた。それは、初めに上層部の信頼を得て、秘密を手に入れた後、その情報を地下抵抗運動の橋渡し役に伝えようという算段だった。その多くは父が青年期に関わっていた共産主義のかつての仲間や、戦前に携わっていた輸出入業で知りあいになった人たちだった。

父、エアハルト・エミル・オストライヒャー。1939年。

＊2　ヘルマン・W・ゲーリングは、ナチス・ドイツの指導者の一人で、ヒトラーの第一の側近であった。一九四〇年には国家元帥となったが、戦後アメリカ軍に捕えられた。ニュルンベルク裁判で死刑判決を受けたが、処刑の前に服毒自殺した。

＊3　一九二一年に設置された国家社会主義ドイツ労働者党（ナチ党）の軍事組織。

親戚の結婚式に出席する10歳の母。花嫁の右斜め下に座っている。1922年。

私が次に考えたのは、すぐ下の妹のヘルガのことだった。ヘルガがいれば、二人でベッドまで母を運ぶことがかろうじてできるだろうにと思った。ヘルガは、幸運にも父の血筋を受け継いでいた。父は北海沿岸地方のフリースラント出身で、そこの多くの人々と同じようにヴァイキング[*4]の血が流れていた。ヘルガは明るいブロンドの髪、青緑色の目と白い肌をしていたためアーリア民族として通用し、それゆえ父は彼女をハンブルク郊外の農場に住んでいるある家庭に預けることができた。彼女は都市部での爆撃を逃れるために親類に預けられた子どもとして、その家庭で問題なく受け入れられた。

暗幕を張って最後の光を締め出す前に、私は何かを見つけることを願ってアパートの部屋の中を見てまわった。それが何かは分からなかったが、一体何が起きたのか理解するための何かが見つからないかと思ったのだ。私は既に文章を読めたが、母はなぜ彼女自身の命を奪うことを決めたのかを説明するメモを残していなかった。しかし、普段は居間にある写真アルバムがダイニング・テーブルの上に置かれ、アルバムから取り出された二、三枚の写真がテーブルの上に置いてあった。また、そのアルバムの中の二組同時におこなわれた結婚式を撮影したグループ写真のページが開いてあった。それは、親族が集まった素晴らしい祝いの場であった。

花嫁たちは、花婿たちに挟まれて白いチュールの雲の中で着席し、五〇人ほどのカメラを見て立っている人や着席している人たちに囲まれている。花婿たちが何か考え込んでいるように見える一方で、花嫁たちの微笑は控えめでありながら、とても幸せそうに見える。母は花婿の一人の前で床に座り、物思わしげに上の方を見上げ、それまで私は気づかなかったが、笑っていながらもかすかに涙ぐんでいるようだった。私はそれまでにも幾度もこの写真を見たことがあり、母が当時一〇歳か一一歳くらいだったことを知っていた。写真に写っているほぼ全員が彼女の親戚だったが、その中で今でもドイツに住み続け、ナチスに連行されていないのは母だけだった。

私は祖父のジークフリート・ジンガーの写真を手にとり、彼が悲しそうに見えると思った。私が外でブランコに乗っている間、母は彼の写真を見ていたのかもしれないと気づき、奇妙な気持ちになった。母は詳しく説明してくれたことはなかったが、私が生まれる前に祖父は、妻のローザ、私の母である娘のマルガレーテ、息子のハンス、妹のエマと他の親類を残して自らの命を絶っていた。祖父の前例が母の行動の引き金になったかもしれないと思うと、私はぞっとした。しかし、おそらく母はそれよりも、彼女の母と弟と叔母のことを考えて悲しみで参っていたのだろう。その三人は、およそ一年半前〔の一九四一年一一月〕に約一五〇〇人の他のハンブルクのユダヤ人とともに、〔一九四一年六月にドイツ軍に〕占領されたロシアの

＊4　八世紀から一一世紀中頃までヨーロッパおよびロシアに侵入、略奪と商業によって大きな影響を与えた北方ゲルマン族の総称。

ミンスクに強制移送されたのだった。[*5]その後、彼らからは何の音沙汰もなく、強制移送された者たちは殺されたと聞かされたにもかかわらず、母は望みを捨てることを拒んでいた。もしたった今、彼らが死んだという知らせを受けたのならば、それが、彼女が自殺しようとした理由かもしれないと私は思った。しかし、テーブルの上に散らばっている写真からは、私はそういった証拠を見出せなかった。

祖母の写真をアルバムに戻した際に、私は彼女が涙の形をした真珠のイヤリングはつけているかどうかを見た。祖母は写真ではイヤリングをつけていなかったが、私は彼女の温かさ、はつらつとした振る舞い、そして彼女がつけていた白粉の谷間の百合のような香りさえ思い出した。彼女は、私たちから数街区離れたハッセルブローク通りに叔父のハンスと一緒に住んでいた。警察が祖母を連行しに来る一〇日前に、ハンスと大叔母のエマも、強制移送のためにモールヴァイデ公園に出頭するよう命令を受けた。その公園は、アルスター湖の反対側のハンブルク大学図書館の隣にあり、ダウンタウン地区に二つある大きな駅のうちの一つから通りを隔てたところにあった。私を含む数えられないくらい多くのハンブルク市民が、ハンスやエマや一〇〇〇人近くの強制移送者たちが手に荷物を抱え、町を通って公園に向かって歩く姿を見ていた。有蓋貨車に集められる前に、彼らは何時間も公園で待たされ、武装した看守とぎらぎら光る目の警察犬に囲まれ、屋外で寝る光景が見られた。こうした光景を見物していた人は、何日か前、〔アドルフ・ヒトラー〕総統[*6]に声援を送るために通りをふさいだ人ほどは多くなかったが、この日、ハンブルクの町の誰もがナチスがユダヤ人を追い払うという約束を守ったことに気づかされた。

それゆえに、モールヴァイデ公園に出頭するように命令を受けたとき、祖母は出頭を拒否した。祖母は私たちに去るように何度も言ったが、母と私は祖母と一緒に警察が彼女のアパートに到着するのを待った。それまでも祖母は一度ならず、社会主義の火付け役であるローザ・ルクセンブルク[*7]が警察によって殺されたときに心が傷つき、祖父が死んだときに再び傷ついたことを私たちに話してくれていた。しかし、ハンスと大叔母のエマの強制移送を目の当たりにし、祖母は激しい怒りにおそわれた。私たちの深い不安を見て祖母は、おそらく自分はハンスとエマが連れて行かれた場所に送られるので、たとえどんなに苛酷な状況であろうとも彼らと再会できるならばうれしいから、心配しなくても良いと言った。彼女は、自分はナチスに協力的にするつもりはないが、私たちには落ち着いて、警察に干渉しないようにと指示した。

警察が到着したとき、祖母は息子を返してくれるのであれば、彼らと一緒に行くと話した。黒いナチ親衛隊[*8]の制服を着た隊員は、彼女はハンスとすぐに再会できると話し、二人の兵士に彼女を抱え上げ、外に停めている車に乗せるように命令した。母は涙を流しながら、祖母の少しばかりの荷物を鞄に入れ終わ

＊5　一九四一年一一月から一九四二年一〇月にかけて、ドイツ、オーストリア、ベーメン・メーレン保護領からユダヤ人がミンスクに移送され、大部分がミンスクから、十数キロ東にあるマリィ・トロステネツ絶滅収容所に収容された。およそ六万から六万五〇〇〇人が殺害されたといわれている。

＊6　国家社会主義ドイツ労働者党の指導者。一九三三年一月に首相となり、翌年八月から一九四五年四月に自殺するまで、首相と大統領の権限を併せもつ独裁的地位を得、総統と称した。

＊7　ポーランド生まれのドイツ人の社会主義者。一九一九年にベルリンでドイツ革命および一月蜂起を主導した後、逮捕され虐殺された。

1941年11月に移送され殺害された大叔母のエマ。

1941年11月に移送され殺害された祖母、ローザ・ヴォルフ・ジンガー。

るまで待ってくれるよう、親衛隊員に訴えた。私は祖母にしがみついていたが、祖母は私を落ち着かせようとして私の頭を静かになでた。二人の兵士が近づいてきたとき、私は近くにいるほうの兵士を拳で攻撃したが、祖母が私を引き戻した。車に乗せられる前に、彼女は素早く真珠のイヤリングを外して私に渡し、キスしてお誕生日おめでとうと言った。一人の兵士が私の手首をつかみ無理やりイヤリングを取ろうとしたが、親衛隊員は私を離すように命令した。「彼女の誕生日なんだって!」と、彼は小ばかにしたように言った。

私は「明日」と怒りながら彼の間違いを指摘した。「明日が私の誕生日です!」

＊＊＊

ミンスクに強制移送された人々は直ちに殺害されたという知らせがハンブルクの町に届いた。母は、すべての強制移送者が殺されたとは信じようとしなかった。私たちは、別の収容所に送られた人々を数人知っていたが、彼らは何ヶ月にも及ぶ監禁の後もまだ生きていた。私たちは祖母とハンスとエマがどうにかして再会できたことを願い、その様子を想像さえした。母は、命令どおりに前の週の行動をゲシュタポ[*9]に報告する日、彼らに関する知らせをせがんだ。私は空襲以上にそれが嫌いで、母が家を出る瞬間から時として何時間も後に帰宅するまで、ずっと母のことを心配していた。そういった不快なゲシュタポへの訪問のあるとき、彼女は、親類たちはミンスクに到着すると同時に殺されたと聞かされた。母はその話を信じようとせず、ゲシュタポ当局者が彼女を屈伏させるために嘘をついたのだと自分に言い聞かせた。別の日には、兵士が祖母を乗せた車そのものが移動処刑室だったので、彼女は他の者と一緒にミンスクに送られなかったと聞かされた。

戦争が始まる前に、祖母がハンスをアメリカ合衆国に行かせようとしたことを母から聞いたことがあった。アメリカ人はドイツを去りたがっているユダヤ人の大半を拒絶したが、祖母と祖父が結婚した当初、二人は二年間ニューヨークに住んでいた。実際、彼らはそこで結婚したのだった。そのため、アメリカ人の友人の助けを借りて、彼女はなんとかして当時一七歳だったハンスとともにアメリカに移住する許可を得ることができた。しかし、ハンスは恋をしていて、相手の女の子がアメリカ入国のビザを得ることができなかったために、ハンブルクを離れる話を聞き入れようとしなかった。結局ハンスと彼の最愛の人は、

＊8　アドルフ・ヒトラーを護衛する党内組織から独立して一九二五年に創設されたが、後に占領地の支配、絶滅収容所の管理などの戦争犯罪に関与するようになった。

＊9　ナチス・ドイツの秘密国家警察。ゲーリングが一九三三年に設立し、後にナチ親衛隊に統合された。

同じ列車でミンスクに強制移送されることになった。

母は、この三人の親戚の強制移送の後、人が変わってしまったようだった。母の変わりようを思い出すと涙が出そうになるので、私はもっと昔のより楽しい時代を思い出そうとしたものだった。たとえば私は、四歳くらいのときからハンスが字の読み方を教えてくれたのを思い出した。これは、私が想像することができるもっとも幸せな経験のひとつであった。彼の写真を見ると、彼が柔らかい声で私が思い出せないでいる言葉をささやくのが聞こえる気がした。大叔母のエマも私に良い思い出をくれた。彼女はザンクトゲオルク地区のインゲの近くに住んでいて、うちに遊びに来たときはいつも私の頬をつまんで、ジンガー家はロシア皇帝の侍従だったから、私もジンガー家の一員であることに誇りをもつように言ったものだった。

写真アルバムを閉じて片づけた後に、祖母のイヤリングをしまっていた小さな箱を覗いて、まだそこにあるかどうか見てみた。イヤリングはそこにあった。その箱の横には甘草で作られた〔イギリス首相の〕ウィンストン・チャーチル[*10]をかたどったようなお面があって、甘草のタバコが一本添えられていた。それは、父が最後に家に帰ってきたときにお土産として持ってきた物で、当時ハンブルクのパブでダーツの的になっていた、ブルドッグのような頬の〔チャーチル〕首相が私たちユダヤ人を助けに来てくれることを期待してのことだった。私はそのお面を大事にし、ときどきそれをなめ、とくに空襲の間、頻繁に話しかけた。しかし、最近はあまりしていなかったのでお面は少しほこりをかぶったように見えたが、私は気にせずひとなめした。それから、母をベッドに寝かせることができなかったので、母の横にレナを寝かせ三人で床の上で一晩過ごすことに決めた。その夜は空襲がなかったにもかかわらず、私は長い間起きていて、母の呼吸に耳を澄ませ、目を開くのではないかと見つめていた。

私は、母が目を覚まさないとは信じられなかったが、朝になっても眠り続けていたとしたらどうして良いのか分からなかった。私は、私たちが置かれている状況について一生懸命考え、母が自分自身の命を断とうとした理由を探し、私に見せていたよりも母はずっと苦しんでいたのだろうということに気づいた。私自身、母がゲシュタポや他の役人や私たちの隣人とさえ戦っている痛ましい光景をたくさん見てきた。私は、母がユダヤ人の強制移送が始まって以来、さらに疲れ、ふさぎこんだように見えることに気づいていた。しかし、彼女がどれだけ勇敢で挑戦的だったか、いつも出かけるときはどれだけりゅうとして見えたか、制服を着て武装した男たちと縞模様の衣類を着た囚人で溢れた通りをどれだけ堂々と歩いていたかということに感銘も受けていた。母は、家ではふさぎ込んだり泣いたり不満を言ったりすることはなく、私と一緒に日課をこなしたり、読書をしたり、これまで以上に増加したユダヤ人に対する規制の目をかいくぐる方法を計画するのに忙しくしていた。私が退屈したり、しょげたりしたときには、ときどき歌を歌ってくれた。たいてい、シューベルトの歌曲《リーダー》かオペレッタの楽曲やグランド・オペラのアリアなどだった。私は彼女を愛していただけではなく、憧れていて、他の誰よりも彼女のようになりたかった。

父が最後に帰宅したとき、到着してしばらく、父はいつも通り元気で陽気だった。父は母を彼の勇敢な

＊10　中国などに分布するマメ科の多年草で、独特の甘みをもつ根は漢方薬や甘味料に用いられた。また、手巻きタバコの巻紙に甘草の味がつけられることがある。

「護衛官」と呼び、生きた動物を出す手品師のように、派手に鞄の中からプレゼントを取り出してみせた。大部分は食べ物だった。レナにキスし、彼女が嫌がるまで高い高いをし、それから首の回りに青いリボンのついた小さなクマのぬいぐるみを差し出した。彼女は、隅々までそれを観察し、笑顔でありがとうと言った。彼は微笑みかえして、再び鞄を引っかき回すと、美しく新しい茶色の革製の本を入れるバッグをゆっくりと引っぱり出し、皮のストラップを私の肩にすべり込ませて手際良くそれを調節した。これは、裕福な家庭のアーリア人の子どもたちが学校に持って行く物であり、それ以外の子どもたちはキャンバス地かそれに似た丈夫な生地でできた鞄を持っていた。彼らが学校に行くことができて私ができなかったという事実よりも、私がもっともうらやましかった物がこのバッグだった。父は、このバッグは彼の冬のオーバーコートと同じベルギーレザーでできていると言い、私は、これは傲慢なヒトラー・ユーゲント[*11]が持っている物を含めてドイツ最高の本用のバッグより質が良いに違いないと思った。豊かな革の香りを嗅ぎながらフラップを開けると、私は喜びで息が詰まりそうになった。その中には、二冊の教科書、白紙と罫線入り用紙、鉛筆の入った筆箱、消しゴム、水彩絵の具の箱が入っていた。お礼を言って、私は力いっぱい父に抱きついた後、バッグの外側にある小さな革のポケットに切れ味の悪いはさみが入っているのも見つけた。私は、どれだけ学校教材を望んでいたかを知っていた母にすべてを見せた後、早速、子ども、大人、植物、動物などの絵を描き、色を塗り、切り取り始めた。そして、それらが組み立てられたときに私が感じた心からの満足感といったら、とても伝えようがないほどのものだった。

私は作業に一生懸命取り組んでいたが、母と父が、父の前回の帰宅以来かなり悪化した私たちの現在置かれている状況について静かに話しているのを注意深く聞いてもいた。既に一〇〇回以上ハンブルクを攻撃している連合国軍の爆撃機がおそらくまたやってくるであろうということよりもむしろ、〔ドイツ〕当局によって非ユダヤ人と結婚しているユダヤ人に迫りつつある状況のほうが危険だというのだ。私たちの状況が劇的に不吉な様相を示しつつあるということに関しては、改めて聞くまでもないことであった。ユダヤ人と非ユダヤ人の間の結婚は、私が生まれる少し前に〔ニュルンベルク法により〕禁じられた。[*12] しかし、禁じられる前からの結婚については、ユダヤ人コミュニティを孤立させ、固定し、人口を激減させるようにした何百もの法律と規定のうちのいくつかが免除されていた。そのため、私たちは指定されたユダヤ人区域に移動することを強制されず、いくらかの配給された食品を買うことができる特別なカードを発行され、最近までは黄色の星〔のワッペン〕を身に着けることを義務づけられなかった。私は、母や父が口にするのを一度も聞いたことはなかったけれども、〔父が非ユダヤ人である〕彼らの結婚と父がドイツ空軍にいるという事実が、私たちが祖母とハンスと大叔母のエマ、もしくは他のユダヤ人とともに強制移送され

＊11　ナチス・ドイツの青少年団。一九三九年には、ドイツの若年層の九八パーセントが団員であった。

＊12　原著では、「ユダヤ人と非ユダヤ人の結婚は、私が生まれたあと間もなく禁止された」とされていたが、著者が生まれたのは一九三五年一一月一九日、ニュルンベルク法の制定は一九三五年九月であるから、著者が生まれる前にユダヤ人と非ユダヤ人の結婚は禁止されていた。この部分の記述は著者の思い違いであると思われるため、訳者の判断で正しい情報に訂正した。なお、著者の両親が結婚したのは一九三四年であるから、そのときはまだ両親の結婚は合法だった。

なかった主な理由だったことを理解していた。しかし、私が絵を描き、切り抜きながら彼らの話を聞いていると、非ユダヤ人と結婚しているにもかかわらず、最近はユダヤ人の男や女が強制移送されるようになってきているということを知った。母は悲しみ、疲れているようで、父が、私のすぐ下の妹のヘルガをかくまっている夫婦を含む元共産主義の僚友の何人かに、私たちを匿うことができないか頼み込んでいるところだから安心するようにと言っても、あまり信じていないようだった。

父は、私たちのアパートの外で荒れ狂っている戦争の進展に関する内部情報源だった。彼の兄弟を含む大人たちは、ナチスに対応する方法について彼のアドバイスを求め、私たちのアパートに来たものだった。母に言わせれば、体制を破壊するための取り憑かれたような努力から得られる情報を共有することに関して、父はあまりにも向こう見ずだった。私は、必ずしも話されていたことすべてを理解したわけではなかったが、そのような場においては熱心に話を聞いていた。今回の父の帰宅までには家を訪ねてくる客もほとんどいなくなっていたが、私にとって父は、常にいかにして逮捕される口実を与えることなくナチスに立ち向かうかを教えてくれる家庭教師だった。私は既にふさわしい振る舞い方を知っていたが、父はドイツ空軍部隊に戻る前に重大な話をしようとして私を座らせた。まず父は、母がいないときはいつでも私がレナの世話をすることをあてにしていると念を押した。また、母の近くにいて、彼女の指示に従い、彼女が言ったことをためらうことなく実行するようにといつものように諭した。しかし今回はそれだけに留まらず、いかなるときも母の負担を軽くする方法を見つけ、手を貸すようにと付け加えた。

「僕はおばあちゃんにお母さんの面倒をみると約束したからね」と彼は言い、「だから、僕がいないときは、その約束を守るのを君に手伝ってもらいたい」と続けた。

父がドイツ空軍部隊に戻った数日後、私は母が不幸せに見えることに気がつき、父が言ったことを思い出した。私は、気分は大丈夫か、そして私に何かできることがあるかと尋ねた。彼女は微笑んで大丈夫だと言い、レナの服を着替えさせて欲しいと付け加えた。その微笑が作られたものだったことは明らかだったが、母をそれほど不幸にしていることは何か、語ってはくれなかった。その頃、そしてそれ以降もずっと、母は涙を流すことなしには家族に関する質問に答えられなくなっていた。愛する者たちを失ったことは彼女にとってあまりにも苦痛であり、彼らがナチスによって連行されたとき、私は彼女と一緒にいた。私が母の両親について知っていたことは、私自身が経験したことや他の人が話しているのを聞いたことだけだった。それ以外は、祖父母がアメリカで暮らしていた二〇世紀初めに入手し、母が所有していたシェイクスピアのファースト・フォリオ[*13]を含む価値の高い書籍類について、父が戦後にドイツ政府に補償を請求した際に父から聞き知った。

＊13　ウィリアム・シェイクスピアの戯曲をまとめて出版した最初の作品集。本書四七頁参照。

第2章

母の話

私の母は、結婚する前の名をマルガレーテ・ジンガーといった。自分自身の命を断とうとする一〇年前に母は、通称エディーという、ユダヤ人でもなければ敬虔なキリスト教徒でもない、深くくぼんだ海のような青い目と広い額から後ろに流れる深い金色の髪をした共産主義者のエアハルト・エルンスト・エミル・オストライヒャーと結婚したいと打ち明け、母親を驚かせた。一方、オランダとドイツによって共有されていた吹きさらしの北海域にあるフリースラントで二人の夫を失い、七人の息子と二人の娘を育てた経験をもつエディーの母親は、息子の結婚計画について反対しなかった。結局、その後間もなく、マルガレーテの母親のローザ・ヴォルフ・ジンガーは、世紀の変わり目直後に、自分自身も私の祖父であるジークフリート・ジンガーと世間をあっと言わせる反抗的な駆け落ちをして騒動を起こしたことを思い出し、この

「雑婚」への反対の姿勢を和らげた。

　ジークフリートは、アレクサンドル二世[*1]の秘密警察に賄賂を渡して、サンクトペテルブルクから逃げてきた裕福な正統派の家系の子弟だった。アレクサンドル二世は、農奴を解放した一方で、相応の理由があるにせよ革命を計画しているという理由でユダヤ人の知識人らを投獄した皇帝である。ハンブルクに育ったジークフリートは、型にはまらない考えと古風なローマ人的な道義心をもつ、学究肌でやや内気な青年に成長した。しかしながら彼の両親が困惑したことに、彼は社会主義政治と、デパートの製帽工で博識な若い政治活動家のローザ・ヴォルフに興味を抱いたのだった。

　ジークフリートとローザは、一九〇〇年一二月中旬の大雨の日に、ハンブルクの好戦的な労働者階級の地区であるヴィンターフーデで開かれた社会主義者の集会で出会った。彼は、集会が開かれるミューレンカンプ通りの薄暗い居酒屋で、集会の主要な演説者であるローザ・ルクセンブルクが到着した際、彼女に赤い薔薇の小さな花束を渡す快活で自信に満ちたローザ・ヴォルフの態度に魅せられた。他の見物人の多くと同じく、彼はこの二人のローザという女性の類似点に気がつき、彼女らが親戚同士なのではないかと思った。彼はまた、角刈りで早くも薄くなり始めた頭が特徴的な、背の高い直線的な自分の体とは対照的な、若いほうのローザの小柄でウエストがくびれたスタイルに興味をそそられた。

　ボクシングの試合のために設けられている一段高くなった場所で演説するため、ローザ・ルクセンブルクがごったがえす居酒屋の中に姿を消した後も、若いほうのローザは外に残り、スウェットショップ〔低賃金、長時間の危険な労働といった悪条件の職場〕の状況について大胆にも不満を言ったことから生計の手段を失ったお針子たちへの支持を呼びかけるリーフレットを配った。ジークフリートは、リーフレットを一部手に取った。そして、降りやまない雨の中、警察馬から湯気が立ち、騎手と馬がこらえかねて鼻を鳴らしっぱなしであるにもかかわらず、入念にそれを通読した。

居酒屋の中では、ローザ・ルクセンブルクが大きなメガホンを使って話し、国際的な労働者の団結を求める理にかなった訴えで喧騒を静まらせていた。群衆の多くは、飢餓賃金〔生活できない低賃金〕しか支払わないことによって私腹を肥やした軽蔑すべきビジネスマンらの話を彼女がしたとき、拍手を送った。また、炭鉱夫たちがすべての労働者のためにポーランドでストライキを起こし戦っていると彼女が話したとき、何人かは同意の声を上げた。しかし彼女が、仲間たちとともに立ち上がり戦うことを拒否している労働者は男であれ女であれ、必要不可欠な食物を他の労働者の家族から盗んでいるのと同じであると主張して労働者の無関心を批判したとき、彼らの表情はこわばった。そして、彼女が要点をしっかりと理解させるために小休止すると、低い不満の声がこぼれ、多くの人たちは居心地悪そうに足をもぞもぞと動かした。しかし、彼女がメガホンを置いて後ろに下がったとき、何百人もの労働者が拳を振り上げたり飲み物のコップを持ち上げたりして、彼女がたった今言ったことに対して大声で賛同した。

ジークフリートは、石と棒を持った数十人の男たちが居酒屋の入り口の近くで警官に加わったのに気づ

＊1　ロシアの農奴制の廃止やユダヤ人を解放する政策をとりロシアの近代化を図る一方で、専制政治をおこない一八八一年に暗殺されたロシアの皇帝。

き、ローザ・ヴォルフにその場を去るよう説得しようとした。というのも、その男たちはハンブルクのエッペンドルフとバームベック地区で雇われた暴漢だったからである。しかし彼女は、雨に無関心なのと同じように、新来者によってもたらされる脅威にも無関心なふりをした。数分後に居酒屋では、悪党と彼らを護衛する警察による敵対的な態度に労働者たちが暴力的に対抗し、いっさいの国際的な連帯意識をかなぐり捨てて衝突し始めた。ジークフリートはもう待つことなく、大きな翼で保護するようにコートで小柄なローザをくるみ、熾烈な乱闘を通りぬけ、二街区離れたゲルティヒ通りにある無免許の居酒屋へと避難させた。その場所には、暗い隅に隣接したベンチがあり、火のついたロウソクの蝋がこぼれ、テーブルに付着していた。誰かが、近くのタイル・ストーブに数本のオーク材の薪を入れた。ローザは自分の髪からピンを抜いて、髪が乾きやすいように肩まで下ろした。ジークフリートとローザはキャベツのスープと目玉焼きがのったローストポテトを、ゆっくり注がれた一パイントの地元のラガー・ビールと一緒に注文した。

居酒屋は集団の客で騒々しかったが、ジークフリートとローザは政治と文学について静かに議論し、タルムード*2や他の哲学についての互いの知識を見定めあった。二人は、大きな口ひげを生やした大柄な店主の好意で提供された自家製のシュナップス〔ドイツで好んで飲まれる無色透明でアルコール度の高い蒸留酒〕を飲んだ後、ハンブルクのユダヤ人の生活における逆説的な不合理について笑いながら話し始めた。もはやこれ以上笑うことができなくなったとき、彼らは口論した。店で売っている服と帽子を作った女性たちにひどい待遇をしてきたことについて大きなデパートは恥ずべきだという点についてジークフリートは同意したが、そのデパートがユダヤ人による所有であることがその罪を悪化させたとローザが確信していることとに対しては、彼は疑問を投げ掛けた。ユートピア対革命的な社会主義について論議した後、暴力によって物事に対処することは本質的に不快なこと、そして、爆弾を放り投げる無政府主義者は社会的正義を促進させるよりむしろ、それをむしばんでいることに彼らは同意した。二人はまた、階級闘争は不可避であると同意したが、彼らが座っているところからわずか一、二街区ほど離れたところにある素晴らしい消費者協同組合で彼が会員になれるよう彼女が紹介者になると約束したので、楽しい雰囲気のままに議論は終わった。

ローザとジークフリートが、彼女の家までの長い距離を歩き終える頃には、それぞれお互いがこれまでに会った異性の中でもっとも聡明な若者であることを確信していた。寒さにもかかわらず、二人は彼女のアパートの入り口でさらに三〇分間話し続けた。ジークフリートは通常、重要な決意をするまでに数日間、または数週間も要していたが、ローザと別れてからほんの数分の間に、新年が始まる前に彼女にプロポーズをしようと決心した。

ジークフリートの両親は階級に頓着しないという評判だったが、息子がローザ・ヴォルフと結婚するつもりであるということを知ったとき、ひどく動揺した。それは、個人的に彼女を嫌っていたとか彼女の政治活動を承認しなかったというわけではなかった。この繁栄した国際的な港町であるハンブルクでは、成功したユダヤ人は解放されていただけでなく、ロシアでは想像もつかないほど同化していた。そのような

＊2　書かれている律法のトーラ、モーセ五書に対し、モーセが伝えたもうひとつの律法とされる口伝律法。

母の両親、ローザとジークフリート・ジンガー。

環境で、彼らはこれまで、才能ある息子を裕福なユダヤ商人の令嬢の一人と結婚させるべく育ててきたのに、それが裏切られたのだった。

ドイツでの素晴らしい教育に加えて、ジークフリートは、ハンブルクのエリートがお気に入りの「別の」都市であるロンドンで一年間の勉強をしていた。また、彼の両親は、実用的な考え方がやがて文学と哲学に対する息子の情熱を和らげる日が来ることを期待して、繁盛しているブーツ工場の支配的利権を購入していた。優しい目と鋭敏な心をもつ小柄な婦人用帽子のお針子の存在に対して彼らが採った解決策は、大規模市場の秘訣を学ぶという名目でジークフリートをアメリカに追いやることだった。二年の別離を経てもなおジークフリートとローザが結婚を望むなら、ハンブルクで彼の両親の祝福のもとに結ばれれば良いと思ったのだ。

二〇世紀初頭のニューヨーク市は、ジークフリートの情熱に水をさすような場所ではなかった。到着して一ヶ月もしないうちに、彼は、イギリスのプリマスからニューヨークまで五日と七時間三八分という大西洋横断の最速記録を保持しているドイチュランドというハンブルクで建造された定期船の乗船券をローザのために購入した。彼女がニューヨークに到着して間もなく二人は結婚し、続く二年間、ロウアー・マンハッタンに住んだ。ジークフリートはビジネスについて学ぶ努力をしたが、二人はニューヨークで味わえる世界各地の文化に触れ、数ヶ国語で書かれた本を集めるのに忙しく過ごしていた。

ロンドンで勉強しているときに始まったジークフリートのシェイクスピア作品への熱狂ぶりは、シェイクスピアのファースト・フォリオを入手したことによってニューヨークで完成した。当時、そのようなファースト・フォリオはアメリカに二つしか存在しなかった。ジークフリートとローザの宝は、ニューヨークのもっとも著名な出版社のひとつを通して購入された。彼らがハンブルクに戻り、ローゼン通りの七部屋あるアパートに住んだとき、ファースト・フォリオは、彼らの珍しい本のコレクションの目玉であり、一九一四年から始まった戦争の前後にヨーロッパじゅうのイェシヴァ〔ユダヤ教の神学校〕や大学の学者を惹きつけた。

ジークフリートには二歳の娘がいて、軍隊のためのブーツの重要な提供元となる工場ももっていた。しかし彼は、兵役を避けることができたにもかかわらず愛国心を示したいと願った何千ものユダヤ人たちと同じく、ドイツ国防軍の志願兵になった。彼は英語とロシア語に堪能だったので、連隊の本部で捕虜を尋問する仕事をしばしば割り振られた。ときおり彼は、ロンドンまたはニューヨーク出身の捕虜を、それぞれの都市についての知識によって大いに驚かせた。また、〔ドイツの哲学者〕ニーチェの作品から長い節を引用して、同僚の将校たちを驚かせた。

ジークフリートの名はアーリア民族の伝説の英雄〔『ニーベルンゲンの歌』の主人公で大竜を退治する〕にちなんでつけられたものだったのだが、イギリスの戦車が一九一八年九月にドイツの防衛線をずたずたにすると、高慢で偏狭だったユンカー〔プロイセンの高級官僚・軍人〕の連隊は、それまでひどく軽蔑していたこの「ユダヤ人の知識人」を尊敬するようになった。敵軍に司令所を引き渡す準備をしている間、ジークフリートは上官たちがベルギーの新しい位置まで撤退する時間を稼ぐため、イギリス兵を寄せつけないよう、軽武装の事務官と伝令を組織した。それからさらに彼は暗闇の中、捕虜を収容所に誘導していると衛兵に信じさせるに十分な一流の英語を利用して、生き残っている上官たちにイギリスの防衛線を超えさせたのだった。

一九一八年一一月一一日、休戦を告げる教会の鐘が鳴り響いたとき、ジークフリートはベルギーの病院でスペイン風邪[*3]から回復している最中だった。地元の人々が大喜びしているときも、ジークフリートの戦友たちは、ドイツ皇帝ヴィルヘルム[*4]〔二世〕がオランダに亡命し、ドイツでは共和国の成立が宣言されたというニュースを聞かされ呆然としていた。外国の土地ではドイツ軍がまだしっかりと駐留しており、祖国を守ることができると確信していたため、多くの人々はひどく裏切られたと感じていた。しかし、ジークフリートは、アメリカが参戦して大幅に勢力の均衡が崩れたため、これ以上戦争を続けることは無駄だと身近な人たちに話していた。彼は、最高司令部のもっとも大きな失敗はUボート〔ドイツの潜水艦〕にアメリカの客船を撃沈するよう命令したことであったと主張し、祖国が戦場になる前に戦争が終わったことにむしろ感謝するよう、話を聞いてくれる人たちに言った。

＊＊＊

ジークフリートが回復しつつある間、妻のローザは血なまぐさくなる恐れがあった激しい政治闘争に関わっていた。休戦の一週間前、北部に位置する〔キール〕軍港の水兵がより強力な連合艦隊に対する出撃命令に従わずに暴動を起こし、ハンブルクは分裂した忠誠心が引き起こす混乱の渦中に投げ込まれた。[*5]強力な連合国軍が間近に迫ってきていることを感じた社会〔民主〕党は、崩壊寸前の君主国に反対することよりもむしろ、互いを熱心に攻撃することに終始するようになっていた。ローザは街頭で、あるいは労働者と兵士の数えきれないほどの評議会会議〔レーテ〕で、社会主義者が団結すること、権力の分担に関する議論をいったん後回しにすること、そして戦争を終えるために共同歩調を取ることを主張した。

うろたえた皇太子がなかったに等しい皇位継承の放棄を発表し、事実上ドイツ皇帝を退位させたとき、社会主義者たちは素早く共和国の成立を宣言し、政権を握った。新しい指導者たちには、様々な社会主義者の派閥や、帝政時代の大臣たちさえも含まれていた。しかし、ローザ・ルクセンブルクと彼女が組織し

---

*3　一九一八年から一九二〇年にかけて全世界で流行したインフルエンザ。悪性で伝染力が強く、死亡者数は四〇〇〇万人から五〇〇〇万人、一説には一億人ともいわれ、第一次世界大戦による死者数を上回った。

*4　ドイツ帝国最後の皇帝（在位一八八八―一九一八年）。ビスマルク宰相を罷免し、海軍の拡張による「世界政策」と呼ばれる帝国主義を開始すると、イギリス、フランスとの対立が激化して第一次世界大戦となった。オランダに亡命した後、帝政復活の機をうかがったが成功せず、同地で一九四一年に死去した。

*5　第一次世界大戦での敗色が濃厚となった状況で、ドイツ海軍はイギリス艦隊に一矢報いるべく、全艦隊に出撃を命じた。これに反抗してキール軍港で水兵たちが起こした一九一八年一一月三日の反乱が全国に波及し、ドイツ帝国を崩壊に導いた。

た急進的なスパルタクス団[*6]の派閥は除外されていた。

ローザ・ジンガーは、新しい共和国がより広い支持を得られるようにするため、分裂する社会主義者の改革を広く受け入れることを厭わない、中道路線という穏健なアプローチを中央政党が取ることに賛成していた。彼女は、過去の政策と経済から完全に断絶するといったスパルタクス団員の手法は、内戦を引き起こし、イギリス、フランスそしてアメリカとの戦いを長引かせるのではないかと恐れていた。しかし、〔一九一九年一月に〕ローザ・ルクセンブルクが逮捕され、拘留中に残虐に殺害されたとき、彼女はまるで自分の胸骨が警棒で殴られたかのように感じた。信条は変えなかったが、ローザ・ジンガーの未来への信頼は壊され、この喪失感は彼女の表情に微妙に、だが永久に焼きつけられた。

戦後は戦時中ほど致命的ではなかったが、ジークフリートとローザはいくつかの点で困惑した。ヨーロッパの勝者たちが請求した賠償金は郵便切手一枚の価格を五〇〇〇億ドイツマルクまで押し上げ、インフレーションを煽った。飢えと貧困がより広範囲に見られるようになり、ハンブルクでマルクス主義[*7]の体制を確立するための切実な努力として、失業中の造船所と工場の労働者たちは極貧の元陸軍兵士や元水兵とともにデモ行進をした。血なまぐさい激戦の後、常備軍部隊は反乱を鎮圧し、リーダーたちに向けて発砲したり、彼らを投獄したりしていた。南部の地方政府においては、失業中の労働者を代表すると主張していた右翼の武装グループが、政権を握ろうと威嚇を繰り返していた。

やがて、ジークフリートとローザは、レーニンやトロツキーの言説よりもむしろナチスに関するゆがんだ神話が、ドイツ人がちっぽけな共和国を手に入れるのと同時についてきたことに気づく。街角の突撃隊員たちは、ドイツは戦場で負けたのではなく〔国内で厭戦気分を煽り、革命を扇動した〕ユダヤ人によって敵国に売り渡されたのだと主張するリーフレットを配っていた。こうした「一一月の裏切り者」[*8]というリーフレットには、ユダヤ人が戦争物資の法外な値段をふっかけることによって莫大な利益を獲得したという突撃隊員たちの証言が掲載されていた。有害なキノコの胞子が広まるように、第一次世界大戦後の惨めな状態や、「アーリア人は他の誰よりも優れた文化をもち教養があり、より一生懸命に働き、規律正しい」という信念の中に、ナチスのプロパガンダが蒔かれていった。失敗に終わった「ビヤホール一揆」[*9]が多くのナチ党のリーダーたちを刑務所に送り、彼らを無数の冗談のネタにした後でさえ、ナチスは支持を得続けたのである。

しかし、不安に満ち、ほとんど無政府状態だったにもかかわらず、〔一九一九年に〕ヴェルサイユ条約[*10]に

＊6　一九一六年にドイツ社会民主党の戦争反対派が結成した急進勢力で、一九一八年にドイツ共産党結成の中心となった。

＊7　カール・マルクスとフリードリヒ・エンゲルスの思想に基づいた理論や実践活動を意味する。資本主義の発展法則を解明し、生産力と生産関係の矛盾から社会主義へ移行するのは必然的な結果であるとし、その社会変革は労働者階級によって実現されると説いた。

＊8　ドイツと連合国の休戦協定（一九一八年一一月一一日）のこと。

＊9　別名ミュンヘン一揆。一九二三年一一月にミュンヘンで、ヒトラーらナチ党員が起こしたクーデター未遂事件。失敗に終わり、ヒトラーら首謀者は逮捕された。

弟のハンスを抱く母。1922 年。

署名してから五年が経つと、みにくいアヒルの子だった共和国は、長く白い首を伸ばし始めた。〔突撃隊員の制服の〕茶色のシャツを着た人々の大声が響き渡るビヤホールは、最近まで軽蔑していた敵国からの観光客で賑わっていた。ライン川汽船、シュワルツワルト〔ドイツ南西部の森林地帯で「黒い森」と呼ばれる〕の道、居酒屋や地下ビヤホールは、短期間の旅行で訪れているたくさんの外国人客をもてなした。パリがアメリカの国外在住者を魅了し続ける一方、ベルリンは「善悪を越えて」生きることの感じを経験したがった一時的滞在者が選ぶ都市になった。

ジークフリートはブーツ工場の経営よりも本を好んでいたのだが、成長する繁栄にあやかった。彼とローザは、ハンブルク・オペラ、コンサート・ホール、ギャラリーやその他の文化的な施設を頻繁に訪問し、ヘブライ神学と哲学の稀覯本《きこうぼん》と貴重な作品を彼らのコレクションに加えた。彼らは様々なユダヤの、あるいは世俗的な〔宗教とは無関係の〕慈善協会や文化的な協会の会員もしくは委員になり、自宅を真剣な対話のための場所とした。

〔一九二九年の秋、〕娘のマルガレーテは一七歳の誕生日に、パリで過ごす一シーズンをプレゼントされた。

彼女の母親はパリを、いささか過保護に育てられ、間もなく人生の選択をしないといけない若い女性のための事実上の花嫁学校と見なしていた。ローザ自身が世紀末のニューヨークにおける文化の祭典に足を踏み入れる際にひどく当惑したことを思い出し、娘には、できる限りの知識と自信をもって結婚相手を選択することを望んだ。彼女の娘にとって、美と知と物質的な洗練に満ち溢れた光の都パリ以外に、あるときはすこぶるやさしく、そしてその次には信じられないほど残酷な世界に優雅に対峙するだけの自信を身につけることのできる都市があっただろうか。

〔母娘が不在の間〕ローザは、息子のハンスがしばらく父の注目を独り占めすることも、そして父であるジークフリートが息子と親しく交わることも、良いことだと思っていた。ハンサムで賢く、難なく皆を喜ばすことができるハンスは、誰にとっても好ましい弟だった。年齢の相違にもかかわらず、マルガレーテの友人たちは、彼女と同じくらい彼を可愛がった。しかしローザは、父と息子の間には礼儀正しすぎるくらいの距離があると感じていた。また、ジークフリートが独裁的な父親にブーツ工場の経営を背負わせられたことをひどく残念に思っていることに、彼女は気づいていた。ビジネスを運営することはジークフリートに合っていないだけでなく、しばしば何日もの間、彼を憂鬱にさせた。友人が重要な契約と信用を失い、失業したときには、ジークフリートは当事者本人よりも動揺した。競争相手が反ユダヤ的な態度を利用し

＊10　一九一九年六月にヴェルサイユ宮殿で調印された第一次世界大戦の連合軍とドイツの間の講和条約。ドイツに多くの負担がかかる内容でドイツ人の不満を招き、後にナチ党の政権掌握の一因となった。

て友人を破滅させたと、彼は信じていた。

ローザとマルガレーテは、タクシーの屋根に栗が落ちて棘だらけの殻が割れる一〇月中旬にパリに到着した。二人は先にタクシーにトランクを運ばせてから、駅から〔老舗高級ホテルである〕リッツまで馬車で行った。ローザはいまだ民主的社会主義の信奉者だったが、マルガレーテには高貴な生まれの者にふさわしい贅沢を経験して欲しいと思っていた。彼女自身の生まれ育った家庭は、来客時だけではなく日頃から礼儀作法を尊ぶ家庭に嫁ぐ若い女性のモデルとしては、あまりにも無造作すぎるものであることにローザは気づいていた。

しかし、パリでのマルガレーテの滞在は、新世界〔ニューヨークのウォール街〕から始まり旧世界に波及した金融市場の粉砕によって、徐々にむしばまれつつあった。リッツの深紅のプラッシュ〔ビロードの一種で、長く柔らかい毛羽のある織物〕が外部の衝撃を効果的に吸収したためか、ローザは当初パリの景気下降の深刻さを過小評価していた。秋が深まり、風が木を裸にした頃、リッツのダイニング・ルームでセットされるテーブルの台数が明らかに少なくなった。しかしこれは、ユダヤ人が経済危機の要因として非難されるべきだという回避不能な噂と同様、驚くことではなかった。ジークフリートからの手紙は売上の急激な低下には言及せず、ハンスと過ごす素晴らしい時間についてだけ触れられていた。そして、それはローザを大いに喜ばせた。マルガレーテが数人の魅力的な若い外国人と出会ったこともあり、母も娘もハンブルクに急いで戻ろうとは思っていなかった。

しかし、金融危機によって煽られた新たな反ユダヤ主義がジークフリートの気分を落ち込ませているという内容の手紙がハンスから届いたとき、彼女たちののどかな生活は突然終わりを告げることになった。ハンスによると、ジークフリートはいまだに友人が破産したことで落ち込んでおり、反ユダヤの問題は克服しがたくなっていると考えているとのことであった。ジークフリートは、ハンスと一緒に過ごすことなく長時間一人で書斎に閉じこもり、決して出版されることはないだろうに、反ユダヤ的な長広舌への反論の記事を書いているというのだった。

ハンブルクへ向かう列車の中で、ローザはマルガレーテが弟と父と再会することにわくわくしているのを見てうれしく思ったが、パリに長く居すぎたという感覚から逃れることができなかった。駅に誰も迎えに来ていなかったので、ローザはすぐに家まで自分を乗せて行くタクシーと、マルガレーテと荷物を乗せて後から来るタクシーを手配した。

ローゼン通りにある自宅に到着したローザを迎えたのは、非常に悲しい場面であった。一時間前に、ジークフリートは礼装して書斎に鍵をかけて閉じこもり、鍵のかかった引き出しから彼が従軍した際に用いたリボルバー銃を取り出し、心臓を撃ち自殺したのだった。発砲を聞いたが書斎に入ることのできなかった使用人が、警察に電話し、医者と救急車を呼んだ。結局、彼らが到着する前に、ハンスと使用人は重い板戸を壊し開けることができた。ローザが部屋に入ったとき、ハンスは床に横になり、父親の血まみれの胸に抱きついていた。ローザと家族への謝罪が綴られた手書きのメモが机の上にあった。ジークフリートは自分の行為を説明してはいなかったが、家族と彼のことをよく知っていた者たちは、倒産の恐れよりもむしろユダヤ人への攻撃に対して絶望的になっていたためであると分かっていた。

＊＊＊

ジークフリートより背が高く、よりたくましい妹のエマ・ジンガー・ミュラーがマルガレーテの異性に対する興味を再び呼びさまそうとしたのは、それから三年後のことだった。エマは、女性は男性と平等の権利をもつべきであり、女性は独り身であろうと結婚していようと関係ないと考えていた。機知に富み世慣れしていたエマは「独身でいることはとても楽しかったのよ」と言い、三〇歳近くになるまで結婚しなかった。結婚した後も、楽しむのをやめなければならない正当な理由は見つからなかった。子どもをもつことより、まずパリに二軒目のアパートをもつことを選んだ。第一次世界大戦の間、フランス人にアパートを没収させないために彼女の夫がアパートを売った後も、そして息子のクルトを生んだ後も、彼女はほぼ毎年友人を訪ねてパリに行き続けた。

ローザよりも長くジークフリートを知っており彼を愛していたエマは、彼の死について罪の意識を感じているローザに対して我慢ならないようだった。エマは、義理の姉を尊敬し愛していたが、ローザの自分ならジークフリートを救うことができたのではないかという考えには激しく反対した。兄は常に自分が選択したことをやってきたのであって、他の人がどうすべきか口出しをしなかったが、自分も誰にも助けを求めなかったと彼女は主張した。ローザが不在の間、彼女はハンブルクにいたのでしばしば彼に会っていたが、そのときでさえいつも以上に落ち込んでいるという徴候はなかったし、それどころかハンスとより多くの時間を過ごす機会があってどれくらいうれしいか話していたというのだ。

〔一九二九年の株価の大暴落によって起こった〕大恐慌の困難にもかかわらず、あるいはおそらくそれが原因で、ハンブルク市民はこれまで以上に社交に精を出していた。本当に悪天候でない限り、アルスター湖沿いに友人同士や知らない者が集まり、コーヒーやビールを一緒に飲んだり、あるいは単に話したりアコーディオンに耳を傾けたりした。皆、街頭市にぞろぞろと姿を現し、あらゆる年齢層のペアが非常に人気のあるコンテストに参加するためにダンスのステップに磨きをかけた。エマはマルガレーテが踊るのが好きなことを知っていたし、社交ダンスを上手に踊れるとても魅力的な青年を知っていた。エディーという名のその青年は女たらしでユダヤ人ではなかったが、エマは安心して彼にマルガレーテを任せることができると思っていた。

エマは君主制支持者でエディーは共産党員だったが、彼が何でも社会規範に則って発言したり行動したりするような、保守的なハンブルク市民ではないことをエマは評価していた。彼は、ドイツとオランダが領土を主張したが、実際には独立している北海域のフリースラントの出身だった。彼の父は海で亡くなったが、エディーは高校を終えると海に出て、世界を彼の大学にした。彼は手に入れることができるすべての本を読み、ときどき船から離れて、次の契約をする準備ができるまで外国に留まった。七年後には彼は七つの言語を話せるようになっており、世界において優劣や商業、あるいはたんに空間を巡って競う文化についても精通していた。その過程で、彼は政治や哲学に対する不変の関心と芸術に対する情熱を得たが、彼の周りにいる者たちを楽しませ、ときおり困惑させる茶目っ気を決して失わなかった。他の人々はありきたりではない助言を彼に求め、エマも彼に協力を求めることが多かった。というのも皆、彼が引き受けたものはいつも完全に成功する結果には至らないとしても、面白い結果になることを感じていたからだった。

彼女はエディーに、姪は息子と同じくらい大切な存在で、美しく知的な姪がパーティに出かければ、そのたびに求婚者が群がるであろうと話した。しかし問題は、彼女が出かけることを拒否していることだった。実際、彼女は母親のアパートから出ることがほとんどなかったのである。

エディーはしばらくこれについて考え、なぜなのか静かに尋ねた。エマは彼女の兄にあたるマルガレーテの父が三年前に自殺し、マルガレーテはどうやら喪に服している状態から抜け出すことができないようだと説明した。エマの、そしてマルガレーテの不幸に対して同情を示した後、エディーは自分に何ができると思うかとエマに尋ねた。

エマは、ハンブルクの若い女性が送っている通常の社会生活に近いものにマルガレーテを再び触れさせる計画を練っていた。エマは、アルスター・パビリオンに一緒に行くよう、どうにかしてマルガレーテを説得するつもりだとエディーに話した。エマの計画では、そこで彼は「偶然やってきた親愛なる友人」として紹介された後、一緒のテーブルに座るよう誘われるという手はずになっていた。しばらく話をして、音楽と一、二杯のゼクト〔ドイツの発泡ワインの中で高品質な部類のもの〕を楽しんだ後、マルガレーテはダンスすることを承諾するかもしれないとのことだった。エマは、マルガレーテが父の死以前には踊るのが好きだったので、ダンスこそが彼女の周りを厚く囲む悲しみの殻を壊すための手段になるかもしれないと言った。彼女は、自分は二人の縁結びをすることに興味があるのではなく、マルガレーテの殻を壊したいのだとはっきりと言った。

エマの計略は予想をはるかに上回る成功だった。マルガレーテは、自分がエディーと踊るのが好きで、ダンスが憂鬱を追い払ったのに気づいた。エディーは最初からマルガレーテに魅了されており、彼女が自信と活発さを回復してからはますます心を奪われていった。彼は、彼女の弟のハンスが友人や世俗的な関心とのつながりを取り戻す手助けもした。ローザは当初〔娘に対する〕エディーの求愛に動揺した。というのもエディーはユダヤ人ではなかったので、マルガレーテにとってはさらなる期待はずれに終わる可能性があると強く思っていたからであった。しかし、彼の魅力とハンスに対しての厚意、そしてローザ・ルクセンブルクへの崇拝などが彼女を徐々に味方にしていった。マルガレーテとエディーの交際は一年以上にわたったが、その間はどちらかといえば友情のようなものだった。しかし、彼らがアルスター・パビリオンでのタンゴ・コンクールで一位を獲得した後、彼らの関係は情熱的なものに変わっていった。

政府はジャズとスウィングを認めていなかったにもかかわらず、ハンスはマルガレーテ・ジンガーとエアハルト・エルンスト・エミル・オストライヒャーの結婚式の後の披露宴でスウィングの曲を演奏した。結婚式は、アドルフ・ヒトラー首相が〔一九三四年八月に大統領と首相の権限を併せもつ総統に就任し、〕ハンブルクの通りを車に乗って意気揚々と通ったおよそ一ヶ月後におこなわれた。一九三五年九月一五日にユダヤ人と非ユダヤ人の間の結婚を非合法化したニュルンベルク法[*11]が成立する一年前のことであった。

*11　ドイツにおけるユダヤ人の権利を奪った法律で、ユダヤ人を二級国民として公民権を奪うものだった。「ドイツ人の血と名誉を守るための法律」と「帝国市民法」の二つからなる。

マルガレーテとエディーは、ニュルンベルク法が成立した二ヶ月後にハンブルクの有名なユダヤ系の病院で娘の誕生を迎えた。しかし、ドイツがユダヤ人に対する迫害を高らかに発表したとき、世界からは葉の落ちる音ほどの反応も聞こえることはなかった。詩人のハインリッヒ・ハイネ[*12]の叔父〔ザロモン・ハイネ〕によって設立されたこの病院の医者たちは、私にとって幸いなことに、呼吸困難のユダヤ人の赤ん坊を助けないようにという政府の命令を無視して、人種、宗教または国籍に関係なく治療をしてくれた。

＊12　一九世紀初頭から中葉に活躍したドイツの作家、詩人。生まれはユダヤ人であったが、後にプロテスタントに改宗した。

第3章

毒された空気

私が生まれたときにはユダヤ人に対する戦いは既に進行中だったが、母と父は、私に二人の妹を与えてくれ、最初の数年間、自由に笑ったり遊んだりした。同時に、私の両親は、ドイツが民主的な共和国から黙示録的な野心をもった一党による独裁国へと急速に変化し、さらにその後、命令や法律によって次々と大なり小なりの規制が課されていく様子に反発の目を向けていた。ハンブルクは、ドイツで最後にナチのイデオロギーに転向した町だった。そのため、多くのハンブルク市民はそのイデオロギーに服従したにもかかわらず、まだどこか懐疑的だった。しかし、政権に反対していると疑われた何千もの人は打ちのめされ、近くのノイエンガメ強制収容所[*1]に送られるか殺害されるかした。そのため、しばらくすると私の両親と父の兄弟たちを含むわずかな人々が、活発に、しかし密かに抵抗するだけになった。

住民は隣人を密告するよう奨励され、ナチの方針を内輪で批判することでさえ当局に見つかると命取りになり得るということを、私は早くに知った。私たちの街区に住んでいた少年は、両親の個人的な会話と活動について報告したら新しい自転車をあげると秘密警察に約束された。彼がそれに応じると、両親は逮捕されて強制収容所に移送されたが、その少年には扶養してくれる者も新しい自転車も残されなかった。彼は自分がしたことのために周囲の人たちから煙たがられ、結局、姿を消した。彼が残した印象を拭い去ることはできなかったが、同じ頃にアパートの二階下に住んでいたモニカから、私は「ユダヤ人のブタ」だからもう一緒に遊ばないと言われたときのほうがもっと辛かった。

ユダヤ人である母と結婚していた父は、ナチスの人種的な方針と、ユダヤ人はアーリア人と一緒に暮らすにはふさわしくないという強まりつつある世論に対する生きた侮辱だった。この党の方針や世論からの逸脱に対して、彼は母と離婚して子どもたちを捨てるよう、ますます圧力を受けるようになった。それに加えて、一九三九年のヒトラー・スターリン不可侵条約[*2]によって共産主義に対する信頼をすっかり失うまで父は国際共産主義を固く信じていたので、ナチ党と警察当局から二重に疑われ、突撃隊員として知られている茶色シャツを着た暴漢から激しい敵意を向けられていた。

戦前、父は非難された結婚とユダヤ人、非ユダヤ人を問わない交友を続け、当局やコミュニティから向けられる憎悪によって気力を失ったり気落ちしたりしているとみられる隙を与えることなく、落ち着いて自信に満ちた態度で悪評を受け入れた。権力を握っている者たちの傲慢さとは異なり、父の明らかな自信は、他の人たちに対する本物の関心と釣りあっていた。そのため、友人だけでなく、よく知らない人でさえ本能的に彼に頼った。物乞いは父に心を許し、また父も彼らに心を許した。父は、クラシック音楽と芸術、交友、女性、そして冗談が好きだった。彼の機知は、長年の旅行や読書、そして突飛な振る舞いや動作の不安定な機械類に対する興味によって鍛えられた。しかし結局、突撃隊員は父のもとに辿り着いた。彼らは、父を街灯柱に縛りつけて殴り、そのため父は生涯にわたるダメージを腎臓に受けた。そして、父が母と離婚して突撃隊に加わらない限り、父自身と父のユダヤ人の家族は殺されるだろうと告げられた。父は、ドイツ空軍への入隊に同意することによって、彼らをどうにか納得させた。

殴打されても父の気力は挫かれなかったため、母と私はかなり長い間、恐怖を募らせることはなかった。母は、見たところ挑戦的な態度を速やかに取り戻した。父も間もなくドイツ空軍の特別調達部門に居心地の良い場所を見つけ、そのお陰で、私たち家族はいくらか安全に感じた。しかし、一九四一年一一月の強制移送の開始は衝撃的だった。私は当時わずか六歳だったが、自分の身に起こりうる最悪な出来事は母を失うことであり、また、母にとって母親と弟、そして叔母を失うことが耐えがたい苦しみであることも理解していた。それに続く一年半以上の間、さらなるユダヤ人の強制移送が進められ、私たちに対する嫌が

＊1　ナチス・ドイツによってハンブルク港の南東のエルベ川右岸にあるノイエンガメ村の近くに設立された強制収容所のひとつ。

＊2　別名、独ソ不可侵条約。ドイツのヒトラーとソ連のスターリンとの間で交わされた、互いに攻撃しないことを約束した条約。反共を主張するナチス・ドイツと反ファシズムを標榜するソ連の同盟は世界を驚愕させた。条約には、ポーランドの分割など、秘密協定もあった。

らせがますます強くなると、私は母もいつか連行されるかもしれないと思った。私は、母と父が最善を尽くして、痛みと怒りと不確実性に耐える方法を見つけようとしているのを見て、彼らの手助けをしようとした。しかし母は、人前でこそ挑戦的で誇り高く振る舞い続けていたが、人目のないところでは落ち込むことが多かった。私は、母と一緒にいるときには彼女が安全でいられるかどうかという恐怖心を抑えることができたが、そうでないときにはその恐怖心を抑えることができなかった。

母の家族がいなくなるとともに、当局は父の家族にも迫ってきているようだった。父と父の六人の兄弟、二人の姉妹がまだかなり若かったときに彼らの父親が海で死んだことから、母親は家族全員を養うことを余儀なくされてきた。そして大人になると、息子たちは各々が異なったやり方でナチ体制に活発に抵抗した。その年の夏、兄弟のうちで父がもっとも愛していたオイゲンが、占領下のフランスで軍に勤めている間にレジスタンスを援助したことが理由で逮捕された。オイゲンは、拘留中の者を殺すという評判のために昇天奇襲隊として知られているナチ親衛隊に引き渡されると、他の人を告発する危険を犯すよりも前に自分自身の命を絶つことを選んだ。ゲシュタポは、彼の自殺直後に、破壊活動に使うために父が借りていたブリュッセルの下宿の屋根裏部屋を捜索した。しかし、警察が階段を上がってくる間に、メイドが有罪の証拠になりそうな書類の束を素早く処分し、彼を救った。

父は、最後に帰宅したとき、この英雄的なメイドについて私たちに話し、甘草でできたウィンストン・チャーチルのお面を私に見せ、笑った。このような話を聞くたびに私はぞくぞくし、実はナチスは見かけほど強くはないかもしれないと考えた。しかし、母は当然ながらどうしても父に抗議しなければいけないと感じていたようである。「そんな危険を冒し続けるべきではないわ」と彼女は言った。そして、父の兄弟のオイゲンは逮捕されナチ親衛隊に拘留されて死んだこと、また、もしも父が逮捕されれば私たちは強制移送されることを父に思い出させた。

しかし、ベルギーに戻る前に父と私たちは、静かではあるが激しい抵抗への決意と、ナチスの失脚を目撃するまで生き延びるだろうという確信を分かちあった。それからというもの、母は毎週報告のため出頭する際、ゲシュタポに面と向かって会う心の準備ができているようになった。私はときどき母と一緒に行かなければならなかったが、母が自制心を失って泣くのは一度しか目にしなかった。その一度とは、前の年〔一九四二年〕のクリスマスの少し前、ゲシュタポの事務所の空気孔を見下ろしたときに、下の部屋でフレッドおじさんの顔が血だらけになっているのを私が見つけたときだった。

フレッドおじさんは私の本当の親戚ではなかったが、両親の友人で、大柄で赤いひげを生やした独身の男だった。私を大好きな姪として扱い、いつも食べ物や花を母に、そして甘草入りのキャンディーや花を私に持ってきてくれた。彼は、ハンブルクの古くから続く家系出身の母親と二人で暮らしており、既に亡くなっていた彼の父親はスコットランド出身だった。その父親は、グラスゴーとハンブルクを拠点にした船荷の保険会社のハンブルク事務所を経営していた。少年の頃、フレッドおじさんは夏をスコットランドで過ごし、大学教育もスコットランドで受けた。父親が死ぬ前、彼は私の父が乗っていたドイツの貨物船の役員として勤めていて、そこで二人は親友になった。父親の死後、フレッドおじさんはとても裕福になり、運転手付きのロールスロイスに乗り、彼の美しいあごひげの手入れをする使用人がいた。彼は高級紳士服店で有名なロンドンのサヴィル通りで洋服を仕立てていたが、イギリス人が好きなわけではなく、彼らが何世紀もの間スコットランド人を虐待してきたといって非難していた。彼はドイツ人ではあるけれども、父親の家系に受け継がれる伝統的なキルト、ショール、銀のバックル、羽毛がついた帽子とその他の変わった服を、私の両親の結婚式のような場で着用するのが好きだった。

私は、何も言わずに空気孔から離れた。しかし、母を尋問しているゲシュタポ二人のうち髪の毛の色がものすごく薄くてほとんど白髪に見える小柄な男が、私がおじさんの姿を見たのに気づき、母にも見させた。その男は、フレッドおじさんはイギリスのスパイだと主張し、母が彼に手を貸していると非難した。

母は震え始め、「あなた方はひどい間違いをしている、フレッドはハンブルクの人気映画俳優のハンス・アルバース[*3]と同じくらいドイツに忠実だ」と大声で叫んだ。彼女は、「彼をスパイだと思うだなんて、あなた方は狂っているに違いない」とまで言った。

警官は静かに一歩前に出ると、男性の露骨な言葉によって侮辱された女性がするように母の顔を叩いた。そして、「我々が質問をしているんだ！　誰が忠実か、誰が狂っているかは、我々が決める！」と叫んだ。

母はそれに素早く同意し謝罪したが、彼らに情報提供した者が誤っているに違いないと言い張った。

大柄なほうの警官が母の言葉を遮り、二人の男は母にフレッドおじさんと私たちの関係について尋ねた。母は、彼はプロイセンのフリードリヒ王[*4]の名をとって名づけられたこと、夫はその名前と赤毛のためいつも彼を「バルバロッサ[*5]」と呼んでいたことを話した。そして、夫が何年も前に働いていた輸送会社と関係があったので、フレッドおじさんと知りあいになったと話した。母は、彼が愛国的なドイツ人であると思っていると付け加えようとしたが、話を遮られた。

「彼は、ユダヤ人とのみならずイギリス人とも会話を交わすことを認めている。これは二重の裏切りである！」と小柄なほうの警官が言った。

「彼には、スコットランドに家族がいて所有地もあるわ」と母が指摘した。

「彼は既に自白したと言っただろう！」と、大柄なほうが拳をもう片方の手に打ちつけながら叫んだ。そして、母も彼について知っていることのすべてを白状しない限り、私たちはフレッドおじさんと一緒に処刑されることになると脅した。彼はこの言葉を骨も凍るように淡々と言った。母が何も知らないと言い張ると、彼は突然私の髪をつかみ、頭をぐいと傾けさせ、この「裏切り者」と両親が何について話したか言えと怒鳴った。

私は、フレッドおじさんは裏切り者ではなく、祖国を傷つけるようなことは決してしないと主張した。警官は私の頭を揺さぶって、私には祖国などないと言った。それから彼は私の髪を放し、彼が知りたい

＊3　一九三〇年から一九四五年の間にドイツでもっとも活躍したドイツ人俳優。ハンブルク生まれ。戦争中、オーストリア生まれのユダヤ人女優のハンシ・ブルクと長く恋愛関係にあったことが後に分かった。
＊4　一七〇一年にプロイセンの王となったフリードリヒ一世にちなんで、その後継者たちの多くがフリードリヒという名をつけられた。
＊5　神聖ローマ皇帝（在位一一五五—一一九〇年）のフリードリヒ一世は赤ひげをたくわえていたことからこの呼び名がつけられた。

ことを話せば母と私は家に帰れると言った。そして、それ以外に素敵な小さなプレゼントももらえると付け加えた。

彼の最後の言葉を聞いて私は、両親に関する情報と引き換えに新しい自転車を約束された同じ通りに住んでいた少年を思い出した。私は、父はドイツ空軍にいて、スパイと話すわけがないと言った。

ゲシュタポは、ユダヤ人と結婚するような男はドイツの敵とも話すだろうと答えた。

著者の両親、マルガレーテとエアハルト。

「母はきれいだから」という言葉が、私が思いついた精一杯の言葉だった。警官が笑ったので、怒りの涙が私の頬を流れた。

彼が私の髪をねじりあげたことよりも笑ったことのために、私は彼を憎んだ。結局、二人の男は私たちに飽きて、家に帰らせた。しかし、帰る前に、次の週も母と当局に戻ってくるように私に言った。

＊＊＊

その一週間、私たちはフレッドおじさんの身を案じ、次回の尋問を恐れた。しかし、次に私たちが尋問のために警察に行ったときには、寒さに震えおびえた十数人のユダヤ人の子どもたちとその母親たちが建物の外に立っていた。数人のヘルメットをかぶった兵士たちもその場にいて、そのうちの二人は大きなジャーマン・シェパードを連れていた。なぜ集合させられたか分かっている者はいないようだったが、皆、強制移送されることを恐れていた。一人の母親は、警察の建物の周りを除雪するか、砂袋を置く仕事をさせられるのではないかと思っていた。それらは、ハンブルクの工場や通りで強制的に労働をさせられている何千人もの戦争捕虜がやっていたような類の仕事だった。他の母親は、クリスマスの時期だったので、兵士か捕虜のために「きよしこの夜」を歌わせられるのかもしれないと言い、悲観的な憶測を和らげた。しかし、数分後、ナチ親衛隊員が一人やってきて、ユダヤ人の子どもたちは公立学校でのガスマスク使用の訓練を受けていなかったので、クリスマス休暇中で施設が利用されていない今、訓練を受けさせると言った。混合婚のもとに生まれた子どもたちを最初に連れて行くと彼は言い、グループの一人の女性を促して、子どもたちに毒ガス攻撃に備えて準備をさせるハンブルクの計画はよく知られているし安全だとコメントさせた。

しかし、トラックに三〇分間揺られ降りたとき、さらに多くの兵士と犬がかなり深い森の前にある空き地を囲んでいるのを見て、私たちは驚いた。やせこけた松の木が並んだところから二〇メートルほど離れたところに小さな小屋があった。左側の少し盛り上がったところには、砂袋で囲まれた機関銃があった。その先には、対空高射砲の長い筒がどんよりした空を指していた。機関銃のもっとも近くに立っていた兵士たちは、タバコを吸うか暖かい飲み物を飲むかしていて、私たちにほとんど注意を払っていなかった。誰一人の母親が、これは当局が非ユダヤ人の子どもたちを訓練するのに使った場所ではないわと叫んだ。誰も彼女の意見に反対しなかった。

司令官は、兵士が配っているガスマスクはアーリア人の子どもたちが使っている物と同じであり、サイズがぴったり合わなくても関係ないと私たちに話した。私の物は大きすぎた。司令官がグループの人たちと話をしている間に、母は素早く私の髪を三つ編みにしてマスクのひもをきつく絞め、マスクの両側の下に三つ編みを押し込んだ。それでもまだぴったりではなかったので、母は革の手袋を外して三つ編みの上に詰め込んだ。兵士たちは、建物のドアの前に身長が高い者が前になるよう、私たちを背丈順に並ばせた。私は大きすぎるマスクを着けた小さな男の子の前で、列の終わりに近かった。それから兵士たちは二〇メートルほど離れた場所に母親たちを集め、私たちが指示を聞くことができるよう静かにするようにと言った。司令官は、注意を払うようにと大声で叫び、銀の口笛を持ち上げたが、内側が曇り始めていたマスクのレンズ越しに見るのは難しかった。

司令官は、私たちに建物の中に行き、彼が笛を鳴らすのが聞こえるまで静かに待つようにと言った。彼は、耳をつんざくような音で笛を強く一吹きしてみせ、私たちは震えあがった。

彼の説明によれば、私たちは笛の音を聞いた後、マスクを外して外に出ても良いが、全員がマスクを外すまでは誰も出て行ってはいけないということだった。

司令官は、私たちがきちんとやらないなら同じ訓練を何度も繰り返しやらなければならないと付け加え、指示を繰り返した。その最中にあたりを見回していると、私は兵士たちが機関銃を手にし、ドア付近にいる二人を除いて母親たちの前に列を作っているのに気づいた。

「注意！」と司令官は叫び、小屋への扉が開けられた。

私たちはほとんど明かりのない部屋に向かい、ためらいがちに一列になって進み、そこから出られるよう、司令官がすぐに笛を吹いてくれることを期待していた。まるで永遠のように感じられるくらい長い時間、彼は私たちを放っておき、その間に子どもたちの何人かがつまずいたり、マスクの下でうめいたり、床に倒れたりし始めた。ようやく司令官は笛を吹き、子どもたちの何人かはマスクを外した。数人が叫んでのたうち回る間、残りはドアのほうに殺到し、激しくドアを連打し始めた。私はドアの近くにいたが、転んでしまった。マスクが外れないようにして、私は必死に一筋の光を探した。小屋の中の大混乱に加え、ドアの向こう側からは犬が吠える声と機関銃が発砲される音とともに何かを叩く音と叫び声が聞こえた。ドアが内側に倒れたとき、私は他の子どもたちを踏み越えて光のほうへと這った。何が起きたのかはっきり目にする前に、母は私をつかまえて引き上げ、森の中に飛び込み、騒音と大混乱の中、なんとか逃げることができた。一息つくため止まったとき、叫び声と発砲の音がまだ聞こえていた。そのとき、私は母の片方の手から出血しているのに気づいた。それは雪の中にリボンのような跡を作っていた。

ドアで切ってしまったに違いないが心配する必要はないと母は言った。そして私に大丈夫かと尋ね、私が怪我をしておらず普通に呼吸できることを確かめた後、母は私たちがどこにいるかも分かるし家に帰る方向も分かると思うと言った。私たちは、残した血痕と足跡を心配して振り返った。母は出血している手を手袋の中に突っ込み、私たちは歩き始めた。最初は、明らかな痕跡を残さないため、雪が少なくて深く松に覆われているところを踏んで行くことにした。二、三時間後、私たちはアパートから二、三街区離れたハッセルブローク通りにぶつかる通りに到着した。つかの間アパートで休んだ後、母は従姉妹のインゲのところにレナを迎えに行った。おそらく母は、私たちの身に何が起きたかインゲに話したと思うが、私たちは二度とそのことについて話さなかったし、一体何が起きたのか読んだり聞いたりもしなかった。私は、多くの母親と子どもが怪我をしたか死んだかしたに違いないと確信し、もし他に生存者がいるならば彼らはどうしたのだろうかと思った。

再びゲシュタポに出頭する日が訪れたとき、母は、警察は私たちがこの出来事によって死んだと思っている可能性もあるため、当局に行かないと話していた。しかし母は、当局が細心の注意を払って、すべてのことや死体も含めてすべての者の行方を把握していることを知っていたので、結局は行くことにした。それに、隠れられる絶対確実な場所を確保していない限り、最近ヴィンターフーデ地区に住んでいるユダヤ人の女性を告発した二人の女性のような市民が、おそらく私たちのことを通報するだろうと思った。告発された女性は、非ユダヤ人と結婚していた。彼女は、自分が住んでいる通りで強制労働に携わっていた空腹のロシア人捕虜に食物をこっそり与えたことで隣人を怒らせた。その後ゲシュタポに行ったときに何が起きたのか、母は私に話さなかったが、離れ離れになっている間はいつでも彼女が無事かどうか私はますます心配するようになった。そして、私がレナを従姉妹のインゲのアパートへ連れて行っている間にこの恐れは表面化した。その恐れが私を母の指示に従わせず、家に帰らせたのだった。

＊＊＊

もし母が朝までに目を覚まさなければ、これ以上待たずにレナを従姉妹のインゲのアパートへ連れて行こうと私は決めていた。母はまだ温かく、触るとしっとりしていて、いずれ目を覚ますのではないかと私はますます楽観的になった。しかし私には助けが必要であることも分かっていた。電話線がずっと前から当局によって切られていたため、電話をかけることはできなかった。しかし、インゲだったら父に連絡することができると確信していた。背が高く魅力的で機転が利くインゲは父の異母兄弟の娘で、過去にも私たちの連絡役になってくれた。レナの世話もときどきしてくれて、ヘルガをアーリア人家族と暮らすよう連れて行ってくれたのも彼女だった。彼女の両親はアパートの一階で食料品店を経営していた。店の窓には小さな鉤十字の旗[*6]が掲げてあったけれども、実は彼らのアパートにユダヤ人の女性を住まわせていた。

＊6　鉤十字は幸運のシンボルとして使用されていた長い歴史があるが、一九二〇年にナチスが党のシンボルに採用し、一九三五年にはドイツの国旗としても採用されたため、ナチスのシンボルと認識されることが多い。

第4章

目覚め

次の日の朝、私はうなり声によって目を覚まし、母が服の首元を引っ張っているのを目にした。彼女の目はまだ閉じられたままだったが、レナは目を開けており、私が近くに置いたぬいぐるみの人形に向かっておとなしく話しかけていた。私は、ぬいぐるみと一緒に彼女をやさしく抱き上げ、母の胸元に置いた。しばらくして母は目を開け、自分の腕の中にあるものを理解する前に妹をどけようとした。完全に意識が戻ったとき、彼女はレナにキスし胸にかき抱いた。

母は、なぜ自分の命を絶とうとしたのか説明しなかった。私も、彼女がまだ弱っていて今にも泣き出しそうで、立ち上がったり歩いたりするのも辛そうだったので、尋ねなかった。しかし、母が目覚めてから一時間後に予期せぬ訪問客が来なかったら、きっと尋ねていただろうと思う。ここ数週間、誰も私たちを訪ねてきていなかったので、突然のノックに驚き、怖くなったが、ドアの向こう側から聞こえてきたのは従姉妹のインゲの声だった。

「あなたたちのことをとても心配したのよ」と、階段を上ったばかりのインゲは息を切らしながら言った。昨日、彼女のアパートに住んでいるユダヤ人の女性が移送命令を受け、自らの命を絶ったと彼女は説明した。インゲは、私たちもそのような命令を受けたのではないかと不安になり、すぐに飛んできたかったけれども来ることができなかったのだと言った。

母を見た瞬間、私は彼女の説明を聞かなくても、私たちも移送命令を受けたのだと悟った。二、三日じゅうに、私たちはモールヴァイデ公園に出頭することになっていた。そこは、私たちのユダヤ人の親類〔祖母、叔父、大叔母〕やハンブルクのほとんどすべてのユダヤ人が連行されたときの出頭場所だった。母は、どうにかして子どもたちを救おうと思い、私にレナをインゲの家へ連れて行くよう頼んだ。そして、自分の死後、当局がそれ以上は深追いしないことを期待して自分自身の命を断とうとしたのだとインゲに話した。インゲは何も言わず、ただ身を乗り出して母の手を取った。インゲが持ってきてくれた食べ物の箱に入っていたお茶を私が淹れている間、二人の女は座り、互いの目を見つめ、話し始めた。曾祖父が作ったグランドファーザー時計〔背の高い床置き振り子時計〕が正午を知らせた直後に空襲警報が鳴り響き始めた後でさえ、二人は話し続けた。私たちとは違ってインゲはユダヤ人ではなかったので、防空壕に行くこともできた。しかし、連合軍の爆撃機が一五分以内に到着するというより差し迫った二回目の警報が鳴ったときでさえ、彼女は動かなかった。

インゲは、アメリカの爆撃機はたいてい日中に来て、イギリスのそれは夜間に来るという事実を冷静に指摘し、爆撃機は「アメリカに違いない」と言った。

私は、彼女が防空壕に行ったら良いのにと望み続けた。歩いてすぐに行ける距離にコンクリートでできた巨大な数階建てのシェルターがあり、より小さいレンガづくりの防空壕ももっと近くにあった。あるいは、彼女だったら、私たちのアパートの建物の地階にある防空壕に入ることも許されただろう。母も私も、私たちができないことをしたからといって彼女を見損なったと思うことなどなかったであろう。しかし、刻々と時間が過ぎる間、インゲは私たちと座り続けた。私はインゲが持ってきてくれたお茶を淹れて出したが、二度目の警報が聞こえてから一〇分経ったことに気づかずにはいられなかった。インゲは私に礼を言って受け取ると、物思いに沈んだ様子でお茶をかきまぜ、空襲のために飲まずじまいにするにはあまりに大切であるかのように飲み始めた。警報解除が数分後に鳴り響いたとき、インゲは一気にお茶を飲み干して立ち上がった。

「ようやく終わった」と彼女は言った。「もう家に帰る時間ね」とインゲは笑いながら言い、私たちも笑った。彼女が私たちにさよならと言ったとき、彼女の目はターコイズ色に光っていて、父にできるだけ早く移送命令について知らせると約束してくれた。彼女は帰るとき、服と人形を詰め込んだバッグとともにレナを連れて行った。

＊＊＊

その夜は、七月最後の週であるにしても異常に暑く、雨も降っていないのに稲妻が遠くで光っていて、凪もなく静かだった。母と私は、日が暮れるとすぐに寝た。私は疲れていて母と同じベッドで寝られることがうれしかったが、暑さと、母が眠っていても、すぐに寝返りを打ったり、あえいだり、ときおり叫んだりし始めたせいで眠れなかった。それは、彼女が吸い込んだガスが原因なのか、移送命令に動揺したことが原因なのか、私には分からなかったが、両方の考えが私を苦しめた。そして、一時間もしないうちに空襲警報のサイレンが再び物悲しく鳴り始めたとき、私は完全に目が覚めていた。私は、それぞれ五秒の間隔を開けて一五秒間の警報が三回鳴るのを数えていた。これは、連合国の爆撃機が三〇分以内に来ることが予想されるという合図だった。

私たちは防空壕を使うことができなかったが、ハンブルク市民は一三〇回以上の空襲から彼らを守った精巧な防空施設を誇りに思っていることを私は知っていた。エンジニアや機械工、あるいは造船所、工場、鋳造工場の労働者たちは、敵の爆撃機がイギリスの海岸を離陸したときから追跡できるレーダー装置を含め、多くの防衛のためのハードウェア〔戦車・銃砲・航空機・ミサイルなど〕を製造した。そして彼らは、操縦士と同じくらい迎撃機自体を賞賛した。また、ドイツ民族の新たな騎士となった戦闘機パイロットの写真はあらゆる新聞や雑誌に掲載された。そして、ドイツ人パイロットの並外れた英雄的な行為に対し、褒美としてハンブルクの有名な赤線地区での二晩か三晩が与えられたことを、市民は誇りとしていた。

母は、空襲警報のサイレンに対して生気に満ちた反応を示した。それは、移送命令を受けたにもかかわらず、彼女が生きる意志を完全に回復させたことを意味していた。彼女は、最初の警報の後ベッドから飛び降りてラジオをつけ、爆弾投下により水道が使えなくなった場合に備えて浴槽に水を溜め始めた。さらに、バケツ一杯分の砂と消火器が使えるかを確認するために廊下をチェックし、インゲが持ってきた三つの卵のうちの二つをゆで始めた。しかし、数分後には警報解除が鳴り響き、私たちはほっとした。私たちは連合国にドイツを打ち負かして欲しいと思っていたが、爆弾が近所に落ちたときにはぞっとし、近くの小児病院が攻撃されたときには恐怖を感じた。こうしたとき、私は、住宅地区を爆破した者たちと攻撃を受けたナチ体制の残虐な行為の両方を憎むという感情的な混乱に陥った。その晩ほとんど損害がなかったことに感謝して、私は甘草で作られたウィンストン・チャーチルのお面に長いひとなめを与え、母とともにベッドに戻った。その晩はとても静かで、防空壕から帰ってくる家族が転がす、子どもたちや生活用品を乗せた鉄の車輪つきの小型ワゴンの音が聞こえるほどだった。

数時間後、私たちは再び一連の警報によって起こされた。五分もしないうちに二度目の警報が一分間に一五回鳴り、ラジオ放送がハンブルク市民に至急防空壕へ行くよう告げた。そのアナウンサーは、優しく心休まる声と自信に満ちた物腰でヴァレリアン〔ヴァレリアンはカノコソウの一種で鎮痛作用がある〕おじさんと呼ばれ、親しまれていた。しかし、数分以内に連合国の爆撃機の大きな編隊が到着すると警告した際の彼の声には、ただならぬ切迫感が漂っていた。命令を繰り返すたびに、彼は語気を強めた。私は、レナの空のベッドを見つめている母のほうに目をやり、インゲは必ずレナを防空壕へ連れて行ってくれると言って彼女を安心させようとした。

火から身を守る必要がある場合に備えて、母はベッドの足元に置かれたトランクから羊毛の毛布を二枚取り出し、浴槽の水をしみ込ませるために洗面所に持って行った。私は、もっとどっしりしていて身を守ってくれそうな服に着替えた。その服にはダビデの星*1がついていなかった。しかし、母と私は非常に濃い色の髪と目をしていたので、この服を着ていたところで、一部の人々には私たちはユダヤ人だと特定されてしまうだろうということを過去の経験から知っていた。

窓から外のアイルベック運河のほうを見て最初に気づいたのは、高いところにいくらか雲があったものの空がきれいに澄んでいたことだった。また、遠くにある尖塔の上の時計がはっきりと見えたので、私には見えなかったのだが、おそらく満月も出ていたのだろう。狂ったように鳴り響く警報が止むとすぐに、アルスター湖上の防空砲兵中隊が、戦闘状態にあるということを知らせるために二つのテスト弾を外へ放った。他の砲兵中隊から応答の砲声がし、彼らも戦闘の準備ができていることを示していた。光の筋が低い雲間を徹底的に調べ、頭上で爆音を立てている〔イギリスの爆撃機〕DH・九八モスキート機を捜した。それから突然、兵士たちはまるでハンドルを取られたかのようにサーチライトをぐるぐると動かし始めた。同時に、防空砲兵中隊は耳をつんざかんばかりの集中砲火を始めた。それはあまり長くは続かなかったが、空を小さな多数の硝煙の雲で満たした。月が地球に墜落し、すべてを光で覆ったかのようだった。その光はあまりに強かったので、私は尖塔の時計の時間を読むことができた。ちょうど深夜〇時三〇分を過ぎたところだった。まぶしい光が見えたので、私はアルスター湖側の窓のほうに駆け寄った。その光は月ではなかった。クリスマス・ツリーのように見える〔目標指示弾の〕炎が何百個もめらめらと燃え、ゆっくりと火が伝わっては煙を立てているのだった。

頭上で、イギリスの重爆撃機の最初の波が、天国のパイプオルガンのコーラスのようにうなった。この哀歌は、ザンクトパウリ地区で起きている一連の爆発によってすぐに中断された。その地区では、ヴァレリアンおじさんがやめるよう厳しく言ったにもかかわらず、空襲の間も飲めや歌えの大騒ぎを続けていた。直後に、ピューと鳴る高い音が私にも聞こえるほど近くに爆弾が落ち始めた。爆弾が落ちるときに不安を煽るありきたりのヒューという音に満足しなかったイギリス人は、落ちるときの音がより一層激しさを増すような血も凍る音を出す工夫をしたのだった。母は大声を上げることはなかったが、空襲の間、私が窓際に立つことを嫌がっているのを知っていた。しかし、私にとって、世界が爆発している光景から目を逸らすことは難しかった。空襲は二時間以上も続いたので、私はベッドに戻り、母にしがみついた。ようやく警報解除サイレンが鳴り始めた。そして爆発の轟音がした後に、消防車や救急車など緊急車両の苦悩に満ちたやかましいサイレンの音が続いた。

空襲の間に頭上で鈍い音がしたのを思い出して、母と私は屋根裏部屋までの短い階段を上った。そこは、もともと入居者の荷物収納庫だったが、火事に備えて今は空になっていた。母は、懐中電灯と手ポンプ式の消火器を持って行った。入ってすぐに、私たちは屋根に開いたギザギザの穴と、床に散らばった板切れ

---

*1　六芒星でユダヤ教やユダヤ民族を象徴する印。古代イスラエルのダビデ王にちなんで名前がつけられているが、歴史的な関連はない。イスラエルの国旗に使用されるなど、ユダヤ人によっても使用されているが、ナチス政権下においては、ユダヤ人を識別する印として、黄色のダビデの星のバッジを胸に着用することが義務づけられた。ドイツでは一九四一年秋より導入された。

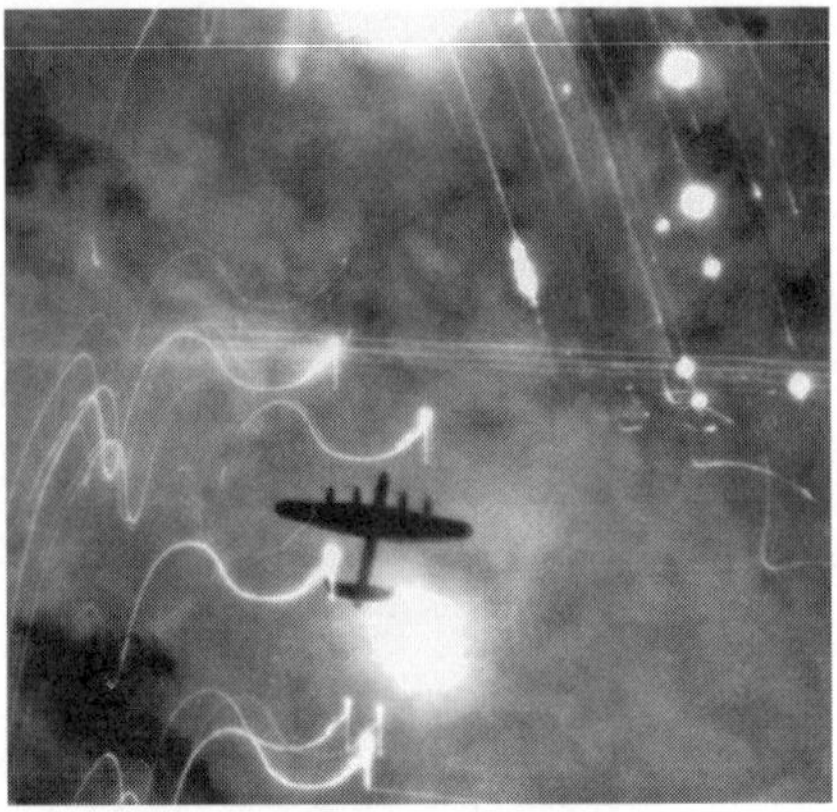

ハンブルク上空を飛ぶ連合軍の爆撃機
（所蔵：帝国戦争博物館）

とタイルの破片の中にある何か曲がったパイプのような物を見つけた。炎や煙は立っていなかったが、母はパイプとその周囲に消火器を噴霧した。それから、私たちはバケツ一杯分の砂でできる限りパイプを覆った。屋根は傾斜していたため、母は穴から頭を出して屋根に火事の徴候がないか見回した。

「ああ、なんてこと！」と彼女は叫んだ。すぐに母は、私を抱き上げて私にも外が見えるようにした。町全域の何千ヶ所もの場所で火事が起こっていた。たいていは私たちの場所からかなり離れていたが、近いものはわずか二、三街区しか離れていなかった。まだ夜明けではなかったが、煙の渦がはっきりと見えて、煤の臭いだけではなく味までもが私たちの開いた口から入ってきた。私たちはアパートの自分たちの部屋に戻ったが、外でも内でもこんなに混乱していて、眠れるとはとても思えなかった。インゲの家がある方向でたくさん火事が起こっているようだったので、私は、母がレナのことを心配しているのだと思った。当時、敵の爆撃機が間違って水の中に爆弾を落とすように仕向けるため、アルスター湖の湖面は網で覆われていたのだが、インゲはその近くに住んでいた。インゲの住んでいる通りは、かなり前〔一八四二年〕にハンブルクの町の中心部で恐ろしい火事が起きた際に、その場所で延焼が収まったことから、〔ドイツ語で火災の終わりを意味する〕ブランツエンデという名前がつけられていた。だから、あの通りは大丈夫なはずだと私は母に言ったのだが、私たちは自分の目で確認しようとして外に出た。

アルスター湖とブランツエンデのほうに向かって歩いて行くと、何百人もの人々が空襲について話しあい、自分たちの近所の損害を詳しく調べていた。騒音がしていたのと興奮状態だったのもあり、皆、空襲と破壊の大きさについて叫ぶような大声で話していた。イギリス人がすべてのレーダーを妨害するため薄い金属片を落としたので、ドイツ空軍を含むハンブルクの防空策は全く役に立たなかったという言葉も耳にした。とはいえ、これはありそうもないことのように感じられた。しかし、さらに数街区歩くと、クリスマスの飾りのような大きな金属片が常緑樹の枝から垂れ下がっているのを見つけた。私はそれを取り上げ、持って行くことにした。高性能爆弾で攻撃された街区では、縞模様の衣類を着けた囚人たちが、くすぶる瓦礫の下で遺体を探すのを手伝っていた。

アルスター湖に着いたとき、大きな火の手が遠くで上がっているのが目に入った。焼夷弾によって、カモフラージュのために湖面を覆っていた網に火がついたのだと分かった。錆がついた昔風のヘルメットをかぶった初老の火災監視員が、湖の端の対空部隊が直撃を受けたと話した。部隊の兵士全員が死んだとのことだった。彼は、ハンブルクの防空策が新しいレーダー妨害装置によって徹底的な打撃を受けたという噂は本当だと言った。私が金属片を見せたとき、彼は慎重にそれを調べ、返すのを拒否した。私たちがユダヤ人だと判断したのだろう、彼は炎が上がっていない湖の向こうの地域を指差した。

「イギリス人はユダヤ人地区を見逃したようだ」と彼は怒りをこめて言った。

「でも、今現在そこで暮らしているのはナチだけですよ」と母は彼に言った。

私たちはブランツエンデまで歩き、その周辺地域がまたしても助かったのを見届けた。そして私たちは、これ以上インゲに連絡を取ろうとするのはやめた。レナはインゲと一緒にいたほうがずっと良いと分かったし、おせっかいな隣人たちにレナが私たちと関係があると知られてはいけないから。

帰り道に、ザンクトゲオルグ病院の外の地面に座ったり横たわったりしている何百人もの人々の前を通り過ぎた。ほとんどは、母親と一緒の子どもたちだった。そのほとんどが咳をしていて、血まみれになっている子もいた。私は、近くの地区の小児病院が二年前に空襲で破壊されたときのことを思い出した。爆撃される前、私は肺炎にかかり、その病院に入院していた。家族ぐるみの友人で、父親が市役所の上級職だという女性が、私を彼女の姪として入院させるように手配してくれた。私がそこにいた三晩の間に、母は、私が炎に飲み込まれたレンガ塀の向こうにいて母を呼んでいるものの、壁を越えることができないでいるという夢を見たそうだ。そのため、まだ呼吸困難の症状があったにもかかわらず、母はダビデの星をショールで隠して病院に忍び込み、私を家に連れて帰った。その翌日の夜、焼夷弾が病院を焼き、子どもたちの多くが死んだのだった。今日、ザンクトゲオルグ病院のそばの芝生で横になっている子どもたちを見て、私は負傷者たちを気の毒に思い、彼らが家から離れた病院へ連れて行かれずに済むことを願った。それと同時に、彼らがそこで施されている緊急救援物資の飲み水をもらえるのがうらやましかった。母と私には、私たちにも分けてくれるよう尋ねる勇気はなかった。

その地区を離れようとしたとき、救急車の運転手と看護婦が話しているのが耳に入った。湖の向こう側で一〇〇〇人以上の死者が出ているが、火事を消すにはあまりに水圧が低いので、さらに多くの人々が窮地に陥っていて救出できないかもしれないとのことだった。私たちが住むアイルベック地区はほとんど無傷だった。アパートに戻り、母は中庭にいた女性に、屋根に穴が開いたことと屋根裏に金属の物体があったことについて話し、管理人に知らせるよう頼んだが、女性は答えなかった。最上階に住んでいるのは私たちだけだったからなのか、あるいは日曜日の朝で教会へ行く途中だったからだろう。

しかし、アパートに戻り一時間も経たないうちに、再び多くの爆撃機が近づいているという警告を発する空襲警報のサイレンが鳴り響いた。他の誰もがそうだったろうが、私はそれが誤警報だったら良いのにと思い、いまだに何百件もの火事と戦っている消防士と救助要員はどのような反応をするだろうかと思った。「アメリカの空飛ぶ要塞〔重爆撃機のB—一七型機〕」の第一波が、数千トンの爆弾を港湾地区に落とした後、頭上を飛んでいくのを、母と私は窓から見ていた。

母は、アメリカはUボートを狙っているのだから、頭上を爆撃機が通ったとしても私たちは標的ではないと私に言い聞かせた。

海港としてのハンブルクの歴史は、すべてのハンブルク市民の血に流れていた。歴史に名高い海賊は、私たちにとって真の守護聖人だった。世界最大で最速の定期航路の客船と戦艦がここで造られ、客船の多くは世界最大の海運会社が所有する全船舶の一部としてここから出航したのだった。この町の文化的な業績に登場するのと同じく、ユダヤ人は海軍の伝説的人物としてしばしば登場した。たとえば、バーリン*2という名の才能のあるユダヤ人は、地元の海運会社を世界でもっとも大きな卓越した海運会社へと成長させた。しかし、私の港と海に対する愛はバーリンとはほとんど関係がなく、海を大学として学んだ父から引き継がれたものだった。私も大人になったら父と同じことをしてみたいと思っていた。また、戦時中で秘密厳守の時代だったにもかかわらず、〔一九四一年に〕モンテビデオ湾で戦艦ビスマルクが沈没してからは、ハンブルクの造船所の労働者たちは主に潜水艦を造っていたということに、私は他の人たち同様に気づいていた。とはいえ、他の人たちとは異なり、ウィンストン・チャーチルが「オオカミのように群れをなして獲物を狩るUボートは〔一九四〇年から一九四一年にかけての〕ロンドン大空襲より危険である」と言ったことについては、私は必ずしも誇りには思っていなかった。むしろ、アメリカの爆撃機がチャーチルの話を聞いて、彼らが所有するすべての爆弾を潜水艦待避所に落としてくれることを私は心から望んだ。私は甘草でできたチャーチルのお面にも同じことを言ったが、自然の嵐のように着々と近づいてくる雷のような爆撃の中、私の声が彼に届いたとは思えなかった。

ようやく昼過ぎになって警報解除の合図があり、アーリア人の隣人たちは、まばたきと咳をし、悪態をつきながら防空壕から出てきた。巨大な黒い柱状の煙が港から内陸に向かってたなびいていて、太陽をかすませ、私たちの目をひりひりさせた。救出車両のサイレンが鳴り響き、援助が近づいてきていることを知らせて困っている人々を安心させようとしているようだった。これらの騒音の中に、私は船の霧笛のうめくような低い音を聞いた。私には、船が援助を求めているかハンブルクから逃げ去っているかのように聞こえ、私たちも外洋に脱出できる船に乗れたら良いのにと思った。母の表情から、彼女がレナのことを心配しているのが分かったが、母は、通りの混沌を見るにつけ、たとえ私たちがブランツエンデに行こうとしても行けないだろうと思ったようだった。

DH・九八モスキート機は、その夜ハンブルクの誰をも眠らせなかった。その日三度目の警報が真夜中になる少し前にむせぶような音を立て始めたとき、疲労しきった消防士、強制労働者、兵士、ボランティアたちはまだ火事を消そうと格闘し、熱い瓦礫から人々の身体を引っぱり出しているところだった。すぐに爆撃が続き、非ユダヤ人たちは弱々しい声で愚痴を言いながら、ひどい安息日を過ごした防空壕に再び戻った。警報解除が鳴り響くまで、母と私はベッドに横になって懐中電灯を使って読書をした。私たちが暗幕を取り除いたとき、隣人がおどおどしながらアパートに戻ってくる音が聞こえた。

ハンブルクを出て行く船に乗りたいという願望が再び私の想像力を支配した。暗闇にもかかわらず航行していることを船が他の船に告げる深く強い霧笛に、私は耳を澄ました。ゲシュタポの手が及ばない安全などこかに、私たちを連れて行ってくれる船を見つける必要があった。遅くならないうちに父と連絡が取れれば、手配してもらえるかもしれないと思った。

朝になってもまだいくつかの地域で煙の柱が盛大にあがっていたが、夜には燃え盛っていた炎はずいぶ

＊2　アルベルト・バーリンはドイツの海運会社の実業家であり、一九世紀末から二〇世紀前半にかけて、ハンブルク・アメリカ・ラインと呼ばれたハンブルク・アメリカ小包輸送株式会社を世界でもっとも大きい輸送会社に成長させた。ユダヤ人であり、ハンブルクの社交界では受け入れられない場合もあったが、ドイツ皇帝のヴィルヘルム二世より尊敬されていたという。

ん小さくなったように見えた。母と私がブランツエンデの状況を確かめ、またインゲが父と接触することができたかを確認しようと外に出たとき、救急隊員たちは、人々を救うため、そして町の一部を救うためにまだ猛烈に働いていた。母は、本当は違法だったが、ダビデの星を隠すために軽いショールを羽織っていた。ほどなく私たちは、爆弾で攻撃された建物を見かけるようになった。ブランツエンデは無傷であるように見え、私たちは安堵した。しかし、インゲが住んでいる街区には警察官と兵士が多数いたので、私たちは入ろうとするのをやめた。代わりに、私たちは向きを変え、母が子ども時代を過ごしたローゼン通りを歩き、さらにエマ大叔母さんが強制移送される前に住んでいたパウル通りに行った。これらの短い通りがどちらも大して損害を受けていなかったことを喜び、私たちは家路へ着いた。

しかし、私たちはほどなく、エルベ川に近い住宅地のハマーブロークで回り道を余儀なくされることとなった。造船所と少し下流にある住宅団地は荒廃してはいたが、ここでの目に見える被害は、通りに煙が充満し、そのせいで大部分の住民が屋内に閉じ込められていたことくらいだった。空襲警報のサイレンが再び鳴り始めたとき、あまりにも早朝だったため、大部分の人々は誤報だと思ったに違いなかった。私たちを除いては、誰も防空壕に向かって走らなかった。しかし、一〇分後にはアメリカのB—一七大型爆撃機が大編隊で到着し、今度は、ハマーブローク港の区域から攻撃を始めているようだった。大混乱が起き、私たちは防空施設として用いられていた中世風のレンガ塔に入ろうとした。しかし、監督官は私たちを制止した。彼は、私たちがユダヤ人だったので制止したのではなく、私たちがその施設を使うための許可証を持っていなかったので制止したのだった。おそらく皮肉のつもりで、彼は遠くにある教会の尖塔を指差し、そこに避難するように言った。ちょうど今歩いてきた通りが連続爆撃でめちゃくちゃに破壊されている間に、私たちは教会の要塞のような壁のところに辿り着き、ドアが開いているのを見つけた。

中の天井は高く、アーチになっており、大きなステンドグラスの窓がある壁から二、三メートル離れたところの巨大な石柱の列で支えられていた。かすかな光が差し込む暗がりの中、輝く大きな十字架に磔《はりつけ》にされたキリストの姿の下に、十数人ほどがひざまずいていた。棚が脇のほうにあって、並んだロウソクが明滅していた。棚の上部の壁には、赤ん坊を抱いている女性の石膏像があった。彼女は黄色の髪に金冠をのせ、赤ん坊は頭の後ろに金の後光がさしていた。私がこのような壮大な教会に入ったのはこれが初めてだったが、説明を聞かなくても赤ん坊のイエスを抱いている女性がマリアであると分かった。自宅にある挿絵入りの聖書で何度も彼らの絵を見たことがあったが、私のすぐ下の妹のヘルガがとても明るい髪の色をしているのを思い出すまで、私は女性の冠と黄色の髪に少し当惑した。

まだかなり近くが爆撃されていたが、厚い壁の中にいると爆撃音はさほど強く感じられず、今回の空襲の間のどんなときよりもしっかりと守られている感じがした。外の炎とは対照的に、揺れるロウソクは私たちを安心させ、魅了した。それはまるで、どんなに破壊してもその光の小さな贈り物の美しさを消すことはできないと静かに言っているようだった。しかし、私が礼拝堂の壮大さに驚嘆し、カビ臭い石とお香が焦げた香りを吸い込んでいる間にも、祈りを捧げている人々の何人かが私たちのほうを見ながら互いにささやいていた。間もなく、女性の一人が立ちあがり、彼らの前で膝をついていた黒い服を着た大柄な男に何かささやき始めた。ゆっくり、おそらくしぶしぶと、男は立ち上がって私たちのほうにやってきた。

司祭の男は、ユダヤ人を保護することは禁じられているから、すぐに出て行ってくれと言った。母はショールをなくしており、「ユダヤ人（JUDE）」と書かれたダビデの星が薄暗い中でもはっきりと見えていた。

母は、空襲が終わり次第出て行くからもう少しいさせてくれと男に嘆願した。私たちがここにいたことは誰にも知られることはないということも、彼に話した。

返事の代わりに男は、祈るのをやめて私たちを見つめている人々に向かってうなずいた。二、三人が立ち上がり、私たちに近づいてきた。最初は驚いているように見えたが、だんだんと非難の込もった目を向けてきた。

「彼女はどうなの」と、私は聖母マリア像を指差しながら尋ねた。私は他の人たちに見て欲しかったし、今回だけは、母も私が指差すのをやめさせるために私の指をつかまなかった。

司祭は困惑しているようだった。

「彼女はユダヤ人ではありませんでしたか？」と、私は他の人たちに聞こえるように言った。

司祭は最初、私に答えようとしてしどろもどろに説明しようとしたが、すぐに諦め、今すぐに出て行くようにと主張した。

彼が腕を上げ、教会の入り口に続く長い広間に私たちを追い立てる間、私はマリア像を指差し続けた。外に出ると、空襲はやんだようで、私たちは家のほうへと歩き始めた。結局のところ、教会で空襲をしのぐことができたと感じていた。しかし、再び警報が鳴り、私たちができる限り家に近づこうと走り始めたとき、次のB―一七爆撃機が頭上に現れた。目の前で、アメリカの戦闘機に追いつこうと、空中を引っかく怒った猫のようにシューッと音を立てて別の戦闘機が飛んだ。

その夜、DH・九八モスキート数機が再びハンブルク市民を苦しめた。市民はそのたびに防空壕に行ったが、防空壕は恐れからくる汗の臭いがしたに違いなかった。母は、レナに会えず、インゲが父と連絡を取れたのかどうかも分からないことにひどく不安を感じていた。私たちは強制移送命令について話さなかったが、それは移送命令が今すぐにでも爆発しそうな時限爆弾のようなものであることを知っていたからだった。その夜ベッドに横になって、私は教会で起こったことを考えていた。中世の雰囲気、非現実的な匂い、そして大昔から続く人や出来事の記憶などが私の想像をかき立てた。そのとき、父の聖書が本棚にあったのを思い出し、私は早速それを取りにいき、ショールで覆われたランプにカラーのイラストをかざして見た。そこには若いユダヤ人の母であるマリアが質素なショールを羽織って胸に赤ん坊を抱え、壁で囲まれた町の門から急いで立ち去る姿が描かれていた。彼女の後ろでは、日焼けしてごつごつした大工のヨセフ〔マリアの夫〕が、城壁で血にまみれた武器を振り回している兵士たちを恐る恐る振り返っていた。兵士の一人が切断された子どもの頭を持ち上げていた。真っ黒な髪の房がマリアのショールの下からなびき、彼女が光のほうへ大股で歩くとき、その大きな黒い瞳は断固として子どもを守ろうとしているように見えた。幼児には後光が差していたが、この絵は、教会で見たマリアの金冠も金髪も弱々しい表情も本物ではないという私の感覚は正しいと言っているようだった。

DH・九八モスキート機の襲来で夜中の二時近くまで眠ることができなかった母と私は、火曜日の朝は遅くまで眠った。インゲのところに行く準備ができたとき、もう一度空襲警報のサイレンが鳴り始めた。アメリカの飛行機は現れなかったが、警告は一日じゅう繰り返された。正午頃、誰かがドアを大きくノックした。私は、父かインゲが来たのだと思い、ドアまで急いで行った。しかし、ドアの外にいたのは、ヴィーダーマンさんに付き添われた警察官だった。ヴィーダーマンさんは、私の元友人のモニカの父親であるとともに私たちの地区のナチスの街区監督官で、アパートの舎監だった。彼らは、私たちが予定通りにモールヴァイデ通り沿いにある公園に出頭するか否かを確認しに来たのだった。その公園がユダヤ人の最終的な強制移送準備の場所だということは、今やすべてのハンブルク市民が知っていた。警官が母に三人の子どもたちを連れてこいと言い、そこから二人の間で激しい議論が始まった。

母は警官に嘘をついた。まず、三人姉妹のうち真ん中の妹のヘルガは彼女の本当の娘ではなく、したがってユダヤ人ではないと告げ、アーリア人の母親によって取り戻されたヘルガは、ハンブルクから遠く離れたところで暮らしていると言った。警察官が、ヘルガがどこに隠れているのかについて詰問したが、母は、当局は彼らがどこで暮らしているか知っているが自分は知らないと主張した。そして、ヘルガの本当の母親はバイエルン人であると思うと述べ、それを支持するようヴィーダーマンさんを説得した。さらに母は、もしヘルガがユダヤ人であるならば、彼女がハンブルクを離れたときに警察に報告しなかったことは、彼が街区監督官として怠慢であるということになると指摘した。

「彼女は明らかにアーリア人です」とヴィーダーマンさんは言った。そして、ヘルガがブロンドの髪と青い目をしていることを強調し、彼自身の娘と同じだとさえ言った。

次に母は、レナは北海のフリースラントにアーリア人の祖母といると言った。警察官は納得せず、さらに怒りを募らせていた。警官は、母はモールヴァイデにレナを連れてこなければならないと主張した。それに対して母は、我々ユダヤ人は長距離移動どころか自転車に乗ることさえ禁止されているのに、一体どうやったらレナを連れてこられるというのか教えろと詰め寄った。

空襲警報のサイレンが鳴り始めて中断するまで、警察官は母を脅し続けた。急いで立ち去る前に、彼は祖母の住所を教えろと言った。母は、思いついた架空の住所を渡した。警報解除の後、母はインゲに会いに行くのはやめたと私に話した。レナのことが通報される危険があまりにも大きいからだと言った。

空襲により破壊されたハンブルクの地区
（写真提供：Oxfordian Kissuth）

母の厳しい表情から、モールヴァイデに出頭するときになったら一体何が起こるのかを考えて、彼女が非常に苦しんでいることがよく分かった。今回の空襲はそれまでの空襲と比べても最悪であったが、ユダヤ人を追い払おうというナチスの決意を弱めることはなかった。母がドアを閉めた後、私は無駄かもしれないが何か元気づけることを言おうと考えた。しかし、強制移送がすぐそこに差し迫っているということを知り、私はアパートがまるで死刑囚の独房であるように感じた。

第5章

ゴモラ作戦

火曜日の夜は暑かった。日曜日と月曜日の空襲で起きた火事から上り続けている煙を吹き払う風すら吹かなかった。午後一一時半に再び警報が鳴ったとき、私はまだ起きていた。警報は爆撃機が近くに来るにはまだ三〇分の間があると知らせていたが、ドイツ人が「クリスマス・ツリー」と呼んでいた目標指示弾の揺らめく炎が空に見られ、時間切れになったことが分かった。母と私は、最初の爆発音が近距離で轟いたのですぐに服を着た。そして、二つの鍋に飲料用の水を入れた。それから母は浴槽で二枚の毛布を水に浸し、私は耳に綿を詰めた。頭上にあるかのように見えた爆撃機に対して対空砲が砲声を轟かせたので、私たちはベッドに戻った。そして、頭を保護するために、また恐ろしい騒音を直接聞かずに済むよう、暑かったが顔の上に枕を置いた。

数秒後、爆発がアパートの建物を揺らした。壁と天井と窓が粉々に砕け散り、石膏とガラスが降ってきた。ランプと額縁は部屋じゅうの至るところに叩きつけられた。二度目の爆風はアパートに強風を叩きつけた。玄関のドアが床に倒れ、壁の装飾と敷居とサッシが剥がされ、書棚やテーブルもひっくり返った。そして、窓の外で炎が燃え上がった三回目の爆発は、まるで私の頭蓋骨の中で爆発するようだった。衝撃波によって私たちのベッドは部屋の反対側まで移動して倒れ、私たちは床に放り出された。

私は呆然とした。息を吸うことができず、ものすごくトイレに行きたかったが、母があまりにも長いこと床の上でじっとしていることのほうが心配だった。部屋の空気はしっくいの粉だらけで、床は割れたガラスで滑りやすくなっていた。私は、しわくちゃのじゅうたんの山の上で用を足した。どうにか直立を保って下着を濡らさないようにしているとき、部屋の別の隅で母が同じことをしているのが見えた気がした。母に声をかけようとしたが、私たちは絶え間ない爆弾と爆発の音に完全に囲まれてしまっていた。かつては窓だった大きな穴から、隣の建物のバルコニーに白い燐《りん》の破片が散らばり、テーブルの上にも降り注いだのを見た。テーブルの上で燐片は白光を放ったり燻ぶったりし、まるで宇宙から来た変わった食べ物のように見えた。バルコニーにあるどのゼラニウムも、炎に照らされてはっきりと見えていた。靴を捜している最中に、焼夷弾が私たちのアパートの建物の屋根を突き抜けて落ちてきた。私は片方の靴を見つけ、母がもう片方を見つけてくれた。話すことができなかったので、とにかく抱きしめることでお互いを感じた。壊れたりなくなったりした物はなさそうだったので、私たちは湿った毛布を再び手に取り、一階の中庭へ続く暗く破片が散らばった階段を慎重に下りた。

巨大なショールのように頭の上に毛布をかぶり、地下の防空壕に通じる大きな金属製のドアのところまで走った。母は消火器のノズルを手に取り、開けてもらえるまでドアを叩き続けた。すると、大きな鋼鉄のヘルメットをかぶった男の頭が現れた。私たちの街区監督官のヴィーダーマンさんだった。「ここで何をしている」と彼は問いただした。

そのとき、耳がつんざくような爆発音が聞こえ、彼はバタンとドアを閉めた。母は再度ドアを叩き、ヴィーダーマンさんの頭が再び現れた。私たちは無理やり中に入った。

「ここに居させてもらえないと困ります!」と母は叫んだ。「家が爆破されたんです! 外にいたら死んでしまいます!」

防空壕内の寝台に横になったり座ったりしていた人々の何人かが立ち上がり、ドアのところまで来た。そのうちの一人のしわくちゃでひげの生えたセイウチのような男が、母の顔の近くに手提げランプを掲げた。

「ユダヤ人だ!」と女が来て叫んだ。「ユダヤ人だ! 忌々しいユダヤ人だ!」

その声は若くもなく、年を取ってもなく、慈悲もなかった。実際、女は何度もその言葉を繰り返し、そのたびに声にこもる感情は驚きから憤慨、憤慨から激怒へと変わっていったようだった。彼女が言った他の言葉は爆発音でかき消されて私の耳には届かなかったのだが、私は他の人たちはもっと思いやりがあることを願った。爆発は恐ろしかったが、防空壕内ではその恐怖ははるかに少なかったから。しかし、騒音の中で次に上がった声はヴィーダーマン夫人のものだった。彼女は夫に向かって、ユダヤ人を保護するこ

著者が住んでいたアパートの防空壕のドア。「アーリア人専用」とされている。

とは規則で禁止されており、その規則を守ることが彼の義務であるので、私たちを追い出さなければいけないと怒鳴りつけた。

「あなたが責任を取らされるわよ！」と彼女は叫んだ。「私たちのことを考えて、パパ！ 家族のことを！」

「私たちのことを考えて、パパ！」と私の元友人のモニカも言った。彼女は自分の一番お気に入りの人形をしっかりと抱きしめ、まるで私がそれを奪おうとするのを恐れているかのようにわずかに体の向きを変えた。そして鼻にしわを寄せながら「私たちのことを考えて！」ともう一度言った。

手提げランプを持った男も酒焼けした声で言った。「家族の言うことを聞け！ ユダヤ人を追い出せ！」

「どのみち彼らは二日以内に強制移送されるんです」とヴィーダーマンさんは言った。「私はその命令が下されるのを実際に見た。」

「それなら、なおさらこいつらを追い出す理由があるじゃないか」とセイウチ男が言った。

ヴィーダーマンさんが私たちに出て行くように言おうとして体をこちらに向けた瞬間、母は、彼と他の人たちに私だけは居させてくれと懇願した。私はその考えに動転したが、何人かには受け入れられたようだった。しかし、より大きな声がして私だけが残るという案をねじ伏せたので、私は安堵した。

「ボルシェヴィキ[*1]のユダヤ人が背後にいるんだぞ！」としゃがれた声が叫んだ。「彼らが我々を売ったんだ。それにイギリス軍に爆撃する場所を教えたのもユダヤ人だ。」

私はその考えにわくわくしたが、母はばかげていると言った。

「夫はドイツ空軍にいるの」と母は叫んだ。「今、こちらに向かっているわ。もし私たちを追い出したら、あなたたちは彼に説明する必要があるのよ！」

母の言葉に対して、私たちを即刻追い出すべきだという怒りの声が上がった。ヴィーダーマン夫人は夫を小突き、彼はドアを押し開いた。すると、母は外へ出るどころか防空壕の奥深くに移動した。

「あなたたちが報いを受けるときが来るからね！」と母は叫び、部屋は静かになった。彼女はそれ以上何も言わなかったが、数秒間じっと立ち、防空壕の中にいる人たちの顔を眺めた。彼女の黒い瞳は手提げランプの光の中で輝いていた。彼女は傷つき怒っているように見えたが、恐怖を一掃し、勝ち誇っているようにさえ見えた。そして、暗闇の中で多くの人は、私たちを恐れているように見え始めた。彼らの地下壕を共有することを拒否したことで、神に地獄に落とされると感じているようだった。再び爆発が起こり建物が揺れたとき、母は、私を守ろうとする落ち着いた表情を浮かべ、しゃがんで毛布が私の頭を覆うように調整した。ヴィーダーマンさんが母の腕をつかみ無理やりドアのほうへ行かせようとしたが、彼女は振りほどいた。それから彼女は私を抱え、自分で外の通りに出た。同時にドアが後ろで閉まった。

＊1　後にソ連共産党となる、レーニンが率いたロシア社会民主労働党の左派。

火事あらしの後、アパートの中庭への裏の入り口。

偽りの曙光が南東の空を照らし、母の頬を赤く染め、通りの建物の壁に不気味に輝く赤い色を塗りたくった。爆破されて開いた窓から、オレンジ色と黄色の炎がピアノのそばで踊り、本棚が焚き火のように燃えてベッドの柱の周りに炎が巻きついているのが見えた。熱風がほとばしってハッセルブロック通りを飲み込み、木立ちを半分に折り曲げ、枝や葉を剥がし、私たちの毛布を力いっぱい引っ張った。対空砲が続けて発砲され、サーチライトがまだ空を探っていたけれども、爆撃は弱まってきたようだった。通りでは、破壊された水道管から水が一メートル以上の高さまで吹き出していた。すべてが現実とは思えなかった。私たちはアーチ型の入り口を通ってアパートの中庭に戻り、さほど遠くない建物の屋根の線に沿ってピンクのチューリップのような炎が燃えているのを見た。

　通りには消防士がいた。彼らは普段、空襲の間は防空壕から出てこなかったので、励まされたような気持ちになった。消防士はホースをほどいたが、水が通っていなくて平らだった。日曜日と月曜日の空襲の後、水圧はいくらか回復したのだが、今日の空襲の第一波の際にバンカーバスター[*2]が水道の本管を破裂させ、さっき目にしたような間欠泉を生み出したのである。

通りの向こう側にいる消防士たちは、アパートの地下防空壕の金属製の扉を開けるために、かなてこを使って作業していた。また、一人の消防士は長い梯子をてっぺんまで登り、隣の建物の屋根に穴を開けていた。私たちは通報されることを恐れて近づくことをためらっていたが、消防士同士が大きな声で話している内容が聞こえるところまで近づいた。すると、建物からの煙が出口のトンネルを通って防空壕内に入ったということだった。防空壕の中で窒息している人々がどれだけ苦しんでいるか考えると、外にいることを一瞬だけうれしく感じた。しかし、消防士が防空壕の扉を開けることに成功し、中の人々を外に連れ出し始めたとき、金切り声のような音を立てながら爆弾が落下してきて、雷のような音を立てて爆発した。〔イギリス空軍の爆撃機の〕ランカスター機やハリファックス機の次の一団が来たのだった。あまりにも近くに大きな爆弾が落ちたので、私は両耳の鼓膜が一瞬で破裂したように感じた。そして、爆風によって防空壕の隣のアパートの壁が崩壊した。私たちはそれを見ながら「だめ！　だめ！　だめ！」とうめき声を上げた。屋根に穴を開けていた消防士は、炎の中へ梯子もろとも落ちた。

さらに多くの爆弾が次々と爆発し、ほとんどの消防士が防空壕の中にいる人たちを見捨てて、自分たちの防空壕に向かって走り始めた。走り去らなかった二人は、爆弾から飛散した破片で身体を引き裂かれた。一人は防空壕から連れ出された人々の上に顔から落ち、もう一人は歩道の上に座り、股間をつかんでわめ

＊2　アメリカ空軍の地下貫通爆弾。地表に着弾しても爆発せず、そのまま地下数十メートルまで突き進んでから爆発する。

父がアパートの壁に書いた、家族の消息を尋ねる文。

き叫んだ。二人の消防士が戻ってきて、彼を自分たちの防空壕のほうへと運んだ。防空壕から連れ出された人の多くは通りのそばの芝生の上に置かれたまま横たわっていたが、何人かはよろよろ歩いたり、咳をしたり、目がよく見えないので木や街灯柱につかまったりしていた。私たちは溝の中に横たわっていたが、防空壕から出た二、三人が消防士の後を追うのが見えた。近くで起きた別の爆発の後、消防士たちが彼らの防空壕に入れてくれるのを願って、私たちも起き上がり消防士の後を急いで追いかけた。私たちは大きな商業通りに出るまで、炎がつくる高い壁の間の狭い脇道を走った。消防士用の防空壕は約五〇メートル離れた向こう側にあったが、通りを吹き抜ける強い風とともに燃えさしがたくさん飛んできて、立ち上がることができないほどだった。私は足場を失った。もし母が私の手を握って引き寄せてくれなかったら、炎の中に転がり込んでしまっただろう。消防士用の防空壕と私たちの間で別の爆弾が爆発したとき、私たちは角を曲がって避難した。その爆弾は、私たちがしゃがんで身を隠した壁にも破片を撒き散らした。

　一息ついた後、あちこちで起きていた炎と爆発から必死で逃れようとして、私たちは再度走り始めた。爆撃機が見逃したらしい通りを走り抜け、しばらくの間アーチ道や入り口にしゃがみこんだ。しかし、間もなく炎が私たちに襲いかかり、鏡の広間で無限に反射しているかのようにあっという間に広がった。そこで私たちは、激しい熱風から逃れ、爆撃機の主な飛行経路であると思われる場所から離れようとした。しかし、巨大な爆撃による穴や、道に落ちて炎がくすぶっているレンガと燃える木によって、しばしば道を遮られた。私たちは残骸の上をどうにか通る方法を見つけようとしたが、結局諦めて引き返さねばならなくなった。強い風が至るところで延焼を起こしていたが、アルスター湖に続く大きな通りはとくにひどかった。熱気とガスが信じられないほどの威力で通りを吹き抜け、固定されていない物はすべて激しく燃えさかる焼却炉のほうに押しやられた。その焼却炉というのは、一時間ほど前までは、ハムとハマーブロークという地区だった。

私たちは、地下の入り口に防空壕が部分的に残っているのを見つけたが、それもすぐに炎上した。建物の破片が歩道に落ち始めたので、今いる場所を離れないといけないのは明らかだった。風の轟音が鳴り続け散発的に爆発も起こっていた一方で、燃え上がる火の大きな破裂音がときどき聞こえてきた。今いる場所に留まった場合、崩壊する建物の下敷きになってしまうだろうし、通りに出たら炎に巻き込まれてしまうだろう。一体どうしたら良いのか分からなかった。母の顔を見たが、彼女もまた、留まるか去るか決めかねている様子だった。しかし、空爆が一時的に止まったとき、彼女は無言で私を毛布でミイラのように包んだ。そして、母は私を抱き上げ、もう一枚の彼女の毛布を二人でかぶったので、私はほとんど呼吸することができず、ひどく咳き込んだ。私を腕に抱えて母は通りに戻った。建物の壁の近くに張りついてできるだけ風を避けるようにして、母はより安全な脇道まで行くことに成功した。

底に水が溜まっている爆発穴のところに着いたとき、私たちは二人とも憔悴しきっていた。足を引きずり、水ぶくれができていて、耳と鼻から出血していた。どうやら爆発穴はある家の小さな前庭に開いているようだった。その家は、最近まで柱間と小塔のある見事なレンガ造りの家だったが、今では炎がくすぶる廃墟となっていた。母は毛布を徹底的に湿らせ、自分と私にかぶせた。何百もの焼夷弾が近くに落ち、十数メートルほど離れた瓦礫の中に落ちてきた物もあったが、爆発は少し和らいだようだった。そのとき、液体亜リン酸の缶が通りの先のオフィスビルを直撃した。亜リン酸が燃えて床から下の階の床へと滴り落ちる様子は、誰かが建物の階段を下りながら電気をつけているかのように見えた。それが一階に達する前に、炎が上層階の窓から吹き出した。

次に、私たちが来た通りを、赤ん坊を抱えた女性が走ってくるのが見えた。彼女に続いて、ヒトラー・ユーゲントのカーキ色の半ズボンとシャツを着た少年が走ってきた。彼らは、最初にアパートの建物を去ったときに母と私が向かった防空壕に入っていて、そこが被害を受けたので、逃げてきたようだった。その女性は母と同じくらいの年齢に見えた。彼女の服は焼けてしまったようで、腰から下がほぼ裸だった。少年のほうは、敏捷そうな体格でハイキングシューズを履いていたにもかかわらず、立っているのが難しそうだった。その原因は、私たちの目の前の通りで吹いている熱風のようだった。彼が走れば吹き飛ばされるのは一目瞭然だと思った。しかし、駆け足で私たちの前を通り過ぎた後、彼は速度を落とし、歩くというよりもスローモーションでスケートをしているかのような奇妙な動きで、バランスをとるために両腕を広げ、ゆっくりと重い足を片足ずつ上げた。しばらくして私は、彼と女性の二人ともが、熱で溶けたアスファルトの中を歩いていることに気づいた。女性は数回滑り、片手を舗道についたが、なんとか起き上がることができた。しかしそれから彼女はゆっくりと通りに向かって頭から倒れ込み、最後の瞬間に体をひねり、赤ん坊を胸に抱えて仰向けになった。少年は彼女に向かって手を伸ばそうとしたが、滑って転倒し、起き上がっては転倒しを繰り返した。信じられないほどの騒音がしていたにもかかわらず彼らの悲鳴が聞こえたような気がして、私は自分たちの避難場所である爆発穴に戻り、目を閉じ両手で耳を覆ってしゃがみこんだ。

母が爆発穴の端まで登ったので、私は、母が赤ん坊を救おうとして飛び出すのではないかと心配した。しかし、熱風が顔に吹きつけ、母は否応なく穴の中に戻った。私たちは毛布の下に隠れて爆発穴の中に横たわっていたが、強い風が炎を煽るにつれて、ますます熱くなった。先ほど見た熱いアスファルトの中でのたうつ女性とヒトラー・ユーゲントの少年のイメージは、灼熱の暗闇の中でも鮮やかなままだった。そして私は、自分が陸の上にいる魚のように息を切らしていることに気づいた。いくら深く吸い込んでも、肺に十分な空気を取り込むことができなかった。このままでは窒息して失神してしまうと思い、私は毛布を引き剥がして頭を突き出した。燃える丸太と材木、一メートルほどの長さの板などが、高速で渦巻いてまるで小さな光の筋のように見える何百万もの火花とともに空中を浮遊していた。私はよく考えもせずに、口を大きく開けてできるだけ多くの空気を吸い込もうとしたが、鋭い針で刺されたような痛みが胸に走り、大きな間違いだったことを悟った。私はこれまで以上の恐怖に陥った。目を閉じると、まるで自分たちが線路の間に横たわっていて、その上を果てしなく列車がごとごとと音と立てて走り、しかもそれがあまりにも速い速度なので車輪からの火花が私の顔を刺しているように感じられた。

私はしばらく意識を失っていたが、やがて目覚めた。そして、呼吸するとまだ痛いが、爆発は止まり、風は蒸気のように熱いけれどもそれほど強くは吹いていないことに気づいた。熱気が激しかったので喉が渇いてしまい、穴の底に溜まっていた臭い水を飲まずにはもはや爆発穴の中にとどまることができなかった。爆発穴を出ると、風に舞う白い灰のせいで、冬の吹雪の中にいるようだった。冷たそうに見えたので、私は舌を突き出して食べてみたくなった。しかし、そんなことをしたらひどく火傷をしてしまうほど、灰にはまだ熱が残っていた。母は自分と私を毛布でくるみ、熱い灰が直接触れないようにして歩こうとした。

歩き始めるとすぐに死体が見え始めた。爆発穴の周辺を去る前に、母は、女性と赤ん坊、ヒトラー・ユーゲントの少年が死んでいることを注意深く確認すると、その光景を私に見せないようにした。以前には路上で他の人々の死体を見かけることはあまりなかったが、爆撃の後は、至るところで見かけるようになった。何人かは明らかに爆発した爆弾の犠牲者で、身体がひどく傷ついたり四肢を失ったりしていた。火や熱がさらに多くの人々の命を奪った。ほとんどの人がうつ伏せになっていた。炎は彼らの髪と服を剥ぎ取り、お尻を焦がして膨らませ、皮膚を裂き、腰を地面から一〇センチほど持ち上げた。紛れもなく人間であるが、巨大なソーセージのように見えた。焼けた肉体の臭いが私たちの胃をむかつかせ、泣きたくなったが、涙を流したり吐いたりするのに十分な水分が体内に残っていなかった。代わりに、私は母に抱きつき、顔を彼女の服に埋めた。

何か飲む物を求めて、死に物狂いでアイルベック運河のほうに歩いた。六、七街区ほどしか離れていなかったが、運河の広くなった部分近くの地下道に辿り着くのに一時間かかった。何百人もの人々が水に浸かっていて、大半は反対側の岸近くの浅瀬にいた。ここ数ヶ月、雨が不足していたため、水はいつもよりはるかに浅くなっていた。さらに多くの人が川岸にいて、そのうちのかなりの人が明らかに死んでいた。中国の提灯のように顔が膨らんで赤くなっている人もいた。彼らは、身体は水中に入ったまま、顔だけが焼けたのだった。哀れなうめき声、泣き言、そして苦悩の叫び声が運河から上がっていた。子どもたちの悲鳴が紙の凧のように空中を漂った。ときおり、岸にいる誰かが金切り声を上げて飛び跳ね、水に飛び込んだ。

通常、ハンブルク市民は極めて禁欲的であった。時にはぶつぶつと文句を言ったり、大声で侮辱的な言葉を叫んだりするかもしれないが、たいていは歯を食いしばって沈黙し、厳しい逆境に耐えた。しかし、その朝、彼らははっきりと痛みを口に出した。

水の中にいる人たちから発せられる声を聞いて、私は、多くの人が亜リン酸によって火傷を負ったことに気づいた。建物を上から下へと燃やしたように、亜リン酸は生きている人の肉と骨にもあっという間に浸透したのだ。死者のグロテスクな姿と表情から判断して、多くの人は激しい苦痛を感じながら死んでいったようであった。まだ運河にいる人々は、水中では亜リン酸は不活性であるが、水から出ればまた激しく燃え始めるということを分かっていた。

そのとき空襲警報が鳴り、さらに多くの爆撃機がハンブルクから三〇分以内のところに来ていることを知らせた。そこにいた人々の間から思わず嘆きと罵りの声が上がったが、声を発すること自体が面倒であったり、ばつの悪いことであったりするかのように、すぐに治まった。祈りに行くのか地下に避難するのか分からないが、少数の人々が教会に向かって移動し始めた。しかし、ほとんどの人たちは私たちと同じように運河沿いに残った。そして、一五分以内に爆撃機が到着することを知らせる二度目の警報が鳴ったとき、母は毛布を再び手に取り、運河の水でもう一度濡らした。その後、最後の警報が爆撃機が頭上に来ていることを知らせたとき、私たちは水の中に足を浸けて座っていた。爆撃機が予想外に早く到着したことが私たちに希望を与えた。というのは、こんなにも早く来るということは、今回は、残っている建物をすべて粉砕する威力のあるイギリスのランカスター機やアメリカのB―一七大型爆撃機が戻ってきたのではなく、より小さなイギリスのモスキート機が来ているということだからだ。私たちはおよそ二時間の間、川岸で身を伏せていた。そして、ときおりモスキート爆撃機が空気を切り裂くような音を立てながら渦巻いている煙の中に爆弾を落とすのを聞いていた。

警報解除が聞こえるずっと前に、母と私は胃の痙攣を起こし、前に飲んだ運河の水を吐いた。新鮮な水を求めて聖ガートルード教会に向かう途中、私は、草の中に横たわっている女性の腕につまずいた。死んでいると思ったが、彼女は死んでいなかった。そして突然上体を起こし、「ああ親愛なる神よ！」と叫んだ。ひどく動揺した私は、彼女にごめんなさいと言い、痛い思いをさせたことを謝った。彼女は痛くなかったと答え、起き上がるのを手伝ってくれるよう頼んだ。そしてまだ暗いのかと尋ねた。彼女を助け起こしながら私は、正午過ぎではあるが、煙と雲でとても暗かったので彼女が見えなかったと言った。

女性は母より数歳若く、かなりふくよかで、男性たちがしばしば「そそられる」と呼ぶような体つきをしていた。服がしわだらけになり湿って汚れていたので、彼女が運河にいたことは明らかだった。長いブロンドの髪が赤く火ぶくれした顔にかかっていた。彼女は目を閉じたまま、バランスを取るために両手を挙げた。金の十字架が彼女の首元で揺れ、黒い鉤十字が真ん中に描かれた赤と白のピンが彼女の服の胸の上に留められていた。

「私につかまって」と母は言い、しっかり立たせるために女性の肘を支えた。

その女性は母に感謝し、熱から逃れるために運河にいたときに目に怪我をしてしまい、よく目が見えないと言った。母は、ほんの五〇メートルほど離れたところに聖ガートルード教会があるから連れて行きましょうか、そうすれば、誰かが助けてくれるでしょうからと言った。

しかし、聖ガートルード教会に着くと、教会の女性は威張った調子で、負傷した女性にすぐに数街区先のバームベック地区にある婦人診療所に行くべきだと主張した。母は負傷した女性に、瓦礫が散らばった通りを歩くことができそうだったら案内しますよと言った。

女性は、運河で靴をなくしてしまったのだが、自分はバームベックに住んでいるので、靴があれば診療所まで歩いて行くことができると思うと言った。すると、威張った女性は、死んだ女性が履いていたと思われる靴を見つけてきて、大きさを合わせるためにぼろきれを少し詰めてくれた。それから私たちは出発した。マリアという名前のこの女性の片腕を母が支え、もう片方を私が支えた。

バームベック地区の小さな婦人診療所を囲む煙霧の中で、何百人もの人々が呆然としていた。そこにいる怪我をした女性や子どもたちの多くは火傷をしていて、咳をしながら泣いていた。私たちは、マリアを中に入れることも、面倒を見てくれそうな人も見つけることができなかった。誰もが、疲れきっているか、痛みを感じているか、またはその両方だった。私たちは、マリアと一緒に深まりつつある暗闇の中で待ちながら、いささかなりとも体力の回復に努め、次にどうするか考えた。すると、負傷者の間を巡回していた赤十字社のバンダナを身に着けた女性がようやく足を止め、マリアについて尋ねてくれた。マリアは、何も見ることができず、見ようとすると気持ちが悪くなると説明した。赤十字の女性は、マリアにいずれ良くなると約束したが、診療所は今のところ何もできないと言った。そして、安静にし、目を清潔に保ち、病院に行くか、できるなら翌日か翌々日に診療所に戻ってくるように言った。そこで、私たちは彼女を家まで連れて帰り、ベッドに寝かせた。幸いにも彼女は、涼しく、外の世界よりも煙が少ない地下アパートに住んでいた。彼女が私たちに泊まってくれるよう頼むまでもなく、空襲警報が再び鳴り始めたとき、私たちは既に横になっていた。彼女はベッドで、母と私はソファで寝た。あまりにも疲れ、ふらふらしていたので、それ以上のことは何もできなかった。

翌朝早く、私が食事の準備をしている間、母は水を探すため通りに出た。母はマリアの服を着て、マリアの勧めで配給カードといくばくかのお金を持って行った。私は母の身の安全を心配したが、母は一時間ほど後に瓶に入った水と良い知らせを持って戻ってきた。どちらもカールシュタット百貨店〔当時のドイツ最大の百貨店〕の親切な火災監視人から手に入れた物だった。彼の話によると、火事あらしは私たちの地区と他のいくつかの地区を焼き尽くしたが、ブランツエンデの手前で止まったということだった。他の年配の監視人と同じく、彼はハンブルクの歴史に誇りをもっていたので、母がブランツエンデについて尋ねたことを非常に喜び、店の二つの大きな防空壕用に取っておかれた緊急備蓄から、母に水を売ってくれた。さもなければ、瓶に入った水を手に入れることはできなかった。

母はまた、マリアが住んでいるバームベック地区は比較的無傷だったが、すべての地区の何千人もの人々がハンブルクを出ようとして路上に出てきていると報告した。イギリス人がハンブルク全体を焼き払って平地にするつもりだという噂が広まっていた。マリアは、市内および近隣の収容所のいくつかで奴隷労働者や囚人が暴動を起こしたという噂を聞いたと言った。それに対し母は、そのような動きについては聞いたことがなく、知っている限りでは、囚人たちはまだ救助活動を手助けしていると答えた。

その日、昼間と夜の初め頃、さらに何回か空襲警報が鳴ったが、人々のハンブルク脱出の動きは止まることがなかった。深夜になる少し前に七回目の警報が鳴ったとき、母とマリアが防空壕に行こうかと言葉少なに話しているのが聞こえた。しかし、マリアの部屋はアパートの地下にあり、防空壕と同じくらい安全な上、ずっと快適で便利だったので、留まることにした。また、電気がなかったため、イギリス軍が再び大勢で来ているというラジオの確認も取れなかった。しかし、攻撃が始まって間もなく、私たちはイギリス軍がバームベック地区を狙っていることに気づいた。母と私はマリアと一緒にベッドに入った。マリアは震え、私よりも強く母にしがみついた。屋外で危険にさらされなくて良かったとはいえ、以前と同じ恐怖の繰り返しだった。爆発によって私たちがいた小さな建物の屋根と最上階は崩壊し、地下室への表と裏の入り口は瓦礫で埋め尽くされた。こぼれた灯油の強い臭いがし、ときどき天井の梁とレンガが砕け落ちた。動くのが怖く、ほとんど呼吸することもできなかったが、私たちはベッドから出てその下に転がり込むという分別を取り戻した。

おそらく、気がおかしくなるのを防ぐために、話すことが必要だったのだろう。母はマリアに自分がユダヤ人であり、あなたは今ユダヤ人の親子と不幸を分かちあっているのだと告げた。

「それを先に話してもらうべきだったわ！」と、一瞬の間の後、マリアは言った。「もっと早くに言ってくれればよかったのに！」

彼女は声を詰まらせて泣きながら、ユダヤ人である既婚男性と恋をしていたことを説明した。彼らはベルリンの同じ銀行で働いていて、彼が解雇された後も、彼女の家族や友人が事実上彼女と絶縁した後も、会い続けた。戦争が勃発する前に彼らの関係は終わり、彼は妻子とともにイギリスに逃げた。最後に会ったとき、彼は彼女にハンブルクに引っ越し、ナチ党に加わることを約束させた。それは、彼らの不倫という汚点を取り除き、家族のいない独身女性として必要になる保障を確保するためだった。

母はマリアに、時として人は偽装する必要があると語った。夫は完全に戦争に反対していたが、妻である彼女と娘たちが生き続けられるようドイツ空軍に入ったと語った。数時間後、汚れた縞模様の囚人服を身に着けた三人の疲れきった男たちが、ついに瓦礫から私たちを引っぱり出してくれた。私は、マリアが医療援助を受けるために連れて行かれる前に、静かに鉤十字のピンを投げ捨てたことに気づいた。

どこに行けば良いのだろうか？　兵士たちが市役所近くの通りを封鎖していたため、ブランツエンデには行けないと言われた。救助隊員の一人が私たちに市立公園に行くように言った。そして、そこだったら少なくとも火災がなくて安全であり、町の外に出る交通機関も利用することができるだろうと続けた。途中、カールシュタット百貨店の建物が二つの防空壕の上に倒壊しているのを見た。二つの防空壕のうちの一つは、店の従業員や市の職員のために確保されていたものであったが、そこから助け出された人々は、呆然としてはいたが無傷だった。しかし、救助隊員たちはもう一方の防空壕から何百人もの死んだ女性や子どもたちを引っぱり出しており、私たちが通りかかった頃にはさらに多くの犠牲者たちを引っぱり出していた。母は私の手をぎゅっと握り、私たちが亡くなった人たちの防空壕に入らなかったことに対して、安堵の気持ちを伝えた。

瓦礫が片づけられた後の私たちが住んでいたアイルベック地区の光景
（所蔵：帝国戦争博物館）

私たちが公園に着いたときには、何千人もの必死の難民がいた。多くの人は非常に腹を立てているように見えたが、無表情な顔であたりを見るばかりで自分がどこにいて何をしているのか分からない様子の人もいた。あるいは、気が狂ったのだろうか、しまりなく笑っている人もいた。警察や他の市当局者は、あらゆる種類の車両に人々を積み込み、誰がどこへ向かっているのかをきちんと確かめることもせずに送り出していた。ベビーカーや他の道具は取り残され、置き去りにされたペットは互いを追いかけ、公園じゅうを走り回っていた。

母がハンブルクの町を去ることを決めたとは思わなかったが、警官がキャンバス地の覆いがしてあるトラックの後ろに私たちを案内したとき、彼女は逃れようとしたり抵抗したりしなかった。トラックの運転手はいくらかのお金を要求し、どこへ行くのかという彼女の質問に「南！」と一言で答えた。そして私たちは町を去った。イギリスの戦闘機は逃げる避難民の列に機銃掃射を加えたと伝えられた。翌日、私たちは道を離れ、果樹園のまだ熟れていない実をつけたリンゴの木の下に駐車し、リンゴを勝手に食べた。リンゴを飲み込むのは辛かったが、酸っぱい味は天国のようだった。母と私は持てるだけのリンゴを採り、午前二時頃にホフというバイエルンの村に降ろされたときもまだ持っていた。マスが泳いでいる川のそばの居酒屋の離れで寝場所にありついたのだが、私はこの間ずっとウトウトしていた。

その後の数日間のことは、食事や呼吸に伴う痛み以外、何も思い出すことができない。回復途中で、私は、爆弾投下が私たちの命を奪うのではなく、強制移送されないようにむしろ保護してくれたという事実に気づき、感謝し始めた。信じられないほど恐ろしかったが、少なくとも今のところ私たちは脱出できたのだし、表面上は安全だった。私は母が、私の救世主であり、美しい勇士であるという思いを日に日に強くし、母から力と内なる幸福を得ていた。彼女はゲシュタポの裏をかき、防空壕では警察とナチスに毅然と立ち向かった。母は私の手を握り、爆撃の続く道を安全に導いてくれた。母が私の手を放すことは決してなかった。*3

＊3　ホフはハンブルクから四〇〇キロメートル以上離れた山間の町で、父と連絡が取れるまで、著者と母は二ヶ月近く二人がユダヤ人であるという素性を知らないナチ党員の家に下宿していたという。Maya Mirsky, "Rena Victor, 80, Recounts Surviving Holocaust and Bombing of Hamburg," *The Jewish News of Northern California*, February 5, 2020, https://www.jweekly.com/2020/02/05/rena-victor-80-recounts-surviving-holocaust-and-bombing-of-hamburg/, 二〇二〇年七月九日最終アクセス。

第6章

隠れ家の月

　ホフで体力を取り戻していたある朝、父から連絡があった。母は電話で父と話したと言った。父は、私たちの建物が爆破された翌日にハンブルクに到着し、ブランツエンデの従姉妹のインゲの家にいたそうだ。隣人たちの死体が近くに横たわっているなか、父はアパートの建物の壁に私たち宛のメッセージを書いた。イギリス軍がハンブルクの町に大規模な襲撃をしたにもかかわらず、レナ、インゲ、そして彼女の家族は空襲を生き延びた。その電話があった後、一日かそこらで、インゲがレナを連れてホフに到着した。そして、妹のヘルガの世話をしてくれている〔ハンブルク郊外のマイエンドルフにある〕マリー・ピンバーの農場に私たちが避難できるよう、父が手配してくれたと話した。

　ピンバー夫人は、メンバーのほとんど全員が共産主義者や元共産主義者である小さな組織の一員で、父はこれまでにもいろいろと助けてもらっていた。しかし、ナチスに反対するために命を危険にさらした人々すべてが、すすんでユダヤ人を助けようとしていたわけではなかった。何人かは他のドイツ人と同じように、むしろ反ユダヤ的だった。この件についてのピンバー夫人の考えはよく分からなかったので、父は、金髪で色白のヘルガが娘であることは話していたが、ユダヤ人と結婚していることは告げていなかった。彼はピンバー夫人に、地元の地域社会や当局にはキリスト教徒の空爆避難者としてヘルガを紹介するよう頼んだ。当時は政府からの奨励のもと、何千人もの子どもたちが親戚や友人と一緒に田舎で暮らすために疎開してきていたので、誰もその取り決めに疑問をもつ理由はなかった。実際、ヘルガは隠れて暮らしたというよりは、ピンバー夫人の家族の一員として暮らしていた。

ピンバー夫人に母とレナと私を匿ってくれるよう頼むとき、父は、私たちが彼の家族でありユダヤ人であること、すなわち私たちの存在はヘルガを含めてすべての人に隠さなければいけないことを話した。ユダヤ人を匿うことは犯罪であり、自分自身が殺される可能性を秘めていたので、ピンバー夫人は父の頼みに難色を示していた。しかし、彼女には子どもがおらず、ヘルガが到着した後は、彼女に愛情を抱いて自分の子どもとして考えるようになっていた。ヘルガを失うか、私たちを農場に住まわせるかの選択に直面し、さらには父が集められる限りの物資の支援を申し出たことから、彼女は同意した。母はほっとしていたが、ピンバー農場に着いたときには、何が待っているのか全く確信がもてなかった。

私は、母とホフにいた男が煙中毒と呼んでいたものからまだ回復しておらず、私たちが八月下旬の涼しい明け方に農場に到着したときには、まだ起きている時間よりも眠っている時間のほうが長かった。母が手提げランプを持ち、トラックの運転手が私を寝場所に運んだ。周囲は全く見えず、見ようとする気力も湧いてこなかった。しかし、再び意識を失うとき、私はベッドに寝かせられているのではなく、生きたまま埋められているのではないかと不安になった。

数時間後に目を覚ますと、私は頭の三〇センチ上に土の天井がある地下室の棚の上に横たわっていた。大きなピンク色の顔をして黒いショールをかぶった女性が手提げランプを手に持ち、栗のように硬くて光沢のある目で私をにらみつけていた。私が咳をし始めると彼女は目を細め、すぐに咳を止めないと噛みついてやると言わんばかりに、大きくて黄ばみ、斜めに傾いた歯をむき出しにした。そのとき私は、暗闇の中から母の声を聞いて安心した。「心配しないで、私のかわいい子。私たちはもう安全よ。ピンバー夫人のところには、私たちがいることができるいい場所があるからね。」大柄の女性は出て行く際に鼻を鳴らし、それから私は墓のような暗闇の中に母と二人きりになった。母がまっすぐ立つには土の天井は低すぎたのだが、母は私に金属製のカップから水を飲ませてくれ、咳が止まり、再び眠りに落ちるまで、頬と額をなでてくれた。

この土製の防空壕は私たちの本来の隠れ家ではないことがすぐに分かった。到着して数日後、私たちは樫と松の木の中に隠れた小さな小屋に移動した。ハシバミの茂みが入り口を隠す土製の防空壕が、小屋からすぐのところにあった。タール紙で覆われたこの小屋は、もともと農機具や冬の植物を置くために使われていたが、簡易ベッド二台に、小さなコンロ、小さなテーブル、椅子、そして電灯がそれぞれひとつずつ用意されていた。レナは母と寝たがったが、私とレナが一台のベッドで一緒に寝た。訪問者が農場にやってきたときや、ナチスの下士官である隣人が近くの別荘で休日や週末を過ごしに来たときだけ、私たちは防空壕で過ごした。マリー・ピンバーは、私たちが防空壕に移動しなければならないとき、小屋の電気を遮断して知らせた。幸いなことに、ハンブルクで下士官の任務が残っていたため、隣人が農場を頻繁に訪問することはなかった。

ピンバー夫人は、少なくとも私にとっては牛と同じくらい、否、それ以上に大きく堂々とした人物だった。理由は分からなかったが、最初から彼女は私を嫌っているのを知っていたので、彼女のやぶにらみの目に睨まれないよう最善を尽くした。彼女が丈夫そうなあごを開くたび、私は彼女の耳障りなしわがれ声やひどく醜い歯に不快になった。彼女が母に辛くあたるとき、私は茂みや木の後ろに隠れて苦しんだ。彼女は、自分が私たちを匿うことに同意していなかったならば、今頃、私たちは殺されていたであろうということを決して母に忘れさせなかった。彼女は、ジャガイモやカブといった食べ物のひとつひとつに重労働を課した。また、母の同意を得て、彼女はヘルガには私たちはスイスに逃げたと伝え、ヘルガが私たちの近くに来ることを許さなかった。おそらく、森の中に住んでいる人々は悪者で、機会さえあれば彼女を誘拐し殺すか売り飛ばすかするだろうと話していたに違いない。そのような話は農村の子どもたちには日常的に語られていて、繰り返し話されても、誰も疑って眉をひそめることはなかった。ときどき、私は遠くからヘルガのプラチナのモップのような髪を見かけて、彼女に近づき真実を語りたいという抗しがたい衝動を感じた。生まれつきのおてんば娘で、私と一歳半しか離れていなかったヘルガは、私にとって真の親友で、生まれながらの遊び相手だった。しかし、彼女と私たちの両方にとって、私たちの生活が切り離されているほうがより安全であることも分かっていた。それに、ヘルガはピンバー夫人の人質であり、もし何らかの形で取り決めが乱された場合、彼女がどう振る舞うのか全く予測できなかった。彼女は、私たちが隠れていることを通報するかもしれなかった。

ピンバー夫人が近くにいないとき、私はゲシュタポから逃れられたことに深く感謝していた。他の皆と同様に、私はユダヤ人の子どもたちが収容所に強制移送され、殺害されていることを知っていた。友人のふりをするのをやめた後、七歳のモニカは「煙突の上に」送るよと私を脅し、あざけった。「煙突の上に送る」とは、収容所に送られて殺され、焼却されることを意味した。大人の中には少なくとも奴隷労働者としてしばらくの間は生き残ることができる者もいるかもしれないが、子どもには生き残れる可能性がなかった。

ピンバー夫人の農場の隠れ家から外を覗く母。

また私は、田舎にいて爆弾や炎から離れていられることにも感謝した。ときどき、防空壕に隠れなければいけないとき、全くの暗闇の中で爆撃の場面が静かに思い起こされ、私の体はこわばり震えた。そういうとき、あるいは夢の中で、燃えている建物の上のほうの階の窓から必死に手を振っている人々に向かって消防士が梯子を登っている場面が思い浮かんだが、私は、炎に向けて壁が崩壊する以外の終わり方を思い描こうと試みた。また、私たちを防空壕から追い払った人々の火傷したジンジャーブレッドのような顔や、燃えている亜リン酸に焼かれて激しく身をくねらせる人々の身体も目に浮かんだ。

そのようなイメージは少しずつ消えていった。ある夜、私はフクロウが木の枝に止まっているのを実際に見ることができたのだが、暗闇の中にいるときにはその独特の特徴を思い描くようになった。フクロウは私をじっと見つめており、獰猛に見えたが、怖くはなかった。むしろ、小屋をかじって入ってこようとする野ネズミなど、私を傷つけようとするものに襲いかかってくれるようだった。私はよく木々の間にフクロウを探すようになり、止まり木から別の止まり木へと飛び移ったり、あるいは威厳ある姿で木の枝に止まっていたりする姿を見つけた。また、姿を見かけるより頻繁に、「ホー、ホー、ホー」という呼び声を耳にした。私はベッドに横たわり、飢えから気を逸らすためにフクロウの姿と声を思い描くことに気持ちを集中したものだった。

飢餓はいつものことだったが、しばしば深刻だった。それはあまりにもいつものことで、逃れられなかったので、他のことに集中するのが困難だった。私たちは田舎にいたが、ピンバーの農場の主な換金作物は干し草と小麦であった。ピンバー農場には小さな菜園があり、母が除草したり世話をしたりしていたが、ピンバー夫人の手から直接与えられない限り、私たちは取ることを禁じられていた。そういうわけで、食べる物が何もない日が何日もあった。めったにないごちそうと言ったら、ほんの少しの栄養も失うことがないように皮ごと煮たジャガイモ二、三個だった。また、カブはより豊富にあり、母が食べ切れないふりをして自分の分を私にくれたとき、私は感謝して受け取った。母は私の救世主であるだけでなく、先生であり、慰めてくれる人であり、そして仲間であった。私は母を愛し、幸せになって欲しいと必死に願っていたので、彼女が意気消沈したときには耐えられない気持ちになった。

母は表面的には揺るぎない平静を保っているように見えたが、ある秋の朝、私たちの小屋のドアが激しくノックされたとき、私たちは息が止まった。ピンバー夫人はわざわざノックなんてしなかったので、それが彼女ではないことは分かっていた。ドアを叩く音が続き、母はついに扉を開けた。外に立っていたのは、ピンバー夫人よりさらに大きく不格好な女性だった。彼女は広げた両手に二個の卵を持って小屋に入り、当惑した様子で涙っぽい青い目を大きく見開いた。彼女はあいかわらず驚いている様子であったが、あごの下の肉を揺らしながら、自分はピンバー夫人の隣人であり、もっとも古い友人のリーゼであると名乗った。

「怖がらないで」と彼女は言った。「誰にも言わないから。あなたたちが最初に来たときから私は知っていたの。恐れることは何もないわよ。生きているものに害を及ぼすことなんてしないから！」

少しして、母も自己紹介をした。二人の女性の間の差異は圧倒的だった。あれだけ苦労したにもかかわらず、母はファッション誌の写真のように洗練されていて美しく見えた。テーブルの上にぶら下がっているむき出しの電球は、母のまつ毛を長く見せ、彼女の高くて柔らかい頬に効果的に影を落とした。また、彼女の大きくて黒い瞳はもはや輝いていなかったが、悲しみが目の中に宿り、それを見るたび私を悲しくさせた。肉づきの良い訪問者はかなり使い古された洗濯物の乱雑な山のようであった一方、ほころび、つぎのあたった服を着ていても母はあかぬけて見えた。しかし、彼女の粗野な目鼻立ちには田舎の人の飾らない親切さが表れていて、彼女の声には安心感のある温かさもあった。彼女は私たちを抱擁し、レナにキスをした。その後は、私たちは彼女を慕い、いつも彼女のことをリースヒェンおばさんと呼んだ。

この予想外の訪問の数日後にもリースヒェンおばさんは再び私たちのところを訪ねてくれたので、私は自分たちを閉じ込める境界線はどこまでなのかを探りたくなった。私たちが暮らす狭い空間を離れてはいけないという母の絶対的な規則の理由は完全に理解していたが、母がピンバー夫人のために働いているとき、私は道に沿った穀物畑の中に花を探そうと、森を抜けてさまよい出るようになった。私は否応なくナチの下士官の家に引き寄せられた。彼の所有地とピンバーの土地を隔てているフェンス沿いに垣間見ると、人はいないようだった。しかし私は、リンゴの木に大きくて赤く染まった果実がたわわに実っているのを見つけた。その木はワイヤーフェンスのすぐ後ろにあり、遠くはなかった。私は、両手で酸っぱくてきれいなリンゴをもぎとり、それから母にスカートいっぱいのリンゴを持って行くのを想像して胃が締めつけられた。しかし、私にはそれをする勇気がなかった。私は、飢えと不安から荒れた気持ちになって帰宅した。私はナチの下士官の家の近くに行ったことを母に言えないと分かっていたが、同時に、何とかしてリンゴを取ってくることができれば、母も喜び、彼女の言いつけに背いたことを許してくれるのではないかとも思った。

当然のことながら、私は木のある場所に戻った。三回目の訪問で、私は四つん這いになり、たくさんのリンゴが地面に落ちていて、運び出されるのを待っているだけということが確認できるほど近寄った。また、たわわに実をつけた枝が、フェンスに登れば私でもリンゴに手が届くほど低く垂れ下がっているのを見た。考えれば考えるほど、自信が湧いてきた。結局、私は有刺鉄線で服を引き裂かないように注意しながら登り、手を伸ばして最初のひとつを、そして次にふっくらしたリンゴをもうひとつつかんだ。私は大きく一かじりしてみずみずしい果実を味わい、そして下を見下ろす前にもう一口食べた。

しかし、私の勝利の喜びはすぐに恐怖に変わった。フェルト帽をかぶり緑色のジャケットを着たナチの男が家から私のほうへ向かって歩いてきており、彼のあごは怒りから前方に突き出されていた。反射的に、ダビデの星のついている服を着ていたら星の位置であっただろう場所を隠そうとした。愚かなしぐさをしたことで、私はフェンスの上でぐらつき、完全にバランスを失った。後ろ向きに倒れ、強く地面にぶつかって肺から空気が抜け、あえぎながら横たわった。怒ったナチの男が、すぐに私に手を伸ばすことは確実だった。永遠のように感じた時間の後、私はなんとか起き上がり、リンゴをかき集め、森の中に駆け込み、追いかけられていないと確信するまで木の後ろに隠れていた。リンゴをひとつ食べようとしたができなかった。私はリンゴを隠して小屋に戻ったが、母と顔を合わせることを考えると胸がどきどきした。私は、自分が裏切り行為をしたことを知っていたし、ナチ親衛隊が犬と銃を携えていつでも到着しかねないと思った。母に、どこにいたのか、そしてなぜ顔色が悪いのかと尋ねられ、罪悪感が胸の中に広がったが、私は唇を噛み黙っていた。

その夜、私は瓦礫の中に横たわっている赤ん坊を見つけ、その毛布がくすぶって炎に包まれる夢を見た。私は赤ん坊を救いたかったが、斧を手に持ちヘルメットをかぶった消防士が私を追い払った。私が向きを変えた方向はすべて壁で、どの窓からも火のついた顔が覗いていた。目を覚まし、私は一瞬ナチの下士官の鋭い顔が私を見つめているように見えた気がした。やがて私は再度眠りについたが、その後も、私のせいで犬を連れた兵士や警察が私たちを逮捕するため何時でもやってくるかもしれないという考えで目が覚めた朝は多かった。

あるとき、小屋にやってきたリースヒェンおばさんは、彼女とマリー・ピンバーは子どもの頃から友達だったが、共産主義やナチズムについては決して意見が合ったことがなかったと語った。リースヒェンおばさんは、ヒトラーが邪悪な指導者であると信じることを頑なに拒否していた。私たちは、彼女が初めて知りあったユダヤ人だった。しかし、私たちと友人になって以来、彼女は、私たちの窮状と自分の政治信条を調和させるのは不可能であることを理解した。彼女は、今になってようやくユダヤ人の迫害がどれほど恥ずべきことであるかに気づいた。しかし、リースヒェンおばさんが自分の心情の変化について古い友人であるピンバー夫人に話したとき、彼女は激怒し、私たちを訪ねたり食べ物を差し入れたりすることを禁じた。その後、リースヒェンおばさんが訪れることは滅多になくなり、来るとしても夕暮れ時だけになった。それでも、彼女はピンバー夫人のますます意地悪くなる監視の目から逃れることは滅多にできなかった。

私の九歳の誕生日に、リースヒェンおばさんはケーキの材料を持ってきて、私たちを驚かせた。それは私への誕生日プレゼントであり、私たちが数年ぶりに食べるケーキになるはずだった。焼いている間、私たちは想像の中で香りを吸い込み、かけらに至るまで、百回はむさぼり食べた。しかし、やっとそれが焼きあがったとき、母がどうしたわけか密輸品の砂糖を塩と混同し、塩を生地に入れたことが分かった。ケーキの見た目は完璧だったが、吐き気を催させるような味だった。私がとにかくそれを食べようとしたとき、母は誰かが死んだかのように泣いた。

リースヒェンおばさんは私たちにラジオも貸してくれた。その数日後、母がBBC放送を聞いている間、私は小屋の外で見張りをしていたところ、ピンバー夫人が猫を呼んでいるのが見えた。それは、リースヒェンおばさんが彼女にあげた美しい灰青色のペルシャ猫だった。すぐに猫がやってきて、ピンバー夫人は腕の中に抱え上げた。しかし、彼女は猫をなでる代わりに布袋に入れたので、猫は不気味な声を上げて鳴いた。私が一体何が起こるのかと思っているうちに、ピンバー夫人は袋の中に石塊を入れ、物干し綱で袋の口を縛り、私たちの小屋と彼女の家の間にある井戸まで運んだ。しばらくの間、彼女は身もだえする袋を体の前に抱えていたが、やがて井戸に落とした。

私は飛びあがって井戸に向かったが、危険を感じ、また母の見張りとして自分の持ち場に戻らないといけないことを思い出し、すぐに地面にしゃがみ込んだ。永遠にも思える時間が経過した後、ピンバー夫人は物干し綱を引っぱり、水が滴り落ちているが動かなくなった袋を井戸から引き上げた。それから彼女は私がいる方向を見た。彼女は陰険なしかめ面をして物干し綱を解き、袋を彼女の家まで引きずって行った。

その日遅く、ピンバー夫人が私たちの小屋に向かってくるのが見えた。私は頭をドアの内側に入れて母に警告し、防空壕のほうに走った。二人が話している間、私は井戸に行き、その冷たく静かな深みを覗き込んだ。私は、自分が見たことについて理解し、別の解釈または異なる結果を見いだそうとした。しかし、自分が見たことについて考えながら井戸を覗き込んでいると、さらに気分が悪くなった。

立ち上がって体の向きを変え、その場を立ち去ろうとしたとき、ピンバー夫人の手が私の顔に向かって飛んできた。彼女はかなりの力で私を殴ったので、私は井戸を覆う石にぶつかった。叫ぶこともできないくらい驚いた私は、逃げなければ猫と同じ運命を辿ることになるだろうと感じ、できるだけ速く走り去った。燃えるような頬を手で押さえ、母に慰めて欲しいと願い、小屋のほうに走った。しかし、戸口に着いたとき、私は立ち止まって自分自身を落ち着かせた。母をあまり動揺させたくないし、彼女が突発的に何かするのではないかと心配になったのだ。また、ピンバー夫人を怒らせることを何かしたかのような漠然とした罪の意識にも捕われた。あえぎながら立ちつくした私は、井戸の石壁で打った頭の後ろが少しチクチクし始めていたため、触れてみた。指先にわずかに濡れた感触があり、少し出血しているのだと分かった。あまりたくさんの出血ではなかったが、母が激怒するには十分だった。だから私は体の向きを変え、自分の小屋を離れて森の中へと走って行った。

幅の広い水路に辿り着くまで、私は木々の間を走り抜けた。全力で水路を飛び越え、細い土の路の端に着地した。厳しく禁じられていると分かってはいたが、私は道を急いで横切り、反対側の緑と金色の小麦の畑に体を沈めた。道路から見えないと確信できるまで、私の背丈とほぼ同じ高さの茎の間を、身を低くして駆け抜けた。それから私は立ち止まり、呼吸を整えながらあたりを見回した。小麦は動いているように見え、カサカサと音を立てるのが聞こえたので、私は追いかけられているのかと思ったが、密生する茎を風がなでているだけだった。私は恐怖と後頭部の痛みを感じていたけれども、まばゆい微笑みのような光に満ち溢れ、まるで私にも微笑み返すよう願っているかのようであった。血のように赤いポピーの花が見えたとき、私の口は大きく開いた。花の部分がうなずくようにそよ風に吹かれて優雅に揺れるのを見ていると、最近の不愉快な出来事のすべてが消えてなくなった。

飛んで行ってしまうかもしれない鳥であるかのように、私はポピーの花に忍び寄った。それから私は、その絶妙にシンプルな花の特徴を入念に調べた。四枚の深紅色の扇形をした外側の花びらはさりげなく重なりあい、小型のシャワーの形になった金色のおしべが下の淡い緑色のさやを覆っていた。がくの底の黒い部分が紫色にぼやけていることにも気づくほど、私はあらゆる角度からそれを愛でた後、すべての緑の芽を含むように茎を低く切って花全体を摘み取った。それから私はもっとないかと見回した。

道路からは金色の波打つ布のように見えていた畑には、優しく輝くポピーと濃い青のヤグルマギクが点在していた。その他にも、数えられないほどの白い花びらのデイジーが太陽に向かってうららかに黄色の顔を輝かせていた。私は、なんて素敵なんだろうと思った。マーガレットは母と同名の花で、ヤグルマギクはレナの目のようで、そして私は何よりもポピーが大好きだ。しかし、腕いっぱいに花を集めた後、リンゴを盗んだときのように、私は花を持ち帰ることができないと気づいた。母は、私が道を渡って畑に入ったことを知ってしまうので、花を持って帰ることは喜びよりもむしろ彼女に苦痛を与えるだろう。その頃には、アメリカ軍とイギリス軍がフランスに上陸し、ロシア軍が東でドイツ軍を猛烈に討伐していたので、私たちは戦争は永遠には続かないという希望を感じていたが、それでも少しの危険も冒してはならなかった。

畑の端で花を抱えて立ち、泣きたくなるほどがっかりした。しかし泣く代わりに、私は向きを変えて黄金の毛羽立った茎の間を歩き、畑の中心らしきところに到達し、立ち止まった。そこに私は花を円形に並べ、さらに摘みに行った。私は花を積み重ね、厚くて柔らかい寝床を作るのに十分になるまで集め続けた。それから私は花のベッドに横になり、空を見上げた。

私は白金に輝く太陽が羊雲の中を往復運転する乗り物のように動くのを見た。雲の下では鳥の群れが旋回し、急上昇してはさっと方向を変え、麦畑の隅に降りる前に空のあらゆる場所でアクロバットを繰り返した。私はお腹が空いていたことを忘れ、空襲のときの炎と叫び声を忘れ、マリー・ピンバーの猫のことを忘れた。さらには、母がBBCを聞きながら私がそばにいないので心配しているであろうということさえも忘れていた。私は目を閉じたが、小屋のベッドや土の防空壕に横たわっているときにいつもしているように、頭の中に絵を描くことをしなかった。その瞬間の美しさや一人でいる自由という素晴らしい気持ちを邪魔するものは何もいらないと思った。自分の心臓の鼓動、小麦の穂のざわめき、そして昆虫が奇妙に奏でる音を聞きながら、私は軽い眠りに落ちたに違いなかった。

突然、大きくてざらざらした手が私の口と顔の大部分を覆った。荒々しく切迫した男の声が、めちゃくちゃなドイツ語や私には分からない言語で、何度も私に話しかけ、何かを尋ねていた。ときどき、彼は私が呼吸し、答えられるように私の顔をつかんだ手を緩めた。しかし、彼の口臭があまりにひどかったため、それが彼の手よりもっと息をつけなくさせていた。返答として、私は激しく頭を振り、両手で両耳を塞ぎ、彼の言うことを聞きたくないと示してみせた。彼が言っていることのほとんどは理解できないものだったが、彼が知りたがっているのは、私が彼に伝えてはいけないことだと直感した。私があまりにも怖がるので、男は一時、尋ねるのをやめ、身体を折り曲げて頭を近づけ、私の両方の目にキスをした。彼が唇を離したとき、涙が彼の毛深い顔を流れているのを見た。そして、顔の汚れが取れて縞模様になった彼は、笑おうとしている悲しい道化師のように見えた。私の目からも涙が少しずつ流れ始めた。

男は私に命令し続けたが、その声ははるかに穏やかになり、命令というよりは嘆願のようにすら聞こえた。彼は、私の頭が彼の頭と同じ高さになるように私を立ち上がらせて、ヤグルマギクと同じくらい青い目で私を見た。あまりにも鋭い視線だったので、私は考えを読まれないように目を伏せた。私は、彼が母のところに連れて行って欲しいと言っていることを理解したが、もし母が見つかるようなことがあれば彼女だけでなくレナやヘルガも殺されるであろうということを知っていたので、それはできなかった。同時に、欲しい物を手に入れるまで、その男が私を放してくれないことは明らかだった。彼から逃げたとしても、どこにも走って行ける場所はなかった。私が言いつけに従わなかったことが母の死を招くかもしれないと考え、後悔の念や罪悪感に圧倒された。私はこの花の上で死んだほうが良いのかもしれないと思ったが、そうはできないことも分かっていた。

その男は、私を傷つけようとはしなかった。代わりに彼はひざまずいて私をゆるく抱きしめた。私は、彼がドイツ人ではなく、ナチ党員でもないと確信した。彼のドイツ語はあまりにぎこちなかったので、理解できないふりをするのは簡単だった。彼は痩せこけていて、惨めで不潔な外見をしていた。私は、どんな種類かは分からないが、彼が捕虜であったことをかなり確信していた。汚れとひげの下の彼の肌は青白く、短く刈られた髪と手と手首の毛は赤みを帯びたブロンドに見えた。彼がユダヤ人だとは思わなかったが、たくさん苦しんできたということは明らかだった。

行き詰まった時間がどれだけ続いたのか分からないが、私が再び泣き始めたこと、そして男が私を腕にしっかりと抱きしめ、害を与えるつもりがないことを示して安心させようと最善を尽くしたことだけは覚えている。私は彼を信じていたが、隠れ家の場所を漏らすことは許されないことを知っていた。しかし結局、私は火を飲み込んだような気持ちになりながら、通りを渡り、小屋のほうへ男を連れて行った。

私たちが木々の間を通り小屋に近づいたとき、母は外に立っていた。彼女は顔色を変え、悲鳴を抑えるために手で口をふさいだ。男は近づき、下手なドイツ語と何か別の言語で、たどたどしいながらも懸命に話しかけた。母はあまり返事をしなかったが、私を腕に抱え上げて、小屋の中に連れて行った。そして、彼が私たちの後ろから入れるよう、ドアは開けたままにした。

母は、私が小屋のある一帯を離れた挙句、隠れ場所へ男を連れてきたことを叱らなかった。叱る必要はなかったのだ。私は自分の行動を恥じていたし、その男の存在によって私たちが発見され、殺される可能性が増したことを知っていた。私たちも栄養不足であったが、彼が飢えていたので、なけなしの食べ物を分けあった。夜遅く、彼は食料を捜し求めに行ったが、あまり成功しなかっただけではなく、私たちが発見される危険を高めた。彼は状況を理解し、私たちと一週間ほどしか一緒にいなかった。私は、隠れ家の場所を漏らしたことをずっと恥ずかしく思っていたが、私たちと一緒にいる短い間、彼は私が特別な存在だと感じさせてくれた。

「あなたは私の命を救ってくれた」と彼は言い、目に愛をこめて私を見て、同じ言葉を繰り返しては私の髪をなでた。

彼の名前はカルロといい、私があまり聞いたことのないユーゴスラビア[*1]という国の出身であることを知った。彼はユーゴスラビアがドイツに侵略された後に逮捕され、東プロイセンに強制移送されてポーランドとの国境近くの炭鉱で働かされていた。赤軍〔一九一八年から一九四六年の間のソ連軍〕がその地域に接近し始めたとき、彼と他の奴隷労働者たちは西方に連れて行かれ、ドイツ国内のより内部の防壁工事の現場で働かされることになった。連行されている間に彼は逃げ出し、ほぼ三年会っていない妻と娘のいるべルグラードに向かって歩き始めた。捕えられるのを避けるために夜間に移動し、森に隠れているときに私が花を集めるために小麦畑に飛び込むのを見かけたのだった。

カルロは母と私に、自分には私と同じくらいの年齢の娘がいて、私に腕を回したとき、娘を抱いているように感じたと言った。彼はまた、遠く離れた労働収容所に入れられていたときですら、ドイツ人がユダヤ人に何をしていたかについて耳にしたと言った。ナチスの残虐行為や彼の妻と娘について話すとき、彼は泣き出すことがあった。そのようなとき、私は彼を慰めるために近くに行き、私の髪をなでるか抱きしめるかできるようにした。カルロは父よりずっと痩せていてもっと感情的だったが、私に父のことを思い

*1　一九四一年四月、ドイツ軍は一〇日あまりでユーゴスラビア全土の侵攻に成功した。ドイツ軍の損害が比較的小さかったのに対し、ユーゴスラビア軍の損害は大きかった。その死者は数千人にのぼり、推定二五万から三五万人のユーゴスラビア人がドイツ軍の捕虜となった。

起こさせ、忘れそうになっていた父に関するいろいろなことを思い出すのを助けてくれた。

カルロが私たちのもとを去った後、私は美しいポピーとヤグルマギクとデイジーについて再び考え始め、麦畑に戻ることを切実に望んだ。心の中で私はよく花を描いたり、並べ替えたりした。夜には花の夢を見るほどだった。あるとき見た夢の中で、炎のようなポピーが野原を燃やしていた。私は炎を消そうとして走り回り、しまいには静かな池の中に浮かぶ睡蓮の花のベッドの上に倒れた。池の真ん中に浮かんだ巨大な睡蓮の葉の上に横になりながら、私はそこでは火の危険がないことが分かっていた。しかし、水の上を漂う誰かの声が聞こえ、私は目覚めた。

＊＊＊

初秋のとても風が強い夜、ピンバー夫人が私たちの小屋のドアを開け、戸口に彼女の巨体をねじ込み、雷雨が近づいていると叫んだ。そして、母と私に、雨で台無しになる前に干し草を集めて小さな納屋に入れるのを手伝うよう言った。母は、もし嵐になりそうなのであれば私はレナと一緒にいるべきだと言って、一人でピンバー夫人の後を追った。数分もしないうちに嵐が農場を襲った。雷鳴とともに稲妻が走り、雷が小屋の壁を揺らした。風が小屋の屋根からタール紙を剥ぎ取り、雹が降ってきて葉がすっかり落ちた木に当たり、小石が投げつけられたような音を立てていた。私はレナを腕の中であやしたが、小屋のたったひとつの電球が消えると彼女はありったけの大声で泣き始めた。私は、その声を放送できれば、母が聞いて走って帰ってくるのにと思った。

雷と稲妻がゆっくりと動くにつれ、雨は激しさを増し、私たちは滝の下に漂っているかのように感じた。

間もなく私は、いくつかの場所から雨漏りの音を聞き、感じた。手提げランプに点灯した後、私は被害を最小限に抑えるために、物を動かそうとした。しかし、雨足は弱まることなく、雨漏りはどんどんひどくなり、レナと私はますます惨めな気持ちになった。強風が轟音を伴って暴れ狂うまで、二度ほど嵐はしばらく静まっていた。私は、母ができるだけ早く私たちのところへ戻ってこられるように、嵐が比較的静かなときに手提げランプを下げて小屋の入り口に立って待った。母が戻ってこないので、私はますます彼女の身を心配し始めた。ピンバー夫人による裏切りを含め、あらゆる種類の災難が母を小屋から遠ざけている可能性があると想像した。

何時間にも思われた時間が経った後、風と雨は去り、家の中の雨漏りも止まった。私はレナにお話を聞かせて寝かしつけた。そのお話は、水面に映る自分の姿を見ていて湖に落ちてしまった女の子が姉に助けられた物語で、物語の中の姉は、濡れてしまった服を着替えさせるために自分で作った新しいきれいな服を妹にあげたのだった。しばらく経っても母が戻らなかったので、私は、母の身に何か起こったのかもしれない、もしかしたら倒れた木の下で身動きができずに助けを必要としているのかもしれないと思い、さらに心配になった。しかし同時に、たとえ自分が怪我をしていても、私がレナを置き去りにすることを母は決して許さないだろうとも思った。いずれにせよ、私は彼女を探しに行くことにした。

私が出かけた頃には、ほぼ満月に近い月が雲間から出て、私の行く手に広がる大きな水たまりを照らしていた。しかし月は、水たまりを避けるのに十分なほどは姿を現してくれず、そのため私は膝の高さまで水にバチャンと浸かり、泥で靴が脱げそうになった。母が向かったはずの納屋まであと数メートルのところまで歩いて行ったとき、聞き覚えのあるサラサラという音が聞こえたが、何の音か分からなかった。立ち止まりたくなかったので一歩前進すると、驚き、そして恐ろしいことに、地面が完全に崩れるのを感じた。私は、泳ぐことも立つこともできない急流にバランスを崩して滑り落ちた。

激流が水の中へと私の服を引っ張り、礫が私の体を打ち、擦り傷を作り、恐ろしいほどの速さで私の頭を水の中に突然沈めた。父は私に泳ぎ方を教えてくれていたが、このような状況に備える訓練をしているわけがなかった。私は激しく手足をばたつかせ、汚い水をたくさん飲み、手が触れたすべての物をつかんだ。私は急流で真っ逆さまに転げ落ち、浅くなったところでようやく止まった。そこは、納屋の排水溝だった。かなり幅が広くなり、これまでにないほど勢いよく水が流れていた。私は急勾配の堤防を必死に這い上がろうとしたが、滑って急流に落ち、浅い水路に打ち上げられるまでさらに数メートル押し流された。私は泡立つ水の上に背中を浮かべながら、茫然として動けなくなっていた。そのとき、前年の夏に姿を見た、そして夜にベッドで聞いていたフクロウのリズミカルなホーという鳴き声が納屋のほうから聞こえてきた。私は、フクロウが私を見るときの誇り高い穏やかな視線を思いだし、祖母を連想した。そして、暗闇の中を行き交う船の友好的な霧笛のように繰り返し鳴く声を心強く感じた。この心の友の声で安心し、私は落ち着きを取り戻して支えになる岩を冷静に足で探り始めた。それから私は、手で握ることができる根と岩棚を見つけるまで手を伸ばし続けた。ゆっくりと慎重に広がった溝から抜け出し、それが思ったほど深くなかったことに気づいた。それから私は立ち上がり、フクロウの声を聞こうと耳を澄ませた。すると、代わりに母が私の名前を呼ぶのが聞こえた。私は走り寄り、母にしっかりと抱きつき、二人とも無事でまた一緒になれたことに大いに安堵した。嵐に襲われた小屋に帰るために、母は私を体から苦労して引き離さなければならなかった。幸いに、レナはぐっすり眠っていて奇跡的に濡れていなかった。

その冬は、それまでよりも寒く、食べる物もなかった。私たちはピンバー夫人の農場に既に一年以上隠れており、徐々に痩せて体力を失っていた。しかし、爆撃や強制移送から遠ざかっていられることはありがたく、東からはロシア軍と、南からはイギリス軍とアメリカ軍が私たちのところに向かう途中で激しくドイツ軍と戦っているというニュースに大いに励まされた。しかし、戦争がもうすぐ終わるかもしれないという私たちの夢は、ピンバー夫人がある夜小屋にやってきて、父が逮捕されたと言ったときに絶望に変わった。母は打ちひしがれ、私も初めはそうだった。しかし、ゲシュタポがフレッドおじさんをどう扱っていたかを思い出し、私はピンバー夫人の言うことを信じないことにした。私は、父は彼らに捕まえられるには、あまりにも賢くて機転が利いていると自分に言い聞かせた。私はピンバー夫人にいろいろと言いたかったが、できる限り彼女と関わらないことを望みながら自分を抑えていた。しかし、彼女が私たちのところでニュース放送を聞き始めたので、それは難しくなった。それから間もなくして、父は崩壊しつつあるロシアの前線に送られたと彼女が言ったとき、私は、自分の考えの正しさを徹底的に主張する必要を感じた。「お父さんは彼らより一枚上手なの！」と私は彼女に向かって言い放ち、父はロシア語を話すことができるので、ロシア軍に加わる方法を見つけるだろうと彼女に語った。彼女は雄牛のように荒く鼻を鳴らしたが、否定はしなかった。

凍るように寒い冬が早春の気まぐれな雨と輝きに変わり、連合軍がこれまでにないくらい接近するにつれて、私たちの近くの森には他の難民の気配がするようになった。野営の焚き火がときおり夜にちらつき、悲惨さの匂いは空中を漂い、松葉の陶然たる香りと混ざった。そして、私たちは誰かが私たちの隠れ場所に侵入するのではないかと心配し始め、遅かれ早かれ何らかの形で他の難民に遭うことになるだろうと思うようになった。

だから、四月下旬の風が強い夜に、ピンバー夫人がひどい外見の二人の男を連れて小屋にやってきたときも、大して驚かなかった。彼らは二人とも濃いひげを生やし、明らかにピンバー氏の物である野良着を着ていた。ピンバー氏は、その二人よりも身長が低く太っていたので、すぐに分かった。二人の男のうち背の高いほうは足を引きずり粗末な杖を持っており、若くて比較的がっしりしたもう一人の男よりもずっと弱々しかった。若いほうのもう一人は、何か取る価値のある物があるかどうかを確認するかのように、私たちのすべての持ち物をさっと値踏みした。健康状態が良さそうであるにもかかわらず、彼は何かに取り憑かれた様子で、暴力を振るいそうに見えた。彼がレナに名前を尋ねたとき、母は青ざめ、妹はもじもじして母の後ろに隠れて答えようとしなかった。

「名前を言いなさいよ」とピンバー夫人は言った。「襲ったりしないわよ。」

それでもレナが黙っていたので、代わって私が答えることにした。「彼女の名前はレナーテで、五歳です。」

ピンバー夫人は、男たちのために古くなった黒パンと淡い黄色のチーズを持ってきていて、私たちにも少しくれた。彼女は、男たちは小屋の外でも中でも防空壕でもどこでも寝られると言った。彼女にとってはどうでも良いことだった。そこで、母が防空壕で寝てくれたほうが良いと言おうとすると、ピンバー夫人は母の言葉を遮り、私たちが数週間前に男を滞在させていたのを知っていると言った。

私たちは大変な思いをして存在を隠そうとしていたのだが、ピンバー夫人はカルロについて知っていたのだ。そのことを彼女が示したのは今回が初めてだった。彼女の顔はスカーフで覆われたピンクの仮面のように見えたので、その発言は彼女が注意深く私たちの行動を監視していることを伝えたいのか、それとも私たちが思っていた以上に自分が寛容であることを伝えたいのか見分けがつかなかった。

彼女が去った後、私たちと同様に、二人の男は手と顔を洗いパンとチーズをむさぼり食べた。若いほうは体が不自由な彼の連れに気を配っていて、猛々しい表情と態度が次第に穏やかになっていったので、私は大胆にも彼の名前を聞く気になった。

「ライナーだ」と彼は言った。「俺の名前はライナーだ。」彼は笑おうとしたが、慣れていないことは明らかだった。どこから来たのか尋ねたところ、彼はノイエンガメから来たと言った。そして私に、ノイエンガメについて聞いたことがあるかどうか、尋ねた。

他の人と同じように、私はノイエンガメがハンブルク郊外にある大規模な強制収容所であることを知っていた。しかし、彼が囚人にしてはあまりにもたくましい体つきをしていたので、私は知っているとは答えなかった。

その後、男たちは収容所から逃げてきたと母に打ち明けた。収容所では、数日以内に到着すると予想されていた連合軍にナチスのしたことが暴露されるのを阻止するため、囚人全員が殺されているので逃げてきたということだった。母が、それでは何千人もの囚人が殺されることになるではないかと主張したとき、ライナーは、その命令はベルリンから出され、ドイツじゅうで実行されていると言った。最初に母が、そして次にレナが、最後に私も泣き始めた。私はまた、そのような恐ろしい知らせを運んできた二人の男に対して激しい怒りを覚えた。彼らは翌朝、行き先を言わずに出発した。私は彼らが去るのを見てうれしかったし、彼らは嘘を言ったに違いないと自分に言い聞かせた。

数日後の朝、小屋の壁に新しい葉が落としたレースのような影を指でなぞっていると、リースヒェンおばさんが小道に現れた。彼女は、シュナップスで酔っぱらっているかのように陽気にスカートと袖を大きく振りながら現れた。母はレナと一緒に森の中に野生のキノコを探しに行ったと説明している間、彼女は微笑み、太陽の日差しをさえぎりながら立っていた。彼女は私の手を取り、私たちも散歩に行くわよと言った。私は、境界線から離れるのは許されていないことを彼女は知っているのにと思ったが、どうしたら良いのか分からなかった。母を探しに行くのか、許されている範囲内に留まるのかだろうと思い、私は彼女について行くことにした。しかし、リースヒェンおばさんは、母が行った方向には行かずに森と小麦畑の境界にある道に向かって進んだ。彼女は冗談でそうしているのに違いないので、すぐに立ち止まって引き返すだろうと思い、私は彼女について行った。彼女が止まらないと分かったとき、私は足を踏ん張って不安であることを示した。ようやく彼女は薄緑色の新しい葉をつけた木の影で足を止めた。

「メーデーよ!」[*2]リースヒェンおばさんは私の頭上からかん高い声で言った。「今日はメーデーよ。だから素敵なブーケを作らなければ。」

私はリースヒェンおばさんが私を気に入っていることを知っていたので、彼女が私と一緒に過ごそうと思ってくれたことがうれしかった。リンゴを盗もうとしたときのあわや大惨事になりかけたことを思い出す代わりに、小麦畑の花の美しさを思い出した。私は深呼吸し、新しい命の神秘的な息吹を味わい、くっきりとした青い空に氷山のように漂っている巨大な雲を見上げた。私は足を踏ん張るのをやめて、指をつっこみたいほどの眩い金色の光に向かってぐんぐんと進んだ。野花を見ると私はすべての自制心をかなぐり捨て、大きなおばさんの手をぐいぐいと引っ張り、道に沿って進み始めた。向かい風を受けながら巨大な気球を引っ張っているようで、彼女がスカーフで覆われた頭を振りながら笑うと、私は自分が空気より軽くなったように感じた。

レンガでできた農家の廃墟の近くで手にいっぱいの水仙を集めた後、私たちは小道に戻り、散歩ごっこを再開した。すると目の前で、ピンバー夫人が人形劇に登場する悪魔のように急に現れた。しかし、彼女は幅広い背中を私たちのほうに向けていたので、見つかっていないだろうと少し安心した。突然、振り返ることなく彼女は立ち止まり、しゃがんだと思ったら長いたっぷりとしたスカートを持ち上げ、ピンクのブルマを引き下げ巨大な白いお尻をむき出しにした。彼女はそのまま動かなかったが、大きくてとても青白く、信じられないほど明るい月のようなお尻が私たちの顔のほうに向けられた。

リースヒェンおばさんは立ち止まり、はっと息を飲んだが、私は、彼女が自分のたっぷりとしたスカートで私の目を覆ってしまうまでじっと見入っていた。私は自由になろうとしてもがいたが、リースヒェン

---

*2 ヨーロッパで五月一日に祝う、夏の豊穣を予祝する祭り。

おばさんは私を後ろ向きにさせ、振り返ることを許さず小屋まで送り届けた。

小屋では母が、ラジオで聞いたばかりの発表にとても興奮していた。なので、私がどこに行っていたのかさえも聞かなかった。「ヒトラーが死んだ！」と抑えきれずに彼女は叫んだ。「獣が死んだ！ ロシア人がベルリンで彼を殺した。終わった！ 彼は死んだ！ 終わった！」*3

私は母に抱きつき、キスをし、小屋の周りで踊った。母はレナにキスをし、空中に投げ、泣き笑いした。私は外に出て声の限りに叫びたかった。「ヒトラーが死んだ！ 彼は死んだ！ 彼は死んだ！」

「本当なの？」リースヒェンおばさんは尋ねた。驚いた様子だったが、いささか悲しそうでさえあった。

彼女は意識的にそうしたつもりはなかったのだろうが、彼女の質問から、私たちはまだ自由でないことを思い出した。私たちは今まで通りユダヤ人で、ここはまだドイツだった。ラジオは降伏について何も言っていなかった。しかし、私はユダヤ人嫌いのリーダーが死んだことをとてもうれしく思い、ピンバー夫人が何の騒ぎかと小屋に見に来たとき、彼女にさえも微笑みかけた。私は少し前に夫人の輝くお尻をむき出しにしたぶざまな姿を見たばかりだったので、たとえそのニュースがそれほど重要でなかったとしても、彼女に対しての微笑みを抑えることはできなかったであろう。彼女が私を好きではないことは知っていた。おそらく他のユダヤ人のことも好きではないのだろう。しかし彼女は、ヒトラーをとても嫌っていたので喜び、私もうれしかった。

ピンバー夫人の明るい月のようなお尻を見てしまったことで、まだ良心がとがめていたリースヒェンおばさんは、かつての友人である彼女と話をしようとしなかった。ただ、ピンバー夫人がシュナップスを取りに行こうとしたとき、人の死を祝うのは正しくないとぶつぶつ不平を言った。それを聞いて、ピンバー夫人は大きく鼻を鳴らした。そして彼女は去るときに私に意地悪く微笑みかけたので、またスカートをまくり上げるのではないかと思った。しかし、私にご褒美をあげないことを心得ているかのように、彼女はただスカートを少しだけ揺らしながら、道をよたよたと歩いて行った。

＊＊＊

翌日、イギリスの戦車がハンブルクのエルベ川に架けられた橋をゴトゴトと走り、カーキ色の制服を着た無口なイギリス兵が荒廃した都市を戦うことなくして占領した。いまだに偉そうな笑いを浮かべ、ベルト付きの革のコート、革のブーツ、そして粋なしゃれこうべと翼を広げた銀の鷲で飾られている革張りの略帽を身につけ、ふんぞり返っているナチ兵は、イギリス兵たちを貧しい親戚か、あるいはラッキーゴールを決めた二流のサッカーチームのメンバーのように迎えた。私は解放者たちを歓迎したいと熱望していたので、数日後、母が牛乳の金属製容器を運ぶ農場の荷車の後ろに乗ってハンブルクに行くときに、一緒に連れて行ってくれるよう説得した。東部戦線に移動して以来、父からの連絡がなかったので、母は彼の安否について、そして強制収容所に送られた親戚のうち誰か生き残っていないかを知りたいと切望していた。

＊3　一九四五年四月三〇日、ナチス・ドイツ総統アドルフ・ヒトラーは総統地下壕の一室で妻のエファ・ブラウンとともに自殺を遂げた。

ハンブルクに向かう道すがら、引き具をつけられた痩せた馬が、御者に呼びかけられても手綱でピシャリとやられても無視してのろのろと歩いている傍ら、私は、高級食料雑貨店の最高級食材を荷車に積み込むよう主張する赤ら顔のイギリスの特務曹長に、温かく抱擁されている場面を想像していた。それから彼は、ユダヤ人から奪われた広々とした家の一軒からナチ党員らを追い出し、私たちにそこに引っ越すよう勧めるのであった。しかし、ハンブルクの町にさしかかると、自分自身も破壊されている最中にその場にいたにもかかわらず、想像以上にはるかに荒廃した風景を目の当たりにし、私の空想はしぼんでいった。馬でさえもひどく動揺し、いななき、尻込みし、目玉をぎょろつかせ、鼻孔を広げて、瓦礫の山に入ることを拒んだ。

御者が馬を誘導して、私たちは屋根のない骨組みだけになってしまった数平方キロメートルの住宅地区をがたがた揺れながら通り抜けた。やがて私たちは、かつて住んでいて素敵な通りだったアイルベック地区のハッセルブローク通りにやってきた。そこは今では打ち捨てられ、壊れた壁に止まったり瓦礫をつついたりするカラスとカササギしかいなかった。私は、黒焦げの死体が通りに横たわっていた光景を思い出し、震えた。それにもかかわらず、私は住んでいたアパートの跡を調べたいと思ったが、通り過ぎるとき、母はまっすぐ前に視線を向けたままだった。

ハッセルブローク通りを数街区過ぎたところで、戦車の回転砲塔に乗っていたヘルメットをかぶったイギリス兵が私たちを止め、通行を許可する前に、御者に荷車のミルク缶のふたを外させた。ときおり、私たちはイギリス兵の他の集団が戦車や他の武装車両の近くで立ったり、座ったり、しゃがんだりするのを見かけた。その多くは食事をしていて、時には通りの焚き火のそばで食べていた。私は彼らに手を振り、こんにちはと声をかけたが、彼らは私たちを無視し、飲みかけのお茶から顔を上げることすらほとんどなかった。

大きな鉄道の駅に近づいたとき、私たちは再び止められた。ヘルメットをかぶった二人のイギリス兵がミルク缶のふたを持ち上げて調べている間、私は、背の高い、かなり恰幅の良いイギリス兵が駅の入り口近くに停めてあるジープのそばに立っていることに気づいた。駅の入り口は崩壊した板金によって部分的に塞がれていたが、板金は地面に向かって傾斜していて滝の彫刻のように優美だった。彼の武器はさりげなく地面に向けられ、きちんとした軍服を着て、後ろにリボンが垂れた茶色のベレー帽をかぶっていた。彼の姿を見て、スコットランドの民族衣裳を身にまとったフレッドおじさんを思い出した。私を知っているかのように、兵士は私をまっすぐに見つめ、微笑んでいるように見えた。彼こそが解放のお礼を言う人だと決めて、私は荷車から飛び降りた。そしてヒーローに挨拶し抱擁しようと、興奮しながら彼のほうに向かって行った。しかし、ほんの数メートル進んだところで、彼の銃口が私の目の高さまでもち上げられ、私はまさに銃身を見下ろすことになった。バン！　バン！　バン！　私は銃口から閃光が迸《ほとばし》るのを見て、弾丸が頭上を通過する音を聞いたような気がした。

私は地面に倒れ込んで伏せ、母の悲鳴を聞いた。その声が怪我をしたからではなく、怒りの悲鳴であることが分かり安心した。それから、母が私のほうに走ってきていることに気づき、母のところまで後ろ向きに手と足で這って行った。手をつないで身を低くし、攻撃的なイギリス兵とは反対の方向のブランツェンデにある従姉妹のインゲのアパートに向かって走った。

その名の通り、ブランツエンデとその近くの通りは、どういうわけか焼夷弾を免れていた。爆発性の高い爆弾が一、二棟の建物を破壊していたが、ほとんどは数街区離れたところだったので、その近隣は廃墟の海の中にある都会の島のように周囲から目立っていた。従姉妹のインゲは、恐怖を切り抜けてきたであろう割には比較的影響を受けていないように見えた。彼女は背が高く細身でありながら丸みを帯びた体つきをしており、濃いブロンドの巻毛と淡青色の瞳に宿るいたずらっぽいきらめきが、父のことを思い起こさせた。彼女は父の近況も知っていた。彼女によると、父は赤軍に捕えられ、ハンブルクから約二〇〇キロメートル離れたエルベ川沿いの一時的な捕虜収容所に収容されているとのことだった。ヒトラーが死に、ハンブルクとベルリンが降伏したにもかかわらず戦いは続いていたのだが、父が戦わなくて良いことに私たちは大いに安堵した。また二日前に、ノイエンガメ収容所の何千人もの囚人が乗せられた船がイギリス空軍によって爆撃され沈没し、リューベック近くで囚人たちが溺死したことも知った。

ドイツが降伏してから一ヶ月もしないうちに父はピンバー夫人のところに到着し、私は約二年間過ごした彼女の農場をようやく永遠に去ることができた。だが、ピンバー夫人はヘルガを手放すことができず、大喧嘩になった。ほぼ四年間も世話をしてきた美しい子どもを父が取り戻そうとすることに激怒し、肉用のナイフを手にしながら台所のテーブルの周りで彼を追いかけた。ヘルガも動転していたので、母がピンバー夫人に彼女を渡してしまうのではないかと一瞬心配になった。去る前に、母は私たちを匿ってくれたことに対してピンバー夫人にお礼を言い、両親は私にも同じことをするように促した。しかし、私にはできなかった。リースヒェンおばさんは、私がさようならのキスをしたとき、笑い泣きじゃくった。母は、私たちの友人となったおばさんにラジオを返し、「白い水仙の素敵な贈り物」を含めて彼女が私たちにしてくれた多くの親切について気持ちをこめてお礼を言った。

両親は、その後数ヶ月間ハンブルクで公式および非公式の生存者リストを調べ、避難民が到着したときには駅に行き、時には連合軍によって占領された地域を走り回って、家族や親族を見つけようと試みた。父は、自分がいくつかの言語に堪能で多くの難民の出身地の文化や国柄に精通していることを述べて、イギリスが避難者や難民を移住させる手助けをすることを申し出た。しかし、丸々とした顔をしたイギリス軍の将校は、父がユダヤ人と結婚しているため、イギリスの政府の役には立たないと言った。[*4]

父は、家のない何千人もの人々のための避難所として、かまぼこ形をしたプレハブの小屋を建てる商売を始めた。母はこの商売を手伝っただけでなく、個人的に人々が生き残った親戚と連絡を取るのを助け続けた。死んだと諦められていた人々が見つかったという報告は数多くあったが、そのほとんどすべ

＊4　第二次世界大戦期、イギリスはドイツのユダヤ人の子どもたちなどの小規模なユダヤ難民の受け入れ先になった。しかし、一九三八年にユダヤ難民問題について話しあうためにフランスのエヴィアンで開催されたエヴィアン会議にも代表されるように、欧米諸国はナチスによって虐げられているユダヤ人に対して救いの手を伸べることはなかった。その理由としてイギリス首相のチェンバレンは、ユダヤ難民を受け入れることでイギリス国内の反ユダヤ主義が高まるのを懸念したという。このことから、イギリスにおいても反ユダヤ的な思想をもっていた者は少なくなかったことが想像できる。

てが非ユダヤ人だった。ハンブルクではたった一〇〇人ほどのユダヤ人しか生き残っていなかった。約一万七〇〇〇人が殺害されたか、逃亡していた。最後に死んだ者の中には、医学実験に使われた何人かのユダヤ人の少女がいた。イギリス軍がハンブルク郊外に達したとき、彼女たちはハンブルクの学校で絞首刑にされた。家族の何人かが生き残っているかもしれないという希望がゆっくりと消えていくにつれ、母は戦時中よりもさらに怒りでいっぱいになった。しばらくすると、母は探している家族について他の人と話すのをやめ、誰かが彼らについて尋ねると泣き始めるようになった。

私は初めて学校に行き、悲しいことに、あれだけ多くの苦しみをもたらした考え方に依然として染まる世界にあって、そのどこかに居場所を作るための闘いに巻き込まれた。ナチズムに反対した人々は、わずかな数を除き全員が殺害された。ナチズムを支持した人々は、わずかな数を除き全員が仕事に戻った。私は、人種的または民族的中傷が異論なくまかり通ることを許さなかったため、頻繁にトラブルに巻き込まれた。そのようなときのために、私はピンバー夫人の満月のようなお尻の光景を秘密のお守りのように記憶に留めておいた。それを、最近の私たちの歴史から何も学んでいない先生や他の生徒たちにちらっとでも見せられれば良いのにと思ったことが幾度もあった。

第7章

解放

他のハンブルクの人たちはかつての素敵な町が煉獄と化したと思っていたが、戦渦の中で死を免れたという喜びで、私には廃墟となったハンブルクが少々くすぶってはいるものの楽園のように感じられた。何年もの間、恐怖に震え隠れて住む生活を続けてきた私は、ときおり鼻につく腐敗した死体の臭いを無視し、イギリス兵を見かけるたびに彼らに笑顔を向けたり、親指を立てるしぐさ〔共感や承認をあらわすしぐさ〕をしたりしながら、瓦礫で埋もれた通りを飛び跳ねた。しかし、〔隠れ家を出て初めてハンブルクに行ったとき〕新しく到着した解放者のイギリス兵にありがとうと言おうとしたのに弾丸で応じられたことを思い出し、私は二度と同じことを試みようとはしなかった。実際には、そのような対応が繰り返されたりはしないことがすぐに明らかになったのだが。他の女の子たちと比べると親指が著しく短いことを気にしていたのだが、私は大胆にも親指を立てるしぐさを繰り返した。なぜならば、私は他のドイツ人たちとは違うということ、ウィンストン・チャーチルが私のヒーローであること、イギリス兵が来てくれて良かったと思うと同時にどうにかして生き残ることができた一握りのユダヤ人たちを守るために彼らに留まって欲しいと思っていることを、イギリス兵たちに知ってもらいたいと強く思ったからだった。

空襲は、私に火に対する多大なる恐怖の念を残した。サイレンを耳にしたときはいつでも心臓がドキドキし、音が消えた後でさえ私の中の何かが長い間震えた。ヘルメットをかぶった消防士が幾度も私の夢に現れ、夜毎、降り注ぐ火花の中、支えになっている壁が崩壊するまで背の高い梯子を登り続けた。彼は優美な弧を描きながら炎に向かって転落したが、決して炎に触れるまで落ちることはなかった。なぜならば、私はいつもその前に目を覚まし、ポピーやホタルなど好ましいもののイメージを思い浮かべるようにしたからだった。煙る瓦礫の下に何時間も捕われ、後には土製の防空壕の中に隠れることを余儀なくされた経験から、私は、閉ざされた空間に置かれると極めて心地が悪くなり、エレベーター、トンネル、地下室、そして窓のない部屋をひどく恐れた。私はまた、何千人ものハンブルクの子どもたちが、空襲によって殺害されたり一生残る怪我を負ったりしたことを強く認識していた。あるいはその数は、ユダヤ人であるために死刑宣告された者より多かったかもしれない。そして私はそのような殺戮のすべてを、時には自分でコントロールすることができなくなるくらい激しく憎んでいた。

私は同時に、一九四三年の夏に起きたイギリス軍とアメリカ軍によるハンブルクへの集中的な空爆のおかげで、母と私が絶滅収容所に送られなかったことに感謝していた。ゴモラ作戦の爆撃機には誰かの命を救う目的などなかったことは明らかだったが、ハンブルクの住宅地区のほとんどを破壊し、そこに住んでいた何万人もの女性と子どもたちを殺したことで、私たちの強制移送の試みは頓挫したのである。私たちは、激しい火事あらしの中心近くに住み、さらには防空壕を使うことが許されなかったので、私たちをアウシュヴィッツに移送しようとしていた当局は、誰が誰なのか見分けもつかないほどに燃やされた何千人もの中に私たちもいるに違いないと思い込んだ。二年後に私がイギリス兵たちに向けた笑顔がいささか無愛想に見えたとすれば、それは他のハンブルク市民に自分の気持ちを見てもらいたいと思ったからであると同時に、イギリス兵たちが彼らの荷物をまとめ、戦車に乗り、帰路についた後、ハンブルク市民たちがどう出るのかが怖かったからだった。

多くのハンブルク市民は、ドイツがもたらした信じられないほどの苦しみに対して、いくらかの良心の呵責を感じたに違いなかった。とくに、収容所のひとつで子どもたちの靴が山のように積まれているといった類の、絶滅計画を示す写真を見たときがそうだった。その写真を見て父は泣き、私の肩に大きな手を置いた。母も大声で泣き叫び、私の一番下の妹を押し潰してしまいそうなほど強く抱きしめた。しかし、ほとんどの人々は自分自身の戦争経験にあまりにも遺恨を募らせすぎて、他人の苦しみ、とくに彼らがアルファベットのＡＢＣを教えられるよりも前に憎むことを教えられてきた人々の苦しみに対して、思いをいたすことはできないようだった。ハンブルクじゅうの家族が誰かを失う経験をしていたが、その大半は一〇日間におよそ五万人もの一般市民が殺されたゴモラ作戦でのことであった。空襲のずっと後も、何千人もの市民が冷たい穴蔵や地下室で眠るために瓦礫の下を探らねばならなかった。荒廃した町の灰塵の下にくすぶる後悔の火種がどのようなものであるにせよ、私がハンブルクの通りや商店、学校で見聞きした唯一の後悔の表れは、ドイツが敗北して生活が苦しいという嘆きだけであった。

父は、話を聞く気のある人に対し、ハンブルクの状況は確かにひどかったが、ドイツが占領した多くのポーランドやロシアの都市ほどは苛酷ではなかったと指摘した。それらの都市では、飢餓が人々を絶滅させるための武器として使用されたのである。しかし、連合軍による占領の一年目は、ほとんどのハンブルク市民は惨めすぎてそのような比較に気を配る余裕はなかった。冬は非常に寒く、それに食料と燃料の不足が重なった。そのため、大量のユダヤ人の強制移送を目撃しても異論を唱えず、連合軍の爆撃機によって町が破壊されてもストイックに受け入れた人々が、自己憐憫のうめき声を上げていた。

イギリス空軍がハンブルクの住宅地区をターゲットにしたことは誰から見ても明らかだったが、占領下でイギリス軍兵士に対してそのことへの怒りを表明した人はほとんどいなかった。市に住むほぼすべてのユダヤ人が、大半の破壊的空襲より前に既に強制移送されていたという事実を無視して、爆撃機がユダヤ人の家には危害を与えなかったと不平を言い続ける人はいた。しかし、ほぼすべての人が、ハンブルクがイギリス軍によって占領されたことは運が良かったと思っていた。イギリス人は、ドイツ人と同じような偏見と皮肉のきいたユーモアのセンスをもつ船乗り仲間として見られていた。しかし、〔バーナード・〕モンゴメリー将軍[*1]が、イギリス兵たちが地元の人々と交流することを禁じる命令を発したことについては、多くのハンブルク市民は大して気にしていないようだった。もともと彼らは、よそ者とは打ち解けない性格だった。

一方、勝利した側のイギリス兵たちのほうも、イギリス空軍が原因であれ第三帝国が原因であれ、犠牲者がドイツ人である限り、民間人の死傷者が出たということについて全く気に病んでいないようだった。むしろ彼らは、捕えられたイギリス兵たちに対する犯罪と他のいわゆる戦時国際法違反に対して立腹していた。連合軍は、そうした罪で一握りの著名なナチ党員を起訴し、民族的または宗教的分類のために殺害された約一〇〇〇万人に対する罪を追加した。また、同性愛者として多くの人々が告発され、第三帝国によって投獄され殺害されたことは皆が知っている常識だったが、連合軍が伝統的ではない性的嗜好の者たちを殺害した罪を追加したかどうかについては、私は知らなかった。

勝ち誇る連合国は、ニュルンベルクでおこなわれたナチスの主要戦犯の裁判[*2]を、異教徒処刑の祭典の後にゴシック様式の大聖堂で香が入ったキャニスターを振り回すのと同じような、象徴的な浄化儀礼と見なしていたのかもしれない。勝者が何を考えたにせよ、彼らの「非ナチ化[*3]」プログラムは、たいてい芳香漂う煙幕にすぎなかった。ナチスの一二年間にわたる恐怖政治のもとでおこなわれたすべての犯罪に対し、

＊1　イギリス陸軍軍人で一九四四年に陸軍元帥となり、ノルマンディー上陸作戦を成功させた。第二次世界大戦直後はイギリス陸軍ライン軍団の司令官として占領したドイツのイギリス担当地区における軍政を担った。

＊2　一九四五年一一月から一九四六年一〇月、連合国がナチス・ドイツの戦争責任者を裁くためにおこなった軍事裁判。二二名の被告のうち、ゲーリング航空大臣、リッベントロップ外務大臣ら一二名に絞首刑が宣告された。

＊3　連合国がドイツ占領をおこなった際の方針。ナチ党の解体、宣伝の禁止、関係者の行政・教育・司法や政界からの追放がおこなわれた。

一〇〇〇人たらずの怪物たちしか厳しく罰せられなかったのである。大量殺人の様々な運動に参加した人々の大多数がたとえ少しでも苦しんだとしたら、それは自分の良心によってのみだった。ほんの少しの例外を除いては、殺人機械の歯車となって大虐殺を引き起こした裁判官、官僚、検察官、情報提供者、軍人、警察当局者たちは、順調な退職を期待できた。また、何千人もの奴隷労働者を餓死させ、殺害した実業家たちは、生き残った者たちの傷を癒すためにスイス銀行にある自分たちの口座から、金銭的に賠償するよう要求されることとすらなかった。もっともひどい虐待をしたある奴隷所有者[*4]〔アルフリート・クルップ〕は、人道に対する罪で有罪判決を受けた二年後〔の一九五一年〕にアメリカによって赦免され、彼の炉に再び火を入れるため、数千万ドルが与えられた。冷戦の真っ最中に、彼はすぐに世界でもっとも裕福な五人のうちの一人になった。

経済的残虐行為が起訴の根拠と見なされることはほとんどなかったため、侵略行為に資金を提供し、殺された人から金歯を取り出し売買することさえも含む財産没収をおこなっては私腹を肥やしていた銀行家たちは、商売を再開するよう奨励された。また、同僚のユダヤ人たちを追い出したり、ユダヤ人に対する治療、教育、弁護士としての職務の提供を拒んだりした学究的職業の名士たちも、まるで何も起こらなかったかのように業務を再開した。その他、ユダヤ人の同僚やユダヤ人の作品を軽蔑した多くの音楽家、俳優、芸能人、映画製作者、文筆家、そして芸術家たちに関しても同じことが言えた。バイロイト・オペラ楽団[*5]は、地元のユダヤ人が殺されるために集められている間、ナチ親衛隊のためにワーグナーの『ニュルンベルクのマイスタージンガー』を奏でていたのだが、戦後すぐに、今度は連合国のエリートのために同じような壮大な音楽を演奏するようになった。憎しみを説き、ヒトラーの死を公に哀悼した聖職者たちは、すぐに自分の説教壇に再登壇した。私が通った公立学校の教師たちは、大量虐殺があったという主張をばかにし、同時に、私たちユダヤ人はどのみち人間以下なのだと生徒たちに言った。

イギリス兵たちは私の親指を立てるしぐさに頻繁に答えてくれたが、彼らの指導者たちは、生き延びたユダヤ人や、親衛隊あるいはゲシュタポの手によって苦しめられたドイツ人を助けることに熱心ではなかった。たとえば、父の兄弟のうち二人はナチスに反対して殺害されたが、彼らの家族には占領者からバケツ一杯分の余分な石炭さえも与えられなかった。また、ハンブルクの町の中心部にあるデパートやアルスター湖を見下ろす大邸宅のような重要なものであっても、ユダヤ人から奪取された不動産は、しばしば不当な所有者のもとに留まるか、自身の使用のためにイギリス軍に接収された。ナチスは自身が犯した罪についての綿密な記録を残していたが、母の両親の手から没収されたシェイクスピアのファースト・フォ

---

*4　ドイツの工業家で、元クルップ財閥当主。ナチス時代の軍需産業家であり、「死の商人」と呼ばれたクルップ社の三人の副支配人のうちの一人。本書第9章で詳述されている。

*5　バイロイトは、一九世紀に活躍したドイツの作曲家、リヒャルト・ワーグナーのオペラを上演するために一八七六年よりドイツのバイロイトで毎年七月から八月にかけて開催されている音楽祭である。ワーグナーは反ユダヤ主義的思想をもっており、それを公にしていたことが知られているが、彼自身の思想よりも彼の死後に作品がナチスのイベントに利用されたことが、今日ワーグナーとナチスが関連づけられる大きな理由である。ヒトラーはワーグナーの音楽を崇拝しており、頻繁にバイロイトを訪れていた。

リオを取り戻せる希望はほとんどなかった。それは、他の価値ある書物や芸術作品とともに、どうやらイギリス海峡を渡ったらしかった。放心状態の母は家族を失ったことに対する悲しみでいっぱいだったので、かつての所有物を追跡することなど考えつかなかった。また、それについては占領当局もあまり関心を示していなかった。ドイツの軍隊を倒したことで役割を果たしたという態度の彼らは、人々が問題を起こさない限り、感謝されているのか、恨まれているのかについては大して気にしていなかった。難民の再定住を手助けするとの父の申し出を鼻であしらった丸々とした顔の少尉は、イギリス兵の一般的な態度を反映しているようだった。

母はときどき、いまだに拘留中の生存者を救助したり、親戚について何か知っているかもしれない人と会ったりするために急いで出かけて行ったのだが、しばしばドイツ人であることとユダヤ人であることで、二倍の憎しみを受けることになった。危険を一切顧みず、彼女は希望に燃えて家を出発するのだが、数日後に深く絶望して帰宅したものだった。難民を連れて帰ってきたこともあったが、決して家族とは一緒ではなかった。私は母の望みが絶たれるのを見るのが嫌で、母が命を絶とうとした日に彼女の顔に浮かんでいたあの表情が戻ってくることを恐れた。しかし、悲しみに押し潰されそうに見えたときでも、物資不足や占領軍による統制が至るところに作り出していた行列に並ぶのを拒否するといったように、母は、公共の規則や慣習に対して派手に逆らうことで、私たちの気持ちを高揚させた。おとなしく列に並ぶ代わりに、彼女は列の先頭に向かって歩き、とても大きな声で言うのだった。「あなたたちはいつも、私のことを一緒に列に並ぶのには値しないと言っていたわよね。だから今、私はあなたたちに一緒に並んでとは言わないわ。」その言葉の意味を人々に理解させるために少し待ってから、彼女は静かに物品を要求した。そして、たいてい求める物を手に入れ、憎しみの眼差しと罵りのささやきを後に、頭を高らかに上げてその場を去るのだった。

残念なことに、母の自立した態度への私の賞賛は十分に報われることはなかった。母は、子どもたちが従順であることをむしろ強く望んだ。しかしそれは、彼女が不寛容であったということでもなければ、私が不遜だったということでもなかった。母はときどき私を叱ったが、ヘルガを叱るほど頻繁ではなかった。その代わり、母がして欲しくないと思っていることを私がした場合、彼女はとても不快で煩わしがっている様子だった。私は母を崇拝していて、誰か、または何かが彼女を悲しませたときはいつもひどく動揺したので、これは私にとってとても効果的だった。私はいつも母を喜ばせようとしていたので、彼女が私を御するためのもっとも効果的な方法は、私が母の笑顔を引き出そうとして持ってきた絵やデザインやその他の物を無視するか無関心を装うかして褒めないようにすることだった。しばしば母はレナがしたことを大げさに褒め、私は余計にがっかりした。しかし、お互い年齢を重ねるにつれて母はより遠い存在になってしまうようだったが、それでも母は私の勇敢で美しい敬慕すべき人物であり、世界が私たちの周りで爆発したときに私の手を握り、炎の中を安全に導いてくれた救世主だった。

両親が、戦後初期にたくさんいたホームレスのために避難所を建設する仕事をしていた間、私は責任をもって妹二人の世話をしていた。私はときどき二人と遊んだが、二人がやりたがっていることに本当のところ興味をもてなかった。不思議なことに、ヘルガはほとんどいつも、身体的能力を試すようなことをやりたがった。海緑色の大きな目とプラチナブロンドのおさげの彼女は、おてんば娘のようには見えなかったが、彼女の動きは速くて敏捷だった。たとえば、彼女が楽しいと思うことは、誰も登ることができない木の高い枝から逆さまにぶら下がることだった。また、彼女は針金のように細かったが、私の倍の体格の子どもたちと喧嘩して勝つことができた。彼女が石を投げると、それはいつも的に当たった。見たところ大胆不敵なヘルガは、頻繁に危険を冒していた。だから私は、彼女が私を護ってくれていることに感謝するのと同じくらい彼女を心配してもいた。そして、予想された通り、彼女はときおり災難にあった。あるときなどは、道路を補修するために使われるタールの巨大なポットに頭から落ち、頭皮に火傷を負い、プラチナブロンドの髪を刈り込まなければいけなくなった。しかし、しばらくすると再び走り出して行った。ほかにも、その数ヶ月後、ヘルガはプラムの種を耳につまらせたことがあった。取り除きに外科医に行ったとき、同じように向こう見ずなことをしでかした他の子への処置を見た彼女は、まるでシャンパンのコルク栓のように診察室を飛び出して行った。

ヘルガは、隣人のベビーカーを押し上げていて、何段も階段を落ちたことがあった。赤ん坊は運良く無傷だったが、ヘルガは重度の脳震盪を起こし、病院に行かなければならなかった。そして、あまり動き回ると深刻な合併症を引き起こす可能性があるため、ベッドに縛りつけられた。しかし、お見舞いに行ったときに見たのだが、ヘルガは誰も見ていないときにハリー・フーディーニ[*6]よりも素早く革ひもをすり抜けて、窓の外を見るために文字通り壁を登ったのだった。これは私が後悔し続けていることでもあるのだが、戦時中の情報提供者に対する憎悪のため、私には、何を見ても誰にも告げ口をしないという習慣がついていた。その後、ヘルガはひどい発作を起こし始めた。

一方、レナはまるで生きた人形のようだったので、大人たちにもそのように扱われた。何らかの理由ですぐに自分の思い通りにできなかったとき、彼女の濃青の目から溢れる涙がただちにすべての反対意見を洗い流した。しかし、彼女が一緒に人形遊びをしたいと言ったとき、私は同調できなかった。彼女の人形のために服をデザインすることは構わなかった。むしろ私はそれが好きだった。しかし私には、一度は友人だった隣人のモニカと人形遊びをした苦い思い出があった。彼女は、もっとも命に関わる空襲の際に私を防空壕に入れることを拒んだのだ。そういうわけで、私はレナと人形遊びをしたり、ヘルガと無理な軽業をしたりするよりも、スケッチをしたり、絵の具で描いたり、本を読んだりすることにできる限りの時間を費やした。

戦時中、空襲の際に自分を落ち着かせるために、あるいはアパートに閉じ込められていた長い時間を耐えるために、ときに私は絵を描いた。私は描いた絵を保存し、私の理解者である父が休暇で家に帰ってきたときに見せていた。ピンバー農場に隠れている間は、材料不足だったので、土にスケッチし、葉っぱと野花を使用してカラフルな作品を作った。もちろん、これらは長くはもたなかったが、絵を描きたいという願望は依然として強いままだった。私は子ども向けの本すべてを何度も読んだ後、戦争中に大人向けの文学を読み始めた。それ以来、私は、おとぎ話や妹たちが私に読み聞かせて欲しがった物語には興味がな

＊6　一九世紀末から二〇世紀初頭にアメリカで有名だったユダヤ系の奇術師。とくに脱出術を得意としていた。

くなった。その代わりに、トーマス・マンの『魔の山』[*7]のような本に魅了された。なぜならその本は、結核に苦しむ人々について書いてあるものだったので、私自身の肺の問題について書かれているように感じただけでなく、ミステリアスで複雑な愛の関係についても書かれていたからだった。そうした本に夢中になった私は、妹たちを喜ばせるために、懇願されたり賄賂をちらつかせられたり、あるいは叩かれたりしても動かされなかった。その結果、彼女たちは私が残酷で無情だと言った。

容易に予想されることではあったのだが、母は妹たちの味方をした。また、戦争と私の個人的な性格から経験せずじまいになった子ども時代を、どうにかして私に体験させようとしているようにも見えた。彼女の策略のひとつは、私たち三人に同じ服を着せるというものだった。私は自分が貶められたように感じた。しかし、母と妹たちは私が異議を唱えたことで傷ついていたのが明らかだったので、私は抗議するのをやめた。私はその戦いに負けたが、自分らしくあろうとする私の決心は固まった。私は自分がまだ大人でないことをよく分かっていたが、小さな女の子のふりをするにはあまりにも多くの恐怖を目にしていた。がっかりしたことに、私がもっと知りたいと思ったことの多くは、母にとっては話しあうことも耐えられないような話題だった。

私の知る世界に対する私の感情は、単なる不信感よりもはるかに深いものだった。私は、大人が子どもに対していかにひどいことができるのかを見て、怒りを感じた。そして、ドイツの犯罪の極悪さとそれに対する世界の反応を理解すればするほど、私の怒りは増した。実際には、ドイツはユダヤ人に対する戦争に勝ったのだ。私たちユダヤ人はほんの少ししか生き残っていなかった。集団虐殺は成功したということだ。そして、私たちを人間以下のものとして描いたポスターはハンブルクの公共の場所から取り除かれたが、人々の態度は決して変わらなかった。

＊7　マンはドイツの小説家で、一九三三年にナチスが政権を握ると亡命し、一九三八年にアメリカに逃れた。終戦後もドイツに戻ることはなかった。一九二四年に出版された『魔の山』は主人公が様々な体験を通して内面的に成長していく過程を描く教養小説の傑作とされ、マンは一九二九年にノーベル文学賞を受賞した。

第8章

川べりの避難所

私たち姉妹にとって幸いなことに、戦前にアメリカに避難していた裕福なハンブルクのユダヤ人たちが一時的な避難所を提供してくれて、私たちは戦後のドイツでずっと続いていた恐怖と嫌悪から逃れることができた。ヴァールブルク家[*1]は、一九三八年に彼らの会社がアーリア化[*2]されるまで、成功した国際的な銀行家だった。同年、一家の何人かはアメリカに移住し、市民権を得た。一九四五年にアメリカ軍の大佐としてハンブルクに戻ったとき、エリック（旧名エーリッヒ）・ヴァールブルクは、彼が育ったブランケネーゼの村のエルベ川沿いにある一家の巨大な地所がドイツ陸軍病院として使われ、今やイギリス軍に徴用されそうになっていることを知った。そこで彼は、ヴァールブルク家に所有権があることを主張するとともに、地所にある建物を、いまだ強制収容所にいるユダヤ人たちを住まわせるために使うことを提案した。

この案は占領当局とそれに付随する難民団体に受け入れられ、間もなく地所は流行病が蔓延していたベルゲン・ベルゼン収容所[*3]のユダヤ人孤児のための避難所として使われるようになった。

ヴァールブルク地所の敷地内にある学校は、円柱が配置されたカーブしたベランダと床から天井まで届く窓がある輝く白い邸宅の中にあった。その窓からは、本格的な庭園と散在した木々の向こうにエルベ川が見える見事な景色を眺めることができた。私は、戦争に負けた罰としてユダヤ人である私に仕方なく門戸を開いた公立学校とはまるで違っているこの学校を、初めて見たときから大好きになった。私はまた、エルベ川のそばで暮らすことが望みだった。戦争中に近くで爆弾が爆発したときには、母と一緒のベッドに横たわりながらエルベ川を通って町を脱出することを夢想したものだった。私たち姉妹は、学校の中で唯一片親または両親を失っていない生徒だった。多くの子どもたちは家族の中で唯一の生存者であり、そして多くの職員も家族を失っていた。彼らは驚くほどの理解を示し、思いやりがあった。ブランケネーゼに来る前に正式な学校教育を経験したことがある生徒はほとんどいなかったが、私たちは熱心に勉強し、職員は私たちが吸収するのと同じ速さで彼らの知識を伝えることに興味をもっていた。教師の中には高名な学者もいたが、まるで私たちが孫であるかのように彼らは辛抱強かった。

父と、化粧をせずに男のようにズボンをはいたハスキーな声をもつ住み込み教師のソニアに勧められたこともあり、私はヘブライ語を勉強するのを楽しみにしていた。ソニアはとくに敬虔ではなく、私もそうではなかった。しかし、彼女はパレスチナに住んでいたことがあり、ユダヤ人のための故郷をつくることを神聖な使命と見なしていた。ユダヤ人が砂漠地帯の小さな保護区に移住するのを禁止しようとするイギリスの措置を回避するためにおこなわれている巧妙で危険な取り組みについての話をソニアから聞き、私は、いつか自分たちも勇気ある理想主義的な戦いに参加するかもしれないと考えると、ゾクゾクするほど興奮した。[*4] 彼女はまた、私たちに慎重なロマンスをどう実行するのかという事例も教えてくれた。

年上の女子生徒は全員、男性との不適切な身体的接触が将来の幸福の可能性を損ない、人生を台無しにしかねないと警告されていた。もちろん私たちは可能な限り、あらゆる詳細について学ぶことに強い興味をもっていた。そして、その警告の説明をして欲しいという理由で、どんな種類の行為が私たちを破滅に

＊1　ヴァールブルク家は、ドイツの有力なユダヤ系銀行家の家系である。M・M・ヴァールブルク商会は一七九八年に設立されたハンブルクに拠点を置く銀行である。ナチスが政権を握ってからは、一家の大半はアメリカ合衆国かイギリスに亡命したが、数名は強制収容所で殺害された。戦後、ドイツに戻った者もいる。

＊2　ドイツ政府の圧力の下にユダヤ人所有の企業をアーリア人に売却させてユダヤ人を経済活動から排斥するナチス・ドイツの経済政策のこと。一九三八年一一月以降は、ヒトラーとゲーリングによってすべてのユダヤ人企業の強制的アーリア化が進められた。

＊3　プロイセン州ハノーファーに建設された収容所。日本でも有名なオランダのユダヤ人少女アンネ・フランクもこの収容所で亡くなっている。

＊4　一八九七年の第一回シオニズム会議を機に、パレスチナでのユダヤ人の「民族的郷土」建設を目指すシオニスト運動が起こっていた。一九一七年にはイギリス外相バルフォアがユダヤ資本の戦争協力を期待し、イギリス政府のシオニズム支持を約束した。しかし、このバルフォア宣言は一九一五年にイギリスの駐エジプト高等弁務官マクマホンが、メッカ太守フサインと結んだフサイン・マクマホン協定と矛盾していたことから、パレスチナ問題発生の一端となった。

導くのか、そして私たちが賢ければ何ができるのかについて教えてくれるよう、ソニアにしつこくせがんだ。ソニアは非常に私たちに共感してくれて、私たちの興味や無知を決してからかわなかったが、ひどくあいまいなときもあった。ときどき、質問に答えるときに、私の首や腰に腕を回してそっと内密に話したので、そのとき私は自分が愛の親密な秘密を学んでいることを確信した。しかし、彼女の打ち明け話は、抽象的なほのめかしとパレスチナ生まれのユダヤ人であるサブラが使う俗語で溢れていたので、後から考えてみると彼女が何を言ったのか分からないときもあった。他にも、何人かの女の子がフレンチ・キスの詳細について彼女に教えてくれるよう頼んだときには、彼女は楽しそうに笑い、私たちが本当は知っているのに彼女を困らせるために無知を装っていると主張した。

「あなたはフランス語を話すので」とそのときソニアは私に話しかけ、「あなたの年齢の女の子たちが仮にキスされることがあったとしても、頬にされるだけってことを知っているはずよ」と言った。

私たちが隠れ家にいる間に、母が私にフランス語を教えてくれたのは本当のことだった。教科書はなかったが、母はフランス語が流暢で、その言語を理解できないドイツ人の前で、基本的な情報を個人的に伝達するには十分なフランス語を私に教えることができた。しかし、ドイツ系ユダヤ人である私には、フレンチ・キスとは何かといったようなことを学校で学ぶ機会は与えられなかった。一方、パレスチナで育ったソニアは、私の年齢になるよりもずっと前にこのようなことを学んでいたに違いなかった。私は、もっと多くの情報が欲しかったが、その一方で無知を認めたくないというジレンマに陥った。

そして私は、ソニアからセックスについて学ぶ最善の方法は、彼女と肉体的に全く似ていない科学教師のパヴェルに対する彼女の行動を観察することであろうと思った。彼女が浅黒い肌に引き締まった体つきをしているのに対し、彼は、緑色の目をしていて色白で、ひょろひょろしており、私がハンブルクで知っている誰よりもアーリア人らしく見えた。職員同士が恋愛関係に陥ることは禁止されていたにもかかわらず、ソニアは、学校の契約が切れたらパヴェルが一緒にパレスチナに来てくれることを望み、パヴェルのほうは二人でアメリカに移住して、そこで医学を勉強し、開業しようと決心していることを皆が知っていた。

母（後方右）と、好きだったブランケネーゼの学校の先生たち。
ヘルガ（前方左）、レナ、著者（子犬を抱いている）。

「砂漠の取りあいに鍬を入れて〔hoeingには「鍬を入れる」という意味と同時に「熱心におこなう」という意味もある〕、人生を過ごすつもりはない」と、一度ならずパヴェルは言っていた。

「鍬なんて入れないわよ」とソニアは答えたそうだ。「あなたは医者と農民の両方を必要とする祖国をつくることになるのよ。」これに対し彼は、ヨーロッパ人の自分には川と木と冬が必要だと答えたそうだ。

学校のほとんどすべての男子と数人の女子は、ソニアがパレスチナ行きを諦め、パヴェルと一緒にニューヨーク市へ行くべきだと考えていた。私は、ニューヨークのほうが住むにはわくわくする場所だと思ったが、彼女がユダヤ人の故郷をつくることについてどれほど強く決意しているかを知っていたし、徐々にパヴェルを彼女の意に従わせるのを見ることはとても面白かったので、ソニアの味方をした。

私はソニアにヘブライ語を教わりたいと思ったが、校長はその任務をライプツィヒのイェシヴァでヘブライ語を教えた経験のあるリーベヴィッツ博士に割り当てた。穏やかな口調で虚弱に見えるリーベヴィッツ博士は、学校で教えることを禁じられた後も個人的に教え続けたため、ナチ親衛隊により失明させられた。彼の勇気は尊敬していたのだが、私は彼の顔を見ることができず、彼と同じ部屋にいることさえほとんど耐えられないと感じていた。傷のある見えない彼の目は、ゲシュタポが死に至るまで殴り続けたフレディおじさんの様子を思い出させた。その結果、私はヘブライ語の授業を怖いと感じていた。ソニアが私に続けるように懇願していなければ、きっとやめてしまっていただろう。

私のぎこちない態度がリーベヴィッツ博士に大きな苦痛を与えていたことは明らかで、そのことが私をひどく惨めにした。しかし私は自分の気持ちを抑えることができなかった。意味もなく私は、かろうじて聞こえるくらいまで声を低くしたり、徐々に彼から離れ、ドアのほうに向かってじりじりと進み、教室の真ん中あたりで座ったり立ったりした。口頭でのコミュニケーションが指導の主要な手段だったので、私がそのような行動をしたことでお互い無駄に声を張り上げなければならず、私たちの間に緊張が高まることになった。罪悪感を覚えて私は妥当な距離のところに戻るのだが、張り詰めた空気はそのままで、再び少しずつ後ずさりするのだった。ついに彼の忍耐が尽きたとき、彼は暗い色のスーツのジャケットを脱いで椅子の背にかけ、静かに、しかしきっぱりと、彼のそばに来て立つように言った。

私は彼が何らかの形で私を罰したいのではないかと思ったが、彼は怖がらないようにと優しく諭した。それから私に彼の肩に手を置くように頼んだ。ほんの少し躊躇した後、言われた通りにすると、彼は私の上腕に私のよりずっと大きい手を置いた。そして彼はゆっくりと私の腕と肩に触れ、握った。私の鎖骨を親指でなぞりながら手を伸ばし、さらに私の首の周りと肩甲骨を触った。そして彼がいったん動きを止めると、今度は私が同じ方法で彼を調べ始めた。初めは息を凝らしていたが、彼のシャツの生地を強くなぞってその下に骨張った球形のものと窪みがあるのを感じることができた。少し手探りした後、彼の長い鎖骨を見つけそれをなぞり、次に私の指先を襟の内側に入れ、首の周りに滑らせ、指を外に出してからシャツの後ろとサスペンダーのストラップの上に滑らせ、翼のような形をした硬い骨を押さえた。それから彼は私のあごを手で覆い、私の顔のあらゆる部分を指先で調べるために素早く、しかし丹念に探った。そして、私の右の耳が左よりも少し突き出ていることに気づいたようだった。終わったとき、彼は私の鼻を少しつまみ、微笑んだ。

私は彼ほど徹底的ではなかったが、彼に触れるのは難しくなかったし、彼のかすかなかび臭い匂いも不快ではなかった。彼のあごを覆う銀色が混じる黒いひげは、ミシガン州のバトルクリークから朝食用として小さな箱に入れて送られてきたシュレッデッドウィート〔小麦を切り刻んだものを固めてビスケット状に焼いた朝食用シリアル〕のようだった。私は彼の大きな耳にちょっとだけ長く時間をかけ、彼の鼻と目にはさっと触れるだけにし、そしてわずかに湿った巻毛のてっぺんに乗る刺しゅう入りのフェルト地の丸いヤムルカ〔ユダヤ教徒の男子が主に儀式でかぶる縁なし帽〕を少しずらすことで「調査」を終えた。

「すみません！」私はヘブライ語で言った。彼の笑顔は大きくなり、光る金歯が一、二本見えた。「君が賢い子だということは分かっているよ」と彼は言った。ヤムルカを直しながら「今、正式に紹介しあったので、いい友達になれることを願っているよ。」

彼の目を見て私の目は涙でいっぱいになったが、後ずさりしたいとは感じなかった。その代わりに、彼の首に腕を回し、彼の頬にキスをした。やがて私はヘブライ語に堪能になり、彼は私の最初の異性の親友になった。私は彼に直接アドバイスを乞うことはせず、私を悩ます人々や出来事についてできるだけ冷静に話した。彼はそれを彼自身の過去に起こったことや読んだり聞いたりしたことに関連づけ、そして私の考えを尋ねた。彼が私の分析に同意しなかったときは、さらなる質問をし、〔ユダヤ教の律法で、モーセ五書を指す〕トーラからの言説や引用を使いながら、私の立場を理解するが、さらに検討する必要があると思うと語って締めくくった。私は、彼が私の半分もナチスとその協力者たちを憎んでいないことに驚いた。

教養のある人々でさえ、不当な扱いを受けたと思うときにはひどい行動をする可能性があると彼は私に言った。私は一度、ユダヤ人は正義を信じるかもしれないが、正義は私たちを信じなかったという意見を思い切って言ってみた。

「私たちの信念が敵意を生み出す可能性があるという点に関して、君は正しい」と彼は答えた。「しかし、私たちの同胞である人々を怒らせたとしても、私たちは正義のために戦わなければならない。これが私たちの信念であり、信仰なのだから。」

リーベヴィッツ博士を見て、ナチスに対する彼の抵抗に驚いた私は、彼の信念の基盤に疑問を抱いたことを恥ずかしく思った。しかし、私は学校で彼や他の人たちの信心に挑むことをやめなかった。というのは、ユダヤ人が「選ばれた」民であるという考えに私は本当にうんざりしていたのだ。何百万もの人々の殺害がそれほど記憶に新しくなかったとしても、やはり私はうんざりしていたと思う。あれほど多くの野放しの虐殺の後、ユダヤ教徒とキリスト教徒にとっての全能の神の存在が神話ではないと信じることはできなかった。

私は宗教的には疑念を抱いていたにもかかわらず、ヘブライ語の授業を楽しみ、リーベヴィッツ博士の一番弟子になった。数学を除き、私は他の授業や、音楽、絵、ダンスなどの様々な課外活動も楽しんだ。そして、小さいながらも蔵書数の多い図書館が使えることをありがたいと思った。私はサッカーさえも楽しみ、自分は学校で一番のゴールキーパーだと思っていた。学校のほとんどの子どもたちと同じように、私は起きている間は表面上は落ち着いていて、笑ったり遊んだりして、自分の中に抱えている怒りを隠すことができた。しかし、他の人よりも動揺しやすい人もいれば、感情を制御するのがとても難しい人もいた。ウリもそのうちの一人だった。

＊＊＊

ウリは学期途中で学校にやってきたが、難民の子どもたちを選別する行程は何年も続いていたのでそのこと自体は珍しくなかった。例外的だったのは、彼が何についても誰ともコミュニケーションを取らなかったことである。当然のことながらウリの行動は、彼がよほど恐ろしいことを経験したに違いないと推測させた。大人は、生徒たちとこのことについて話しあわず、彼の周りでは「自然に行動する」ようにとだけ言った。しかし、ウリは両親が殺害されるのを目撃したか、収容所で〔ゾンダーコマンドとして〕ガス室から死体を焼却炉まで運ぶ仕事をさせられた[*5]に違いないというのが、生徒たちの間での一致した意見だった。ソニアにどちらかの推測は正しいのかと尋ねたところ、彼女も私たちが知っている以上のことは知らないと打ち明けた。

私がウリに初めて会ったとき——とはいっても、彼は私の挨拶に気づいたり、私のほうに目を向けたりすることさえも拒んだので、私は彼に「会う」ことはしていないのだが——、彼は自分の身の上話を誰にもしていないと断定できた。彼は、いくつかは分からないが私よりいくらか年上で、私より背が高く、曲がった鼻、高い頬骨、目尻が上がって見える白目の部分が多い大きな三白眼の持ち主だった。彼の硬くてまっすぐな髪は櫛やブラシで梳かれたことがないように見えたが、彼は頻繁に髪の毛に指を走らせた。彼はすべての人やすべてのことをじっと見つめたが、うなずくことを含めて、質問に答えることを拒んだ。意志の力によって、他人が入ることのできない見えない境界線を作っていた。

ウリがブランケネーゼに来て数週間後、私はナチスによって失明させられた男性にヘブライ語を教わっていること、そしてそのリーベヴィッツ博士がウリに訪ねてきて欲しいと言っていることを話した。最初の二、三回、ウリは私の提案に返答しなかったが、結局、彼は私についてリーベヴィッツ博士の部屋までやってきて、博士が指先で彼の頭と体を調べることを許した。薄暗い光の中でも、ウリが調べられている最中に震えているのが分かった。しかし、その後、彼は黙ってリーベヴィッツ博士の助手兼随伴者となり、博士は彼の指導者になった。ウリは博士と一緒にいるときは落ち着いて反応が良くなり、二人だけのときには話をしていたに違いなかった。なぜなら、リーベヴィッツ博士はウリの素性のいくらかを私に教えてくれたからだ。

私は善良な博士から、ウリがオーストリアとの国境近くの西ハンガリーにある町の出身であることを聞いた。[*6] 彼と彼の両親と姉はナチスに逮捕されてアウシュヴィッツに送られ、両親はガス室で処刑され焼却された。彼と彼の姉は工場のひとつで奴隷労働者として働くよう選ばれた。ロシア軍がポーランドとの国境まで迫ってきたとき、ウリと彼の姉はアウシュヴィッツの西にある工場に移送された。数ヶ月後、その工場は爆撃を受け、多くの奴隷労働者たちが亡くなった。ウリは姉の死についてあまり具体的には話さなかったが、おそらく彼の姉も爆撃で亡くなったうちの一人だったのだろう。

ウリはドイツ語を理解し、話すこともできたが、しばらくの間は校長先生とリーベヴィッツ博士以外の誰とも話さなかった。彼は授業を受け続け、いくつか課題もこなしたが、先生がもっとやらせようとすると、目に見えて動揺し、時には暴力的になった。彼は人を攻撃しなかったが、家具、配管、皿、その他の物を

---

*5　ナチスは強制収容所内の囚人でゾンダーコマンドという労務部隊を組織し、ガス室などで殺されたユダヤ人の死体処理をさせていた。囚人の中には作業中に自分の家族の遺体を見つけ、それを処理しなければいけないという残酷な場面に直面する者もいたという。

*6　ハンガリーにホロコーストの影響が及んだのは、他の国と比べると遅い時期であったが、ハンガリーのユダヤ人はアウシュヴィッツ・ビルケナウにおける犠牲者の中で最大のグループであった。一九四一年に約八二万人いたハンガリーのユダヤ人は、一九四五年までにその三分の二以上が殺害された。本書関係年表を参照。

拳や手に持っていた物で叩いた。私が周囲の人間はウリの行動にどのように反応すべきかをリーベヴィッツ博士に尋ねると、博士は忍耐することであると答えた。

「ウリにはもっと時間が必要だ」と彼は言い、「それに、私たちの友情も必要だ。彼が私たちを信頼できると感じるまで、私たちは辛抱強い友人でなければならない。そうすれば、彼は元気になるだろう」と続けた。

私は、ウリに対し特別な親近感を抱いた。それはおそらく、私にとって、他の子どもたちは感受性が強すぎ、大人たちは何だかうわべだけに思えたことが理由だった。彼は私よりもはるかに極端だったが、私たちは二人とも、他の皆がそうして欲しいと思っているのに合わせて社交的になるよりも、むしろ除け者のままでいることを好んだ。もしくは、彼が私のことを好きになってくれることを強く望んでいたので、私は自分自身にそう言い聞かせた。少なくとも、少しだけ好きになってくれたかもしれないと思うこともあったが、たとえそうだったとしても、彼は私がそばに寄ったり、意見交換をしたりすることを許さなかった。彼が信頼しているように見えた唯一の人物はリーベヴィッツ博士だった。だから私は博士を通してウリに近づくことを試みた。リーベヴィッツ博士に喜んでもらう明白な方法は言語の学習に秀でることだったので、私は自分自身でも驚くくらいの熱意をもってヘブライ語を学ぶことに集中した。そして、博士が喜んでくれて私自身もうれしかったのだが、私は非常に急速に目を見張る進歩を遂げた。私は、ウリがリーベヴィッツ博士にもっと間接的な形でヘブライ語を教わっていることを知っていたので、彼に急速に獲得した私のヘブライ語の能力を分けてあげたいと思った。彼がドイツ語では話そうとしなかったことでも、ヘブライ語だったら話すことができるかもしれないと想像した。

しかし、もちろんウリも含めてリーベヴィッツ博士以外のほとんど皆が、私の業績について喜ぶというよりもうんざりしたようだった。まるで、私が難しい科目を簡単に見せることによって、文書化されていない契約を破ったかのようだった。さらに、私がユダヤ教のしきたりの受容に加えて言語にも関心をもったことで、とくに母はひどく困惑していた。とはいえ、ヘブライ語の学習を頑張ったこと自体は一義的に、リーベヴィッツ博士から穏やかに与えられた宗教的指示に積極的に反応している様子のウリに近づきたいという願望によって動機づけられていた。だから私は、信仰心はないままだったが、宗教的儀式は熱心に実践するようになった。大量虐殺を経験したことが理由で、そして今はウリに対する気持ちが理由で、私はユダヤ教に共鳴したいと思った。また、私の敬虔な姿を見て、母が喜ぶだろうとも思った。なぜならば、彼女の母はシナゴーグ〔ユダヤ教の寺院〕に定期的には行っていなかったものの、信仰心が篤かったからである。何よりも私は、母との関係に生じていた悩ましい亀裂を修復したいと思っていた。彼女はいまだ私にとって勇士だったが、終戦後間もなく私たちの関係には亀裂が現れ、それは年を追うごとに拡大していくようだった。しかし、私が食事やその他の宗教的な規則を守ることは、修復の助けになるどころか、さらに距離を広げる原因となった。私は、実は母がかなり気取っていて世俗的なことを知った。

リーベヴィッツ博士以外で私がユダヤ教にがむしゃらに没頭したことを純粋に喜んでくれたのは、父だけだった。彼は、殺された人々のために、私には立ち上がって発言する義務があると何度も言っていた。そして、ヘブライ語の勉強で私が成功したことに対するご褒美として、高価な時計をくれた。闇市やイギリス軍の占領に関わる職業についていない人にとっては非常に収入の少ない年だったが、父は私が長いこと腕時計を欲しがっていたことを知っており、私が選ぶことができるようにブランケネーゼの立派な老舗に連れて行ってくれた。私は、男の子でも女の子でも着けられそうな時計を選んだ。そして、それをウリにあげるために、早く学校に戻りたいと思った。

いつでも正確な時間が分かるように自分の物として持っておいてとウリに腕時計を手渡すと、彼はそれを非常に注意深く見て、親指と人差し指で竜頭を数回まわし、動きを確かめた。それから、彼は時計を力いっぱい石の壁に投げつけた。私は息を飲んだが、動いたり言葉を発したりはしなかった。私は驚いたが、落ち着いているように見せたかった。私のほうを一瞥することもなく、彼は時計のもとに歩み寄り、車道に落ちている時計を調べた。どうやらそれはまだ動いていたらしく、彼は何度か踏みつけた。

「僕には腕時計なんか必要ない！」ウリは悲しそうに言った。「いつでも今だ！」

彼の言っていることが何を意味しているのか、また私に話しかけているのか、それとも自分自身に話しているのか、完全には分からなかった。しかし私は、彼が心を開いてくれるかもしれないと思ってどきどきしていた。

「もちろんそうだね」と私は言った。「私には必要ないから、もしかしたらあなたが気に入るかと思ったの。」私たちの初めての会話を続けるために何か話題がないかと、頭を振り絞った。「私はあなたが喜ぶと思うヘブライ語の本を持っているよ」と私は言った。「もしよかったら持ってくるから。」

ウリは、答えなかっただけではなく、私の申し出に気がつかない様子で、自分の部屋のほうへ向かって行った。部屋に行くということは、絶対に近づいてくるなということだった。私は、父に何と伝えたら良いだろうと考えながら時計のもとに歩み寄り、手に取った。私には、腕時計は修理の余地もないように見えた。私はそれを確かめるつもりもなかった。確かなことといえば、ウリがしたことを父や他の誰かに話すことができないということだけだった。もし他の人に言ったらどうなるかは、言わずと知れたことだった。そこで私は、最善の策は腕時計をなくしたふりをすることであり、可能であれば、不注意によってなくしたのではなく、運悪くなくしてしまったということにしなければいけないと思った。ヘルガやレナが気づいて私が答えたくない質問をたくさんする前に、早急にやる必要があるだろうと思った。私はすぐに学校の建物の正面まで歩いて行き、時計をしている指導員を見つけて、自分の時計をセットする必要があるのだが今何時かと尋ねた。それから私は、大きな岩の一群がエルベ川に接しているところまで走った。川のほとりにある岩の上に立ち、私は既に壊れてしまっている時計を巻くふりをし、それから目を閉じて川の中に落ち、腕時計を川の深みに向かってできるだけ遠くまで放り投げた。私は泳ぐのが得意だったが、助けを求めた。助けの人はすぐに来てくれた。岸に戻り、震え、擦り傷を負った私は、新しい時計をなくしたと嘆いた。他の人たちからは、溺れなかったことをありがたいと思うようにと言われた。

　父も含めて皆、私が時計をなくしたことを不運な事故として受け入れたようだった。もちろん、ウリ以外の皆だ。事件後の数日の間、私はウリと話をしようとはしなかったが、彼を避けようともしなかった。ひそかな真実は、高価な時計を拒絶されたことによって、私は不快感を覚えるよりもむしろ彼にさらに魅了されたことだった。彼に時計をあげた後、彼の物を彼がどうしようと自由だし、彼がそれを破壊することを選んだとしても私の知ったことではないのだと、自分自身に言い聞かせていた。しかしそれと同時に、彼が私にいかなる嫌がらせをしたとしても私はずっと友好的だという印象は与えたくなかった。そのため、私は彼がしていることが何であれ、礼儀正しい無関心を装った。そしてその作戦はうまくいった。約一週間後、周りに誰もいないとき、彼はまた私に話しかけてきた。

ウリは、私が川に飛び込んだことはばかげた行動だったと言った。彼はそれを淡々とした口調で言い、私が父に彼を八つ裂きにして欲しくなかったから飛び込んだと説明した後も、同じような調子を保とうとした。

「お父さんはそんなことしないだろうよ」とウリは言い、彼の大きな口に笑みが浮かんだ。

「そうだね、時計のためにはしないと思う。でも私は、お父さんに贈り物を喜ばなかったと思わせたくなかったの。」

「それなら、なぜ僕にくれたの?」

「あなたが喜ぶだろうと思うほどばかだったからよ。」

「うれしかったよ、でも欲しくなかったんだ。収容所では、看守だけが時計をつけていたんだ。」

「ここは収容所じゃないよ。」

「分かってるよ。でもときどき忘れてしまうんだ。」

第9章
ウリの話

腕時計についての会話を短く交わした後は、ウリは二人きりになると必ず私に話しかけるようになったし、私もそうなるよう仕向けた。そうでもしなければ、誰かが声の届く距離に来たという理由で、もっとも興味深いところで中断してしまった物語の結末を聞くのに何日も待たされてしまったであろう。私が彼に尋ねた最初の質問のひとつは、学校で多くの人が信じていたように、彼が口をきかなくなったのは、彼の両親が殺害される光景を目の当たりにしたからなのかということだった。

ウリは、両親とは殺害前に引き離されたので現場を見ることはなかったが、後に母親の遺体が死体焼却炉に運ばれて行くのを目撃したと言った。

「あなたはどうしたの?」と私は尋ねた。彼が話し始めたとき、他の子どもたちが近くにやってきた。彼らは、そばに咲いている花に関心のあるふりをしていたが、実のところは盗み聞きしようとしていたので、ウリは急いでその場を去った。私は彼の後を追ったが、その日はそれ以上私と話そうとしなかった。二日後にようやく彼と二人きりになれたとき、彼は中断したところから続きを話し始めた。

荷台の上の女性を見たとき、最初はそれが母親であることがウリには分からなかった。彼女は裸で、髪を全部切りとられ、開いた目が彼をじっと見つめていた。言葉を発することのできない口は、それでも何か言いたそうだった。ウリは叫び始め、他の遺体の下から母の遺体を引き抜こうとした。しかし、他の囚人が彼を地面に引き倒し、口を覆って黙らせた。

「なんてひどいの!」、とハンブルクの町で目にした裸の遺体を思い出して、私は叫んだ。私は彼に、彼を地面に引き倒した囚人について尋ねた。

ウリは、彼は命の恩人だと言った。もし彼が叫び続けていたならば、看守は間違いなく彼を殺したであろうと。ウリの声は悲しみを帯びていて、私は彼に触れようと手を伸ばした。彼はさっと身を引いて、それ以上何も言おうとしなかったが、今回は立ち去らなかった。私たちは一緒に川まで歩いて行き、岩の上に座って、エルベ川を往復する貨物船とイギリスの軍艦を眺めた。

次にウリと話したとき、私は二人に共通点があることを示そうとした。私の祖母と叔父と大叔母が、アウシュヴィッツからさほど遠くないミンスクの絶滅収容所に強制移送されたことを彼に話した。ハンブルクの空襲がなければ、私は彼と一緒にアウシュヴィッツにいただろうとも言った。私たちは既に強制移送命令を受け取っていたが、そのときに爆撃機がやってきて、多くの人々を殺戮したために逃げることができたのだと説明した。イギリス空軍が夜に、そしてアメリカ空軍が日中に、交替で空爆をしたことも話した。しかし、むろん私は、アウシュヴィッツでの状況はハンブルクよりひどかったに違いないと認めた。

ウリは、ハンブルクとアウシュヴィッツではずいぶん異なっていたはずだと言った。収容所にいた囚人たちは爆撃機が来ることを祈っていたが、誰もその願いを聞き入れてくれなかったと話した。彼はまた、私は仕事をするには若すぎると考えられたはずなので、アウシュヴィッツに行ったらその日のうちに殺されてしまっていたであろうと言った。彼は、自分がどのようにしてガス室を回避したかについて説明しなかったが、他の囚人が何度も助けてくれたと語った。ウリが諦めようとしたとき、リーベヴィッツ博士ほどは歳を取っていないが彼のような先生が、どのようにして諦めないで生き続けたら良いかを教えてくれたと言った。

「こうするんだよ」と、彼は説明した。「最初に体じゅうを強ばらせて、可能な限りのすべての筋肉を引き締めるんだ。それから力を抜いて、自分を浮かせるような感じにするんだ。それを三、四回やればいい」と彼は言った。「そうしたらエネルギーが充電されたように感じるから。」

私は、とても簡単に聞こえると言い、彼はそれに同意した。彼は、立ったまま、あるいは行進しているときにこの方法で充電し、それが幾度か彼の命を救ったと言った。しかし、それが何の助けにもならないときがあったと彼は付け加えた。

他に学んだことを尋ねると、彼は、ある男が食べることができる雑草やキノコなどについて教えてくれたと答えた。他の男たちも、違うやり方で彼を助けてくれた。「かつて女性の下着を売っていた男は、素晴らしい話で人々を笑わせ、他にも素敵な話を語る年配の男性たちがいた」と彼は回想した。

数日後、再びウリと私が話をしたとき、私はアウシュヴィッツでの彼の仕事について尋ねた。彼は、当初は岩石やセメント袋の運搬、パイプやトイレの溝掘りなど、アウシュヴィッツの看守たちがやらせたがった汚くてきついあらゆる肉体労働を割り当てられていたと私に言った。その後、二輪荷車を押していた老人が、ウリを自分の助手にすべく関係者に賄賂を渡した。

「僕たちは、死体を含むあらゆる物を運んだ」とウリは言った。男はきつい仕事をすべてウリにさせることもできたが、体力が続く限り彼自身も働いた。

私と話をするようになってから、ウリは教室での活動にもっと積極的に参加するようになった。それでも彼は、校長先生とリーベヴィッツ博士以外の誰とも会話をせず、他の人が周りにいるときには、私とも話さなかった。だから、私たちは一緒に川辺を歩いたり、防波堤の上に座ったり、二人きりになるためには何でもした。これは、私たちだけが特別扱いされたり、スポーツや食事などを免除されることを許されたりするべきではないと考えていた先生や他の生徒たちをかなり困惑させた。私たちが、いやらしい性的行為をするためにこっそり抜け出していると言う人もいた。ソニアからその話を聞いたとき、私は文字通り息が止まった。私がそうすることができると彼らが思うのならば、そうなのかもしれないと私は思った。私は、小さな疑いの種を蒔くには十分な穴をそのままにして、何が起きているのか、またその理由は何なのかをソニアに少しばかり話した。彼女は私に、ウリと話し続けて良いし、他の人の心配もしないで良いと言ってくれた。

八月下旬のある夕食後の夜、ソニアは私が既に読み終わったミステリー小説を他の生徒に読み聞かせていた。その間、ウリと私は、エルベ川のほとりにある岩の上に座り、二人で川と邸宅の両方を見るために、顔を向かい合わせにしていた。ちょっと促すと、ウリはアウシュヴィッツでの彼の経験についてもう少し話してくれた。彼によると、先行きを気にすることができないほどの病気になったり衰弱したりするまでは、収容所の奴隷労働者たちのほとんどが、交戦中の軍隊がどこまで来たかを知ろうとし、解放や休戦が実現するよう祈り続けた。ウリ自身も、解放について考えたり夢見たりするのをやめたことは一度もなかったが、祈ることには見切りをつけた。もし祈りが自由の身になるのに役に立つというのなら、収容所は空っぽになっていただろうに、そうなってはいなかったからだと彼は言った。

彼はまた、戦況に関する噂に気を留めないことにしていた。代わりに、食料や願いごとと交換できる物を「見つける」ことに力を注いだ。願いごとというのは、たとえば、収容所の中の別の場所にある武器工場で働いていた姉のユーディットを訪問する許可などであった。彼が「見つけた」物は、彼がバラック〔囚人が寝泊まりする営舎〕から死体焼却炉に荷車で運んだ死者たちが身に着けていた物だった。生きている者も死んでいる者も大した物を持っていなかったが、それでもときおりウリは、お守りや硬貨のような看守への賄賂に使うことができそうな物を見つけた。しかし、彼をアウシュヴィッツから解放してくれる物など何もなかった。だから、一九四四年八月に列車に乗るよう言われたとき、彼は驚きと同時に恐れを感じた。その列車は、何百人もの囚人をアウシュヴィッツに運んできて、別の数百人を連れ去るために燃料を補給中であった。

＊＊＊

夕闇が深まるなか西に向かいながら、自分たちがどこへ向かっているのか、そしてその理由について、ウリは仲間の囚人たちが話しているのを聞いた。有蓋貨車に詰め込まれた者のうち、ある法律家は、ヨーロッパのはるか遠くから人々が貨物として到着している一方でアウシュヴィッツの外に移送される者もいて、自分たちが初めてではないと指摘した。数週間前に、赤軍がポーランドの西側入り口に接近した際には、クルップ社の自動兵器工場とそこで働く労働者の多くがシレジアの「より安全な」場所に移された。今回の有蓋貨車の行き先、そしてほぼすべての貨車に女性が積み込まれていた理由を誰も知らなかったので、考えられるすべての可能性が慎重に検討された。全員が同意した唯一の点は、捕われの身からの解放はありそうにもないということだった。結局、自分たちはドイツの別の場所にある新しい仕事場に移されるのだろうという意見に落ち着いた。そこには自由に使える奴隷と人質が十分な数いるので、第三帝国はいつまでも連合軍を近寄らせずにいることができるというわけだ。そして、やがてイギリスとアメリカは、赤軍がドイツの工業中心地を占領し、大西洋沿岸に勢力を拡大することを阻止するための条件に合意することになるだろうとも思われた。

誰もがナチスの狂気を知っていたが、有蓋貨車に乗っていた者は誰一人として、最後の一人が殺されるか捕まるかするまで、ドイツ軍がドイツの地で戦い続けるとは信じていなかった。それゆえに囚人の中には、この新しい強制移送が彼らの解放されるチャンスを小さくするかもしれないと嘆く者もいた。一方、ドイツ人は通常、奴隷労働者たちが生きて収容所の外に出ることを決して許さないのだから、アウシュヴィッツを出て行けることはより良いことだと主張する者もいた。ウリは列車内の議論にあまり注意を払わなかった。彼は、列車に乗せられている何百人もの女性の中に姉のユーディットを見た気がしていた。この初めて訪れた好機に、どうにかして姉と直接会う方法を考えること以外、彼にとってはどうでも良いことであった。

しかし、列車がついにドイツのルール地方の奴隷停留場に到着したとき、姉との再会を直ちに試みるには、ウリはあまりにも混乱していた。ほとんど食物や水がない窮屈な空間で数日間過ごしたことで、体のすべての筋肉と骨が金槌で打たれたようになり、目が覚めているのか眠っているのかさえよく分からない状態だった。当初、停留場は彼の白昼夢の中の出来事のように思えた。長い旅の間、ずっと彼の鼻孔にくすぶり続けていたアウシュヴィッツの死体焼却炉から発する燃える肉の臭いは、燃える石炭の煙たい臭いに突然取って代わった。そして、虱がたかり、悪臭を放つ木造のバラックに詰め込まれる代わりに、彼は文字通り夜の空気にさらされた大きなキャンバス地製のテントの中のベッドをあてがわれた。その場にいた奴隷たちが出してくれたスープは、囚人たちでさえ食べるのに気が進まないアウシュヴィッツの汚水のようなスープよりはるかにましであった。しかし、こういった良くなった点は喜んで受け入れたいものではあったけれども、奴隷停留場のまるで夢のような雰囲気を完全に説明するものではなかった。

一〇代後半または二〇代前半の数百人のユダヤ人女性が続々と列車から降りて行く様子が、そのような錯覚を引き起こした。彼女たちが筋ばった腕と脚を屈伸し、固くなった背中と首を回すと、彼女たちの白々と剃り上げられた頭は徐々に翳っていく午後の日差しの中で光り輝き、灰色の囚人用の作業着の上に

エッセンにあった「大砲王」アルフリート・クルップの軍需工場。
（出典：*The New York Times Current History of the European War*）

浮かんでいるように見えた。日光はまぶしく、鞭や警棒を持った看守に悪意に満ちた目で凝視されていたにもかかわらず、自分たちの寝床になる巨大なテントの中に入ると彼女たちの目は大きく見開かれた。彼女たちが、前腕の数字の入れ墨や袖につけられた淡い黄色の星に指で触れている様子や、自分たちの生活が劇的に好転した可能性を恐る恐る受け入れているのを見て、ウリは自分の汚れた頬に涙が流れるのを感じた。

しかし、ウリと姉が数日後にようやく抱擁を交わしたとき、二人とも興奮しすぎて涙を流すことができなかった。ユーディットは、彼がまだアウシュヴィッツにいると思っていたが、ルール停留場に二人とも移されたことを知り、大喜びした。アウシュヴィッツと比べると、ルール停留場はまるでサマーキャンプのように思えたのだ。ウリは、痩せて見える姉がアウシュヴィッツでの重労働のおかげでウリと同じくらい強くなったことに気づき、喜んだ。弟からたくましく見えると言われたユーディットは、彼に腕相撲を挑み、二人で笑いあった。ハンガリーから強制移送されて以来、彼らが一緒に笑ったのはこれが初めてだった。ユーディットが両親と仲間の女性たちのために一緒に祈ろうと言ったとき、ウリは反対しなかった。しかし、彼は姉に合わせて言葉を繰り返すことができなかった。

約一〇日後、ウリと列車に乗っていた他の男たちは、奴隷選抜係による検査を受けるために大きな開放型のテントに案内された。停留場の役人によると、彼らは第三帝国随一の兵器製造業者であるアルフリート・クルップの代表者ということだった。何百人もの若い女性とともに過ごしたそれまでの約二週間は快適な天候に恵まれ、仕事も軽いものだった。ウリは、エリカという名前の女性に誘われ、セックスの喜びも経験し、警戒心をいささか緩めていた。そのため、クリップボードと大きな万年筆を携え、ジプシー・ポニー〔ロマの人々が移動用の荷車を運ぶために利用したイギリス原産の馬〕に目を向けている馬商人のような疑り深い表情を浮かべる灰色のひげを蓄えた男性に突然直面したとき、彼は心の準備ができていなかった。奴隷選抜係は唇をすぼめて、小さな銀縁メガネ越しに彼を凝視した。そのとき、ウリは自分が周りにいる男たちの間で一番若いことに気がつき、選抜係はそれゆえに自分を最寄りの絶滅収容所に引き渡すかもしれないと思った。そこでウリは、自分が重労働に適していることを示すため、走り、薄い胸を拳で打ってみせた。選抜係が疑うように冷笑し、一歩下がるやいなや、看守が出てきて革で覆われた警棒でウリの背中と肩を殴りつけた。

ウリは倒れ、地面に手と膝をつき、それでもなんとか涙をこらえようとした。彼は、殴られても頑張れることを選抜係に示そうとして、素早く立ち上がった。どうやらこれはうまくいったらしい。選抜係はウリの貧弱な筋肉を調べながら、うっすらと微笑んだ。疑っているような言葉をつぶやきながらも、彼は手袋をはめた指でテントの奥のほうにいる男たちの一群を指差した。

そのグループが彼の貨車にいた者たちよりも頑丈そうな男たちの一団であることを見てとったウリは、

安堵で震え、そして反射的に警棒で打たれた首と肩の間の部分に触れた。刺すような痛みを感じてうっかり叫んでしまったウリは、あわててテントの奥にいる男性のグループに向かって走った。しかし、クルップの選抜係は彼に止まるよう叫び、ウリはたちまち凍りついたように動けなくなった。

「我々は、この若者にドイツ式の訓練を教えなければならない」と選抜係は言い放った。「こいつをデッヘンシューレ〔エッセンの西側の国境にあった収容所〕に送れ！」

通常の茶色や灰色、あるいは黒の制服の代わりに青い制服を着ている看守は、自分がやると約束した。彼は再びウリを殴ることはしなかったが、四角い警棒で彼を突っついて、テントの中心に近い位置に連れて行った。看守が戻ってくるまで身じろぎひとつしないようにと言われたウリはその通りにし、クルップの職長たちがてきぱきと残りの男たちを調べ、二、三人を除いて皆が受け入れられてゆく様子を見ていた。灰色のひげを生やした選抜係は、はねられた男たちに万年筆を向け、その場にいたナチ親衛隊員に叫んだ。

「彼らをブーヘンヴァルト[*1]に送り、ユダヤ女たちを連れてこい！」

数分後、囚人服を着て怯えた様子の若い女性の一団がテントに集められた。ガロッシュ〔半長のゴム製オーバーシューズ〕や履きつぶされた靴を履いた彼女たちは、恐怖に駆られてつまずきながら歩き、何度も互いにぶつかり、革の牛追い用の鞭が彼女たちの肉体を切り裂く度に叫んだ。鞭をふるう体格の良い親衛隊の将校は、もう片方の手に警棒を握り、睨みながら、しかし同時にどういうわけか微笑を浮かべて、彼女たちの後ろをぶらぶら歩いていた。足が短く肩幅の広い将校は、まるでダンサーのような俊敏さで跳ね回り、彼の卑劣な心が選んだ体の部位にぴかぴかの黒いブーツで蹴りを的中させた。そして、男女の親衛隊員が手伝って、サーカスのテントの中で動物の調教師を見ているかのように振る舞うクルップの選抜係のために女性たちを追い込んだ。将校が女性を鞭で打つたびに、彼らは「ヤー！　ヤー！」と一斉に叫んだ。そして、将校が一人の女性の眼球をタールマック〔舗装道路材〕に向けて飛び出させた際には、自然と拍手が湧き起こった。打ちひしがれた女性と彼女のそばにいた女性たちが膝から崩折れて叫んだとき、一人の若い女性が血まみれの眼球を素早く拾ったが、その罰として彼女は囚人服の背中の赤い×印[*2]のうえを鞭打たれた。

眼球を拾った若い女性が初めて自分と身体を重ねた少女だと気づき、ウリは自分が立っているその場で去勢されたかのように感じた。彼の足は震え、首の熱い痛みが彼の下半身まで走った。何ヶ月にもわたり死体と死に行く者たちを扱い、処理する仕事をおこなってきたことで苦痛に対する彼の反応は鈍っていたはずなのに、親衛隊の将校と拍手をする彼の同僚たちの陰湿な残虐さはウリが耐えられる限界を越えていた。姉はこの女性たちの集団の中にはいないと自分自身に言い聞かせ、次のときには姉がいるかもしれな

＊1　テューリンゲン地方のエッテルベルクに設置された強制収容所。一九四五年四月にアメリカ軍に解放されるまでに五万五〇〇〇人が死亡した。一度に多くの収容者が輸送されてくることが多く、収容所内の環境が劣悪だったことで知られている。収容所の囚人に残虐行為をおこなっていたサディストとして悪名高いイルゼ・コッホも同収容所の看守の一人であった。

＊2　アウシュヴィッツ収容所の囚人服の背中には、赤い×印がつけられていたとされる。（マンチェスター『クルップの歴史』下巻、六九五頁）

いとは考えないようにすることで感情を抑えようとしたが、彼の頬には涙が流れた。幸いなことに、そのときクルップ男爵の代理人である奴隷選抜係たちはドイツの労働倫理を思い出し、主人のためにもっともふさわしい若い女性を選ぶという任務に取り掛かるべく、親衛隊の将校を一時的にその場から外させた。

女性の検査は、男性に対するぞんざいな検査よりはるかに徹底的だった。選抜係は、赤い×印のついた服の背中を叩き、スカートを持ち上げ、種痘の跡を確認するため黄色い星がついた左袖の下を覗き込んだ。女性たちの状態について大声で不平を言っていたものの、彼らが楽しんで検査をやっていることは明らかであった。ウリは、膨れたお腹や張った乳房には特別に注意が払われていること、そして妊娠しているように見える女性を選抜係が却下しているらしいことに気づいた。そのような女性たちは、選抜係が指示する大きいほうのグループに入れられた。そして選抜係は、「ブーヘンヴァルト!」と叫んでいた。ウリは、この女性たちが死刑宣告を受けたのだと確信した。ユーディットが奴隷選別の列に並んだとき、姉が幸いにも小さいほうのグループに引き渡されるまで、ウリは息を止めていた。

女性の奴隷を選び終えるよりずっと前に、ウリ以外の選ばれた男たちはトラックに乗せられ、エッセン市内およびその周辺に五〇以上ある収容所のうちのひとつに送られた。選ばれた三、四〇人の女性のグループは、私物を取ってくるために寝起きしていたテントに戻ることを許可され、その後トラックに乗せられた。ユーディットは、選抜がおこなわれていたテントを去る際に、こっそりウリに手を振った。彼はそれに応えたかったが、彼女が長い鞭を手にした親衛隊の将校のそばを通っていたときだったので、怖くてできなかった。彼女が鞭の届かないところに移動した後、ウリは手を振り返したが、ユーディットがそれに気づいたとは思えなかった。彼の背中は痛み、ウリは全くの孤独を感じた。

三〇分後に将校がテントの入り口に向かって歩き出したとき、ウリは、自分とユーディットが二度とその残忍な男を見なくて済むかもしれないという考えに幾分か元気づけられた。しかし、途中で、ウリを選んだ奴隷選抜係が将校に声をかけた。ウリは話を聞き取ることができなかったが、選抜係が話しているうちに、将校はウリを見つけようとして順々に小屋の中を見回した。将校は口を閉じたまま微笑んだ後、口角を下げて微笑を消し、革製の帽子のまびさしに鞭で触れ、テントから出て行った。

彼を警棒で殴った青い制服の看守に伴われ、ウリは停留場を出発する最後のトラックの後部に乗った。彼らは、どこに連れて行かれるか分からずに震えている若い女性たちのグループに加わった。自分たちは殺される対象として選ばれたのではないかと怖がっている者もいれば、後に残された友人たちが間もなく殺されてしまうに違いないと嘆く者もいた。チェコ語やハンガリー語、ルーマニア語の会話を聞きながら、ウリは、奴隷として選ばれたことを確信している者たちでさえ、自分たちの新しい主人がヨーロッパでもっとも強力で伝説に名高い一家[*3]の家長であることに気づいていないのだと思った。知りたいだろうと思

＊3　クルップ社はエッセンを本拠地とし、フリードリヒ・クルップ（一七八七―一八二六年）が一八一一年にクルップ商会を創設した後、アルフレート・クルップ（一八一二―一八八七年）が鉄鋼大企業として発展させ、一八七〇年代から炭鉱・製鉄所、造船所などを次々と吸収し、一大財閥を築いた。三代目フリードリヒ・アルフレート（一八五四―一九〇二年）は併記製造を通じ、プロイセンの軍拡政策と結びついた。四代目はグスタフ・クルップ（一八七〇―一九五〇年）、五代目はアルフリート・クルップ（一九〇七―一九六七年）である。

い、ウリは看守の帽子にある名前を指差した。看守は、パイプに詰めたタバコに火をつけることに夢中になっていたが、ウリの身振りに気づき、何人かの女性が会話を中断して彼を見ていることにも気がついた。数回素早くパイプを吹かせて火皿を小さな火山のように真っ赤にした後、看守は煙を吐き、それから帽子、袖、シャツの胸ポケットにそれぞれ大文字で書かれた名前をパイプの柄で指し示した。彼が誇らしげに「クルップ、クルップ、クルップ」と指し示すパイプの柄の動きを、若い女性たちの黒い瞳が追った。

彼はもう一吸いすると、パイプの柄をトラックの先の田園に向けた。パイプの柄で見渡すかぎりの風景を指して、「ここではクルップが主人だ」と彼は言った。そして、ブーヘンヴァルトに送られたくなければ一生懸命働くよう警告した。

ほとんどのヨーロッパ人と同様に、女性たちは、クルップ家が疫病よりも多くの人々を殺した武器を製造したことで有名な「大砲王」であると知っていた。彼女たちは、その名前から、ヒトラーや第三帝国の勝利はもちろんのこと、王政やもっと昔の騎士道時代の戦争を連想した。敬意のこもった一瞬の沈黙の後、女性たちはルーマニア語やチェコ語、ハンガリー語の会話に戻った。その間、トラックは工場、精油所、発電所、鍛造工場、鉱山、製錬所、実験室、鋳造所、圧延工場、セメント工場、射撃場、窯、滑走路、発射台といったもので雑然とした風景の中を走り回っていた。

「偉大なるベルタ」と一人の女性が突然言った。会社のもっとも有名な大砲の名前は、クルップ家の女家長であるベルタにちなんでつけられていた。*4「彼女はこの辺のどこかに住んでいるに違いないわ。」看守はうなずき、パイプに再び火をつけた。

トラックがエッセンの賑やかな通りを駆け抜けるにつれて、女性たちの表情はさらに明るくなった。通りでは、市街電車やトラック、オートバイ、自転車、歩行者がひしめきあっていた。これだけ多くの人々がいるということは多くの目撃者がいるということだから、自分たちの労働条件はそれほど悪くないかもしれないとウリや女性たちは思った。しかし看守はむっつりとしたままで、トラックがフンボルト通りのアルフリート・クルップのユダヤ人女性用の強制収容所の入り口で停止したとき、さらに表情を硬くした。ウリは有刺鉄線越しに、停留場にいた他の女性たちが先に到着しているのを見かけた。彼女たちは、アウシュヴィッツのバラックによく似た寮の前で軍隊流の姿勢で立っていた。女性たちはそれぞれ、折りたたんだ薄い毛布を左脇に抱えていた。頭上の監視塔にいる武装した看守に気をつけながら、ウリは大勢の女性の集団の中に姉を見つけようとしたが、見つけられなかった。

ウリのトラックに乗っていた女性たちは、収容所に入るとすぐに毛布と木靴を渡され、他の者たちと一緒に並ばされた。突然、軍楽が監視塔に取りつけられたスピーカーから鳴り響き、わずか三、四分後に突然止まった。静寂の中でウリは、収容所に隣接する駅で電車がブレーキをかけ金属が反響する音を聞いた。それから彼は、寮の向かいの小さな建物から出てきた黒い制服姿の人影が女性たちの方向に大股で近づいて行くのに気がついた。

＊4 ベルタ・クルップは、クルップ財閥の三代目当主フリードリヒ・アルフレート・クルップとその妻マルガレーテの間の長女として生まれ、一九〇二年に父が死亡するとフリードリヒ・クルップ社のすべての株の所有者となった。

「まずい！　まずい！　まずい！」その男はなんと、奴隷停留場で女性たちを恐怖に陥れていた、ずんぐりしたナチ親衛隊の将校だった。彼が彼女たちの前で止まり、指示を怒鳴り始めるのを見て、ウリは心の中でうめき声を上げた。ウリと一緒にトラックに乗っていた看守は、ウリの痛む肩を軽く叩き、鞭を鳴らしながら長々と指示をしている将校を指差した。

「あれが収容所の司令官だよ」と看守が言うのを聞いて、ウリはさらに声を押し殺してうめいた。そして看守はウリの向きを変えさせ、収容所から遠ざかる方向へと歩いて行くよう、乱暴に押した。それから看守は、電車の駅の近くの丸い小さな小屋で手に入れた自転車に乗り、ウリのそばでペダルを漕いだ。そして、ウリには小走りすることを強要した。ウリはあまりにも動揺しすぎて、合っていないアウシュヴィッツの靴が足にできた大きな水ぶくれをこすっていることなど気にかけてはいられなかった。彼が考えることができたのは、姉や他の女性たちが、停留場を出たときにはもう二度と会うことはないと思っていたあの悪魔のような将校のなすがままにされるしかないと気がついたとき、どんな気持ちになるかということだけであった。

デッヘンシューレ強制収容所は、ユダヤ人女性の収容所から三キロメートルほど離れたところにあったが、ウリにはもっと遠くに感じられた。その理由のひとつは、彼の足は痛々しいほど皮がむけているからであり、もうひとつの理由は、姉から一歩、一歩と離れていくからであった。靴を脱いでエッセンの通りの舗装された滑らかな石畳の上を裸足で走っていなければ、彼の足の状態はさらに悪くなっていたに違いない。デッヘンシューレ収容所の二つのバラックは石でできており、校舎のように見えた。実際、その建物は元々校舎として使われていたもので、窓には鉄の棒が取りつけられ、教室だった場所には三段の寝台が詰め込まれ、全体が有刺鉄線で囲まれていた。ウリは、登録され、新しい「クルップ番号」を与えられた後、黄色とコマドリの卵のような青色の縦縞の入った体に合わない囚人服と毛布を支給された。毛布と囚人服の両方に、クルップ社の紋章やロゴである大砲の発射口を表す重なった三連の輪が型押しされていた。ウリは、デッヘンシューレは、隔離して懲らしめたい奴隷のために、クルップ社が学校の建物を刑罰用の収容所に改築したと説明された。罰として、収容された者たちは、エッセン周辺の鉱業、製錬業、および製造業といったクルップの広大な複合組織の中で、もっとも困難で危険な任務を遂行するよう強いられるということだった。収容所はゲシュタポ監督下にあったが、親衛隊で訓練を受けたクルップ社の看守が配置されており、少しでも逃亡の気配を見せた者は撃ち殺されるとウリは聞かされた。

数日のうちにウリは、デッヘンシューレには本当の犯罪者はほんの少ししかいないことを知った。囚人の大半は、公務員、医師、教師、裁判官、弁護士、聖職者などの地域社会のリーダーで、占領下の国々の民衆を従わせるために人質として捕われていた。一度拘留されると彼らは、裁かれることのないまま八日以上拘禁された者に強制移送を命じるというナチスの規定の対象となった。そしてナチスは、極度の秘密厳守のもとで強制移送を実行した。ナチスはその計画を「夜と霧」[*5]と呼んでおり、指導者的な立場にある

＊5　一九四一年一二月七日にヒトラーにより発せられた総統命令により開始された。「ドイツの治安を危険に晒す」者をドイツへ密かに連行し、まるで夜霧のごとく跡形もなく消し去った。

市民を跡形もなく失踪させることで、その家族や地域社会への影響力を強めていた。

彼らの失踪から利益を得たのがこの大砲王であり、第三帝国における奴隷労働力の熱心な搾取者であったアルフリート・クルップその人であった。第三帝国のすべての産業の総統として、あるいはその最大の産業複合体の独占的所有者として、クルップは、ドイツが世界規模の戦争を遂行できるよう武器を生産するため、一〇〇万人以上の奴隷労働者を供給するよう政府に要求し、実際、獲得していた。彼は占領下のヨーロッパじゅうに散らばった多くの工場で奴隷労働者の集団をもっていたが、その大半はエッセン周辺の強制収容所に収容されていた。ウリのバラックに収容された「夜と霧」の犠牲者は、主にフランス、ベルギー、オランダの出身者だった。クルップが彼らを刑罰収容所に収容した理由は、彼らが他の囚人よりも脱走しようという強い動機をもっていることを恐れているからだと考える者もいた。あるいは、クルップは、行方を秘密にすることによって囚人とその家族の痛みを強めようという政府の方針に単に従っているだけだと考える者もいた。共産主義に対する防波堤としてヒトラーを支持していたフランスの司祭は、自分たちを監禁することは間違いであり、それに気づいたクルップ男爵によってきっと正されるはずだと言った。彼は、毎朝クルップの事務室の清掃をしている別の収監された司祭から、職長は奴隷たちの来歴を承知していると聞かされたときでさえ、自分の収監は何かの間違いであると確信し続けた。しかし、クルップが彼らをひどく扱う理由が何であれ、彼の「夜と霧」の奴隷労働者たちの大半は、過酷な状況と骨の折れる労働を嫌うのと同じくらい、外部との連絡を断たれることを嫌がっていた。アウシュヴィッツでの厳しい労働に慣れていたウリは、フンボルト通りで見た姉の悪夢のような試練ほどにはデッヘンシューレでの扱いに不安を覚えなかった。

エッセンにいるクルップの奴隷労働者集団の中でもっとも惨めな状態を強いられているのはユダヤ人の女性だということを、ウリは徐々に学んだ。とはいえ彼は、クルップがユダヤ人女性の調達と搾取に関し、個人的な注意を払っていることには気づいていなかった。クルップは、通常は男性労働者のみに課される重労働に、女性労働者たちを使用できるかどうかを試す実験をしていたのだった。しかし他の皆と同様にウリは、西欧出身者よりも東欧出身の非ユダヤ人が虐待されており、ユダヤ人はそれよりもさらにひどい扱いを受ける最下層の奴隷と見なされていることを理解していた。姉や彼女の仲間たちへのとくにひどい扱いについて聞いたり目撃したりすることは、ウリにとって何よりも激しい苦痛だった。

ドイツ北部がひどく寒くなると、ウリが収監された刑罰収容所を含む約五〇ヶ所のクルップの強制収容所にいる男女全員に、親衛隊の規則に基づき二枚目の毛布が支給された。しかし、フンボルト通りにいる五〇〇人のユダヤ人女性たちは対象外であり、彼女たちはたった一枚の毛布で厳しい寒さを乗り越えることを余儀なくされた。彼女たちは、手を火傷したり、切ったり、かじかませたりしながら、熱い石炭や金属を扱う仕事をさせられたが、防護服や手袋を着けることは許されなかった。彼女たちが唯一身に纏うことを許されたのは、アウシュヴィッツで支給された薄地の黄麻布で作られた囚人服と、クルップによって支給された粗製の木靴だけだった。女性たちの仕事は男性に課されたものと同じくらいきつくて危険であったが、彼女たちに配給されたのは一日にボウル一杯のスープと一枚のスライスされたパンだけで、エッセンではもっとも乏しく、しかも配給されない日も頻繁にあった。

空襲から身を守る手段も十分ではなく、クルップの奴隷たちは何千人もが不必要に死んだ。避難所の利用に関してユダヤ人女性は常に後回しにされ、作業中に空襲が起こった場合、彼女たちだけは避難しようとすることを禁じられた。あるとき、若いユダヤ人女性たちが収容所の有刺鉄線の内側にある部分的に破壊された地下室に避難していたが、他の収容所から来たポーランド人の男たちに譲ることを余儀なくされた。一方、姉とは対照的にウリは、警報が鳴ったとき、作業場所の近くのぼた山に隠れたり、爆弾の破片から身を守るためにデッヘンシューレの囚人たちが収容所内に掘った待避壕に身を潜めたりすることができた。無論これとて、空襲でデッヘンシューレにいる多くの人が死ぬのを防ぐには、十分とはいえなかった。しかし同じ空襲で宿舎にしていたバラックが破壊されたユダヤ人女性たちは、他の人のように、空襲の間のわずかな防御手段として待避壕に潜ったり、横になったりすることさえも許されなかったのだ。その空襲で火事になったバラックのひとつに閉じ込められた女性は、看守が解放しなかったために、生きながらにして焼かれた。その空襲の後、ウリを含むデッヘンシューレの生存者は別の収容所に移されたが、姉と仲間たちは半壊した収容所の寒くて湿った暗い台所で過ごさなければならなかった。

戦争最後のひどい冬の間、木靴がバラバラに壊れて足が血と膿だらけになった後も、彼女たちは、一五キロメートルにわたるエッセンの大通りを一日二回、裸足で行進させられた。やつれ、飢え、ひどい凍傷にかかった彼女たちの様子は、あの大砲王と彼の国がユダヤ人女性たちをどのように扱っているかを人々に見せつけた。彼女らが受ける屈辱をさらに高めるために、看守は女性たちの頭をグロテスクな模様に剃った。彼女たちをもっとも強烈に愚弄するデザインは、ユダヤ人の「異教徒」の地位をばかにしたキリスト教の十字だった。また、クルップに一〇万人いた奴隷労働者の中で唯一、ユダヤ人女性は働いていた工場や鋳物工場でトイレを使うことを許されず、野外で用を足すよう強いられた。ときおり、クルップ本社の近くで罰や拷問を受ける女性の悲鳴が会社の幹部役員の耳に届くことがあった。彼らは、何かそれに反応したとしても、秘書に窓を閉めさせるぐらいであった。

ユダヤ人女性が一日の終わりに宿舎であるバラックに戻ると、彼女たちはクルップによって雇われた親衛隊の看守と顔を合わせることになった。彼らは、軽い刺激や、あるいは単にスポーツとして、金属製の警棒で彼女たちを殴った。そして、連合軍が接近するにつれて残虐行為はより頻繁になり、看守たちは、「連合軍が到達してユダヤ人女性たちが」解放されるまでにお前たちを殺す時間はたっぷりあるんだと言って女性たちをあざけった。しかし、毎晩起きるもっとも恐ろしい出来事は、足の短い親衛隊の収容所司令官による女性宿舎への訪問だった。すべてのクルップ社の役員や大半のエッセン市民が知っていたように、彼の特技は鞭で失明させることだった。彼はまた、体の他の部分を鞭打つことにも喜びを覚え、時には女性を死に追いやることもあった。

そうした恐怖に満ちた話は、奴隷労働者と雇人の双方によって幾度も語られて大砲王の領土じゅうに口伝えで広まり、姉の身を心配するウリは取り乱した。夜、木の寝床に横たわっているときなど、目が覚めていても眠っていても、彼の頭から残虐な親衛隊の将校の像は消えなかった。そうした像を、彼の最初の恋人である勇ましい少女エリカのものに置き替えようとしたとき、彼の苦しみはさらに悪化した。

自分たち自身もひどい状況にあるにもかかわらず、刑罰収容所のウリと一緒の作業班の人たちは、労働に向かう際にエッセンの交差点で見かけるユダヤ人女性たちが悲惨な状態であるのを見て、怒りと哀れみにつき動かされた。行進する女性の中に姉を見つけると、ウリは、通りを走って横切り、彼女を列から引き離して、一緒に脱出したい気持ちでいっぱいになった。しかし彼は、そういったことを試みても確実に失敗するだろうし、そうなれば姉も自分もひどく罰せられるか、おそらく殺されるであろうことが分かっていた。しかしある日、自分が近くにいることに気づかずにユーディットが視界から消えたとき、ウリは彼女に会うためなら何でもすることを決心した。

その日のうちにウリは、アウシュヴィッツでの経験を活かして、クルップでの奉仕労働で亡くなった者たちの遺体を回収し、片づける作業に志願した。数百人もの死者が一度に出ることのある空襲に加えて、病気、栄養失調およびその他の虐待が、毎日、犠牲になる奴隷の数を増大させていた。結核や他の伝染病が流行していたので、誰も死者に触れたがらなかった。そのため、ウリは自分の希望を通すことができた。民間警備員に賄賂を渡して、ウリはすぐに姉の職場で彼女に会えるよう手配することができた。彼女はとても疲労し衰弱していたので、彼を認識するまでにたっぷり一分はかかったように思えた。アウシュヴィッツではしなやかで比較的滑らかな状態を保っていた彼女の肌は、今では何度も再利用された硬い肉を包む紙のように見えた。しわが寄り、汚れ、あかぎれがあり、虫に刺され、ネズミに噛まれた跡に乾いた血がついていた。しかし、そのような外見にもかかわらず、ユーディットはまだ生きる強い意志をもっていた。二人は、連合軍が到着する前にユダヤ人女性全員を殺害すると言っていた看守たちは本気だったと思うから、解放されるのを待つのではなく、脱出を試みるべきであるということで合意した。

「脱出するのに最適なのは、大きな空襲が起こって看守たちが防空壕に入っているときよ」とユーディットが言った。ウリはそれに同意し、次の大空襲のときに彼女のところに行くから、そうしたら収容所を囲んでいる有刺鉄線の破損したところから抜け出そうと言った。ウリは、埋葬をおこなう自分の班が墓を掘るために収容所に隣接した墓地に行ったとき、その破損した箇所を発見していた。彼は、デッヘンシューレが爆撃された後に、彼が移送された収容所から脱出することができるだろうとユーディットに請けあった。また、エッセンで隠れる場所を探してみるとも言った。ユーディットは、年配のクルップ労働者の一人に頼めば、隠れる場所を確保できるだろうと言った。そうした男たちは、愛撫させてやる見返りに、ときどき彼女に少しの食べ物をこっそり与えてくれていた。

ユーディットは隠れる場所を確保するため、彼女にいたずらをする男の一人をすぐに説得した。ウリは、彼女の収容所そばの破損した有刺鉄線が修理されていないことを確認し、さらに自分の収容所で、鉄線を押さえるための金属製の棒を使って有刺鉄線を通り抜けることができる場所を見つけた。彼はまた、空襲で死んだクルップの従業員のつなぎの作業服を手に入れた。しかし、連合軍の爆撃機は数週間エッセンに戻ってこず、ユーディットとウリは彼らの計画を保留にしなければならなかった。

その間ウリは、病気や怪我をしたクルップの奴隷労働者を治療するための、ほぼすべての施設に連れて行かれた。そして、実際のところウリ自身のバラックのようにいくらかの医学的知識をもった奴隷が他の収容者の面倒を見ることを許可されていたのでない限りは、ほとんど医療施設もなく、医薬品もなく、治療もできない状態だということが分かった。収容所内の医務室や診療室は、病気の囚人の数に対して小さすぎ、しかも排泄物で臭く不潔だったため、クルップの従業員は近くに行きたがらず、それが許可されていたのだった。エッセンにあるクルップの収容所では、傷が膿んだり、壊疽になったりするのを防ぐための薬や消毒薬がないために、毎週、何百人もの怪我人や重病の奴隷が死亡した。しかし、クルップのところには、このような苦境にもかかわらず奴隷のもとに生まれた数百人の子どものための強制収容所さえ存在した。母親は、赤ん坊が離乳する前に仕事に戻ることを余儀なくされ、乳児の多くはすぐに死亡した。奴隷番号だけで識別された多くの赤ん坊が、ウリが所属していた班によってエッセンに埋められた。

非道な仕事とそれをもたらした非人道的な行為に圧倒されたウリは、背が高く、骸骨のように痩せ、やや前かがみでフランス語なまりのベテランの墓堀人の男に、ドイツ人が戦争に勝っていたときは奴隷たちの状況は少しはましだったのかと尋ねた。作業班では部分的に雪で覆われた土地に墓を掘っており、ウリは青と黄色の縞模様の囚人服の下に死んだ男のセーターを着ていたにもかかわらず、寒さで震えていた。ベテランの男は、彼らが刈り取った柴で自分だけのために火をおこそうとしている年輩のクルップの人夫である看守をちらっと見て、彼の長い鼻の横に指を置いた。

男は、クルップ家はドイツの産業のすべてを管理していて欲しいものはいつでも手に入れることができるが、ドイツがヨーロッパのほとんど全体を支配し食料を奪っていたときでさえ、クルップの奴隷たちは今と同じく栄養不足だったとウリに教えた。良いときも悪いときも、クルップの奴隷にとって状況は常に厳しかったのだ。墓堀り作業をしていた別の男が、連合軍が到着する前にクルップは〈奴隷に対して状況はひどい扱いをしていたことを隠すために〉少しばかり「自分たちを太らせる」かもしれないとほのめかしたとき、フランス語なまりのベテランの男は、それはあり得ないと言った。「ドイツ人たちは、クルップとヒトラーが敵を倒すために何かを思いつくといまだに信じている」と彼は言った。「そしてクルップは、奴隷を急に人間扱いすることで、愚か者たちに疑いを抱かせたりはしないさ。」

数日後、姉の安否に対するウリの不安は一気に膨らんだ。連合軍に自分たちがしたことを見られないようにするため、クルップは、ユダヤ人女性を死体焼却炉に送り込んでしまうべくブーヘンヴァルトに移送する準備を整えているという噂が収容所で広まったからであった。鉄道は爆撃によって深刻な被害を受けていたが、例のベテランの墓堀人は、万能のアルフリートは何らかの方法で女性を処分するよう手配することができるに違いないと警告した。彼は、クルップは常にヒトラーにとって不可欠な人物であったと言った。クルップなしでは、ヒトラーは喜劇の人物になっていたに違いない。クルップ家は彼を首相にするのを助けたが、ヒトラーが彼らに感謝の意を示しに訪れた際、アルフリートの母親〔ベルタ・クルップ〕は「成り上がりの伍長」のヒトラーが彼らの城で夜を過ごすことを許さなかったという。

「どうしてそんなに詳しく知っているのですか?」ウリは、他の誰よりも自分に話しかけてきたこのフランス人に惹きつけられ、尋ねた。

フランス人は、自分はアルフリート・クルップが我がものにしようとしたトラクター工場の所有者の弁護士の一人だったと告げた。クルップについて調べ尽くした後、フランス人は彼の顧客である所有者に工場を引き渡すよう忠告した。しかし、正当な権利を有する所有者は引き渡しを拒否した。彼自身も強力な一家の出身者だったため、クルップに抗うことができると思っていたのだ。これは致命的な誤算だった。

ウリは、クルップが所有者を逮捕させたのかと尋ねた。

フランス人はうなずいた。彼は、顧客の工場所有者はユダヤ人で、アウシュヴィッツに送られ、そこで即座に殺されたと言った。その時点でフランス人自身も逮捕され、エッセンで「失踪」させられた。彼の顧客がクルップに立ち向かうことができると思った理由を尋ねると、フランス人の弁護士はこう答えた。「彼はロスチャイルドだったのさ。つまり、ロスチャイルド男爵が率いる有名なユダヤ人銀行家の一員だったんだよ。」

クルップが、奴隷女性たちが生んだ収容所にいる名もない子どもたち全員を処分するために特別列車を手配した後、ウリは再び姉に会うため、看守に賄賂を渡した。ユーディットが働いていた工場の外で、彼は、膝に手をつきしゃがみこみ、地面に排尿している女性のそばを通り過ぎた。彼女は人間というよりもほとんど動物のように見えた。彼女の頭のてっぺんははげていたが、もつれた髪の束が耳の上に生えていた。彼女のボロボロの黄麻布の囚人服はよれて体に張りつき、露出した足と頬は血が滲んでみみずばれになっていた。彼の姉も似たような状態かもしれないという考えに身震いして、ウリは目を逸らし、急いで工場の重いドアを肩で押し開けた。

ユーディットを見かけたウリは、クルップが、連合軍に見つからないように、奴隷の子どもたちを処分したと彼女に告げた。彼は、クルップが同じ理由で、ユダヤ人女性を近いうちにブーヘンヴァルト絶滅収容所に送ると看守と囚人が予測していることを話し、逃亡する準備をすべきだと言った。ユーディットも状況を知っていたが、二人一緒の脱出は看守が持ち場にいる限り不可能なのだから、看守が避難所に行かざるを得なくなる空襲を待つ必要があると言った。それでも、彼女が二人の隠れ場所をエッセンに確保したと彼に告げると、ウリの不安げな顔に笑みが浮かんだ。

別れ際、ウリは爆撃機が来たときに逃げることができるだろうと告げ、ユーディットを安心させた。また、エリカも連れて行くことができるだろうかと尋ねた。ユーディットは、エリカは収容所司令官からひどく殴られ、脱出を試みられる状態ではないと話した。ユーディットはまた、彼がやってくるほんの少し前に外に用を足しに行ったエリカをウリが見かけなかったのかと驚きの表情を浮かべた。ウリは、先ほど通りかかったときに見かけた哀れな女がエリカだったことに、そして彼女と分からないほどエリカが痛めつけられたことに気づき、涙をこらえるために両手を目に押しつけた。

その夜、ウリがこっそり手に入れたつなぎの作業服が、藁のマットレスの中から発見された。発見した看守は、明らかにそれについて密告を受けた様子だった。ウリは、つなぎは暖を取るために手に入れただけだと主張したが、脱出を計画していると責められ、奴隷を殴打する役の人間がすぐに召喚された。デッヘンシューレには、もともと殴打を職務とする者はいなかった。ちなみに、デッヘンシューレ収容所は後に空襲で破壊され、生存者たちはニアフェルト収容所に移送されたのだが、そこでは痛みを与える専門家が雇われていて、皆、衝撃を受けたという。

恐ろしい殴打役は、長年クルップの炉に石炭をくべてきたように見える浅黒い髪と肌をした中年の男で、ひょろっとしたナチ親衛隊の中尉と一緒に来た。中尉は、ひどく不快な臭いに鼻にしわを寄せながら、逃げようとした囚人に会いたいと要求し、長靴で大きな音を立てながらバラックの床板の上を歩き回った。クルップの看守が、ぽつんと立っていたウリを違反者として指差すと、革のまびさしがついた帽子の下で中尉の顔はますます紅潮した。

中尉は、短い棒で彼の重い革の外套を叩きながら、「ユダヤ小僧め！」と怒鳴った。彼は、ユダヤ人のために夕食を中断させられたといってクルップの看守たちを罵り、ユダヤ人に対処する唯一の方法は彼らを撃つことであると彼らに告げた。彼は自分の銃を持ってきていなかったので、看守の一人に銃を渡すように言った。

殴打役は、「まず、誰がこいつに脱出を計画させたのか、見極める必要がある」と言い、ウリのつなぎの作業服を片手で持ち、もう片方の手でウリの首の後ろを押さえつけた。彼は、ウリが一緒に脱出しようと企んでいた者を白状したら、その全員を撃つと言った。

中尉はそれに賛成した。彼は長いロープを持ってこいと言い、帽子と外套を脱ぎ、ウリの共謀者を即座に発見すると約束した。ロープが持ってこられると、彼はすぐに一端で輪を作り、ウリの首にそれをかけた。それから彼はもう片方の端を天井の梁に向かって投げ、何度かぐいぐいと引っ張り、息が詰まり窒息しそうになったウリが爪先立ちになるまでロープを締めあげた。ウリが何とか息をしようとロープをつかもうとするたび、中尉は地面からウリを持ち上げんばかりにさらに強く引っ張り、ウリの顔は紫色に変わり、飛び出さんばかりになった目からは涙がこぼれた。

その間に殴打役は自分の厚手のコートを脱ぎ、その場に集められた囚人の一人にウリの青と黄色の縞模様のズボンを足首のところまで引き下ろさせた。

「ああ、これは正真正銘のユダヤ人だ。」ウリの性器をちらっと見て、中尉は声を張り上げた。彼は殴打役に向かってうなずき、殴打役はウリの青白い太ももの後ろを警棒で殴った。

「鼻水を垂らすんじゃない、ユダヤ人め！」と、中尉はわめいた。ロープを緩めると、彼は、脱出を試みようとした男たちを指差すようウリに命じた。

ウリが彼に従うことを拒否したとき、中尉はロープをぐいと引き、殴打役に向かってうなずいた。殴打役は警棒で幾度も打った。何度か強打されたウリは、まるで部屋の中の全員を指し示すかのように空中で両手を振り回したので、看守は他の囚人たちが彼を攻撃するのを抑えなければならなかった。鼻水と涙を流しながら、ウリは膀胱の中身を床にぶちまけた。中尉は、まるでウリの肺への空気の流れを遮断することで尿を止めるかのようにロープを激しく引っ張った。ウリは、意識を失うまで吊り上げられた。中尉は彼を濡れた床に落とし、殴打役に意識を取り戻させるように言いつけた。殴打役は数分間試みたが、ウリの意識は戻らなかった。

「ユダヤ人のために二度と夕食を邪魔するな！」と、帽子と外套を着ながら中尉はわめいた。「くそったれは撃てばいいんだよ。今度、私がこいつに会ったらそうするからな。」彼が去った後、看守は、誰かがウリの共犯者であると認めるまで他の囚人を殴打すると脅迫した。数人の男たちが警棒で打たれたが、自白した者は誰もいなかった。その後すぐに殴打役は去り、看守も去った。去り際に入り口から上級看守が「汚物を掃除しろ！」と囚人に向かって叫んだ。

数日後の夜、イギリス軍の〔爆撃機である〕ランカスターとハリファックスがエッセンに戻ってきたとき、ウリは姉に合流できるほど殴打から十分に回復していなかった。彼はひどく傷ついた足で歩いてみたが、フェンスより先に行くことはできなかった。そこで足がクルップ製の有刺鉄線に絡まり、ウリは倒れてしまった。ウリが殴打されたという噂を聞いていたユーディットは、彼女とウリとで計画していたように、爆撃中に数人の女性たちと一緒に宿舎を離れ始めた。しかし、もしウリがどうにかして彼女のバラックに辿り着くことができた場合、自分が彼を助けるためにそこにいなかったら、彼は捕まって殺されるであろうと考えたユーディットは、いったん収容所の有刺鉄線を通り抜けた後、戻ることを決意したのだった。

連合軍の戦車や他の車両がこの地域を完全に包囲する前に、クルップは、ユーディットを含むすべての生き残ったユダヤ人女性をブーヘンヴァルトへの特別列車に乗せる手配をしていた。そこで彼女たちとその他何百人もの囚人は殺されることになっていた。その後間もなく、殴打役、ナチ親衛隊幹部、多くの看守が姿を消した。ロープで縛られたときに気管が傷ついていたので、ウリはまだ普通に話をすることはできなかったが、施設全体が崩壊していく混乱の最中、服を手に入れ、逃げることは難しくなかった。彼がブーヘンヴァルトに辿り着けるよう、例のフランス人は、ウリにいくらかのお金と、彼の安全な通行を保証するクルップ幹部の署名入りの偽造された手紙をくれた。彼はまた、ウリにフランスの自分の住所を教え、戦争が終わったら姉と一緒に訪ねてくるよう招いた。ウリはうなずき、感謝の意を込めて骸骨のような友人の手を取り握手した。

ウリがブーヘンヴァルトに到着する前に、アメリカ軍は既に〔一九四五年四月一一日に〕その絶滅収容所を解放していた。エッセンから送られた彼の姉や五〇〇人のユダヤ人女性たちのうちの誰も見つけることができなかったが、彼はついに彼女たちの身に起こったであろうことを判断するのに十分な情報を集めた。彼は、戦争最後の数週間で非常に多くの奴隷が処分のためブーヘンヴァルトに送られ、その数は囚人の殺害に携わる者たちを圧倒するまでになったことを知った。それで彼らは、連合軍が到着する前に奴隷を殺すことができそうな他の収容所に、何台かの列車を回した。たとえばベルゲン・ベルゼン強制収容所はまだドイツ軍の手中にあったため、何台かの列車はそこに送られた。そこで、ウリはブーヘンヴァルトの看守の持ち物であった自転車でベルゲン・ベルゼンに向けて出発した。

しかし、出発して一時間かそこらで、ウリはアメリカ軍にもらったこってりした食べ物を吐き始めた。彼は自転車を漕ぎ続けようとしたが、何かを食べるたびに嘔吐に見舞われた。結局、彼が到着する前に、イギリス軍がベルゲン・ベルゼンに到着した〔一九四五年四月一五日に解放〕。しかし、そこで見たものは、彼の気分を再度悪くさせた。広大な敷地内のむき出しの地面に延々と、様々な腐敗の段階にある何千もの死体が散らばっていた。イギリス兵たちが巨大な水泳プールにも似た共同墓所をブルドーザーで掘り、収容所のかつての看守たちに死体を一体ずつ集めては穴の縁まで運ばせていた。そこでは、あばら骨がグロテスクなまでに浮き上がった一人の遺体が別の遺体の上に次々と投げ入れられた。ウリは話すことが非常に困難だったが、かなりすぐに、クルップの五〇〇人のユダヤ人女性がベルゲン・ベルゼンに連れてこられ、一部の者は殺されたが多くはまだ生きているということを知った。彼が出会った者のうち、誰もユーディットの身に何が起きたのかを知らなかったが、彼女を敷地内で目撃した気がするという者もいた。彼らは、深刻な病気にかかっている大勢の人のためにイギリス軍が設立した施設で彼女を探すように勧めた。ウリ

ベルゲン・ベルゼン強制収容所解放の際に死体の処理をさせられている元看守たち。ウリもここでユーディットを探した。（所蔵：帝国戦争博物館）

は、腸チフスやジフテリアを患っている人々が収容されている以外のすべてのテントを調べたが、彼女を見つけることはできなかった。ユーディットの名前は、彼らの病人のリストのどれにも載っていなかった。また、イギリス軍は、隔離患者のテントにウリが入ることを許可しなかった。しかし彼は、腸チフス患者を収容するテントのひとつに、エリカという名前の患者がいることに注意を引かれた。

夜明け前、ほとんどの者が寝ている間に、ウリはそのテントに入り、彼が知っているエリカを発見した。彼女の頭は剃られたばかりだったが、彼女の顔にはクルップの奴隷施設で受けた鞭打ちの跡がいまだに残っていた。彼は彼女を起こし、そして彼女も彼に気づいた。

エリカは、ウリが殴られたことを聞いてユーディットはとても心配し、空襲の間に彼女のところに彼が来ることができなかったときには、さらに心配していたと告げた。ユーディットから、脱出の際には、エリカを一緒に連れて行きたいとウリが言っていたことを聞いたとも話した。

「私はあなたと一緒に行けなかったわ」とエリカは言った。「でも、あなたが私に一緒に来て欲しいと思ってくれたと知ってうれしかった。」エリカはさらに、ユーディットが二、三人の女性たちと収容所を後にし、鉄線をいったん越えたものの、ウリが彼女に合流することを期待して戻ってきたと語った。クルップが収容所に残っていた女性たちを、まずブーヘンヴァルトに、そして次にベルゲン・ベルゼンに送ったとき、ユーディットは彼女の面倒を見てくれていたが、やがて病に倒れ、イギリス軍が到着した翌日に死亡したと告げた。ウリのすすり泣きを聞いて、はちきれんばかりに健康的なふくよかな顔をしたイギリス人の看護婦が目を覚ました。テントから追い出されるとき、ウリはエリカのしわがれた声がひっそりと別れを告げるのを聞いた。

第10章

新世界

　ウリがアウシュヴィッツを出た後に彼の身に起こったことを私に話し終えたとき、朝日がエルベ川の向こう岸を昇っていた。彼の目は乾いていたが、私の目はそうではなかった。私は、ウリのために逃げる機会を諦め、その結果命を落としたユーディットを深く悼んだ。私はウリと結ばれたエリカに嫉妬していたが、彼がテントを去って数時間後には彼女も死んだと彼から聞き、彼女の死も悼んだ。そして、私はこれまで以上にウリに恋をした。学校関係者や大半のクラスメートは、私がほぼ一晩じゅう彼と話をしていたことに動転したが、私は彼らの不興にひそかに満足し、それは単に羨みから生じたものであると確信していた。

　ウリと私はそれからもときどき話をし、時には川沿いを長く散歩をした。私は彼と一緒にブランケネーゼの絵のように美しい村を探検したかったが、彼はドイツ人のそばでは依然として強い不快感を示した。私はウリにもっと自分の経験を話してくれとせがみ、それに応えて彼は詳細を語り、私の多くの質問に答えてくれた。ベルゲン・ベルゼンを去った後、彼はハンガリーに向かったが、ロシア人によって数回逮捕されたと私に語った。ロシア人たちは、以前の身分が奴隷だったかナチ親衛隊だったかに関わらず、流浪する難民の一団を抑制したいと考えていたのだった。ロシア人の友好的な将校から、故郷に戻って家族の所有物を取り戻そうとするならば、おそらく東に強制移送されるだろうという忠告を受け、ウリはデッヘンシューレ収容所で一緒だった骸骨みたいなフランス人の友人が彼にくれたフランスの住所に向かって西に引き返した。しかし彼が到着したとき、彼の友人の家族は終戦以来、彼から何の知らせも受け取っておらず、最悪の事態を恐れていることを知った。それでウリは、フランス人を見つけることができるかどうか確かめるためにエッセンに戻った。

彼は、第三帝国から与えられた死の苦しみを乗り越えて生き残った奴隷のほとんどが、彼らの元看守たちの後を追うようにエッセンの町から逃げ出したことを知った。西ドイツの新しい主人であるイギリス人とアメリカ人は、英語を話し、ガムを噛み、そしてジープに乗って飛び回っており、とてつもない廃墟と周辺にいる仕事のない軍需工場の労働者たちには気がつかないようだった。友人の身に何が起きたのかを調べようと不器用に試みた後、ウリはアメリカの将校のゴミ箱から夜に食べ物を集めて生き延びている子どもたちの一団に加わった。その子どもたちの中には、奴隷労働者だった者もいれば、孤児もいた。ときおり、ウリは闇市で交換したり売ったりできる物を見つけたが、ゴミ捨て場には残り物を争う子どもやネズミを狙って銃を撃つ警備員がいたため、危険な仕事だった。

最終的に赤十字社によって拘束され、ハンガリーへの移送予定者にされたウリは、ユダヤ人でドイツ語を話すアメリカ軍の軍曹に、村に戻ったら自分はほぼ確実にロシアに強制移送されるだろうと話した。軍曹は当初ウリを信じていなかったが、問題を調査するための労を取ってくれた。結局ウリは一年以上もこの地域に留まり、食べ物や小銭と引き換えに、アメリカ軍のために雑用をこなした。また、軍曹は、ゴミ捨て場での狙撃をやめさせた。彼によると、そうした行為は軍に認められていたものではなく、戦争が終わったことを残念に思っている、受勲していないながらも常軌を逸した兵士によっておこなわれていたのだった。さらに軍曹は、彼の部隊がもうすぐアメリカに帰還するという知らせを受け取ったとき、ユダヤ人救済機関に連絡し、ウリが学校に通えるよう手配するという約束を取りつけてくれた。そして、いくつか不運があったものの、ウリはブランケネーゼの学校に引き渡された。

＊＊＊

一九四八年五月のイスラエル国家の誕生[*1]は、ブランケネーゼの学校を根底から揺り動かせる歓喜のもととなった。パレスチナへの中継地として学校を運営していた難民団体は、即座に学校の全事業をこの新

＊1　シオニズム運動を経て建国された国。一九四七年、国連総会はパレスチナをアラブ国家とユダヤ国家に分割する決議を採択した。その後、一九四八年五月一四日、イスラエルは独立を宣言した。しかし、その後もパレスチナ地方を巡るユダヤ人とアラブ人の対立・紛争は続いた。

しい国家に移動させることに熱心になった。そして、一年後〔一九四九年五月二三日〕にドイツ連邦共和国〔西ドイツ〕が独立すると、ハンブルクのブランケネーゼの学校への長期にわたる支援は終了した。一方、三〇〇〇万人を超える人々の死に対し第一義的な責任を問われていた世代は、たった四年間の中断の後に政権に復帰した。そして、決して予想外のことではないが、戦争を生き残ったユダヤ人たちがアラブ諸国による攻撃を被ることになるイスラエルへと出発するのを喜んで急がせた。これはウリがイスラエルに行ってしまうことを意味していたので、私も行かせてくれるよう父に懇願した。しかし、あるシオニストが、私の使命は戦士たちを産むこと、そして神、夫、新しい祖国に仕えることだと言ったとき、熱は冷めた。すると、父がウリを養子にすることを申し出たので、私は驚いた。しかし、ウリの心はイスラエルに向いており、私は彼の選択を尊重した。傷心したものの、私は家族のもとに残った。

続く数年間は、ハンブルクの空のように、癒えることのない悲しみによって私たち家族がゆっくりとバラバラになっていく不穏な日々であった。母にとっては、母親、弟、叔母、その他の親類の命を奪った者がいる国では、彼らを失った悲しみは、時とともに癒やされるどころか耐えがたいものになっていった。終戦直後には、母は無謀にも勇敢で希望をもっていたが、連合軍の国々が突然対立し、手を出すことのできる資産すべてに手を伸ばすようになってからは、だんだん不機嫌になっていった。連合軍が接収した資産には、アルフリート・クルップのような、言語に絶する残虐行為を犯して有罪となった犯罪者のものも含まれていた。

ハンブルクの公立学校に通い始めると、私は学校でただ一人のユダヤ人として絶え間なく虐められることになったのだが、同じ頃、母がある女性を慕うようになったことを知った。その女性の長男は、殺害された母の弟ハンスの親友だった。リーゼ・ヴィクトルというその女性は、ユダヤ人ではなかった。彼女はアーリア人貴族で、背が高く、金髪で、青い目をしており、ハンブルクでもっとも人気のある公職者の娘だった。彼女はユダヤ人の作家と結婚をしていたのだが、彼は、戦前はスイスへ逃亡し、戦後には東ドイツに住むことを選択し、リーゼと二人の息子を二度までも置き去りにした。私は、ブリーというあだ名《いじめっこ》の下の息子が好きではなかったが、それでも父と私は、辛いときに母に思いやりを示してくれたリーゼに感謝した。リーゼは息子たちがアメリカに移住することを望み、母にもそうするように促した。ハンブルクで惨めだった私は、てっきり一家あげての移住だと思い、心から同意した。

一五歳のある金曜日、私は体育の授業を避けるために仮病を使って学校を早退して帰宅し、母と父がソファで愛しあっているのを見てしまった。裏口を通って再び家に入り、垣間見たことが実際に進行中であるのをこっそりと確認した後、私は今見たことに興奮しながら両親に気づかれずに自分の部屋に引っ込んだ。セックスは夜におこなわれる活動であり、ベッドを必要とすると私は常に考えていたし、またそのように思い込んでいた。昼夜を問わずいつでも楽しむことができ、そしてほとんどどこでもおこなうことができるという事実は、私にとっては雷に打たれるほどのニュースだった。

おそらく、この新しく発見した知識に過度に刺激されて、私は、数週間後に夕食会の席で両親に激しいショックを与え、さらに自分自身もショックを受けることになった。夕食が終わる頃、画家のヘルマン・コラー[*2]が私に夏の間は何をするつもりかと尋ねた。コラーは、肖像画を描かせるために彼の前に座っていたナチスの役人たちから秘密を聞き出し、父を助けてくれた人物だった。私はもうすぐハンブルクの芸術高校を卒業する予定で、芸術家になろうと決心していたので、彼のアトリエの見習いとして採用して欲しいと熱烈に望んでいた。そこで、見かけよりも洗練されている印象を与えようとして、私は答えた。「この夏、私は情事をもとうと思います。」

会話は止まり、父は初めて会う人を見るような目で私を見、私が席についていることも理解できないようであった。すべての目が自分に注がれていることに気づいた私は、今自分の頭の中に渦巻いている他の答えのどれかひとつを代わりに言えば良かったと思っていることを顔に出すまいとした。ヘルマン・コラーは何も言わなかったが、少し戸惑った視線を私の顔から母の顔へと移した。

「それは完全に理解できるわね」と母は言った。「若い女性はみんな、恋をしたいと思っていますからね。あなたが私たちを信頼して打ち明けてくれて、うれしいわ。多くの少女はそんなに分別があるわけではなく、最終的にはひどくがっかりするの。よければ、後でそれについてもっと話しましょう。」

「お母さんの言うことを聞きなさい」と父はかすれた声で言った。「お母さんは助けてくれるよ。」

すべての客が帰った後、母は私の寝室にやってきた。「私はあなたの勇気を尊敬しているわ」と、母は口火を切った。「私は恋愛について、こんなに率直に話すことができる人を知らないから。」

「お友達の前で、お母さんたちを困らせるつもりはなかったの」と私は言った。

「それは気にしないで」と母は言った。「お父さんは、あなたがまだ子どもだと思っていて、それで動揺しているだけだから。でもお父さんは、あなたが心の内を話すことを恐れていないってことをうれしく思っているのよ。あなたの考えている人は、私たちが知っている人なの？」

「ううん、お母さんたちは彼のことを知らないわ。というか、私はまだ決心していないの。」

「分かったわ」と母は言った。「あなたが慎重に考えるのはいいことだと思う。これは、女性が決めないといけないもっとも重要なことのひとつだから。他の何とも比較できないの。それは、変わらぬ幸せをもたらすか、悲しみにつながるかのどちらかだわ。すべて、あなたが、感受性が鋭く知的で、あなたを理解し、あなたのことをどのように気にかけたらいいか分かってくれる男の人を選ぶかどうかということにかかってくるのよ。」

「どうやって」と私は尋ねた。「彼が理解してくれているかどうかを前もって知ることができるの？」

「いつも簡単にというわけにはいかないわよ。でも、少年や若すぎる男性は除外してもいいわね。たとえ彼らがあなたを愛していると思っていても、彼らには必要な経験が足りないわ。愛情だけではなく、あなたに正直でいてくれる、成熟した判断ができる人を選ばないといけないのよ。あなたは素晴らしい愛を得ることを運命づけられていると思うけれど、それは自分の知性を働かせ、衝動的に行動しない場合に限ってのことよ。」

母が去った後、私は彼女が言ったことについて考えながらベッドに横たわっていた。これまで母が、こ

＊2　原著ではヘルムート・コラーとされていたが、著者によると正しくはヘルマン・コラーであるので、訂正した状態で訳出した。

んな風に私に話しかけたことはなかった。私は母を信じていた。彼女は美しかった。男性たちは彼女を崇拝していた。彼女はだめとは言わず、ふさわしい男を選ばなければいけないとだけ言っていた。「これでお許しが出た！」と思った。

＊＊＊

母が、レナを連れてリーゼ・ヴィクトルのもとに引っ越したとき、私はスイスの学校に通っていた。私がハンブルクに戻り、合流させて欲しいと訴えたとき、母は取り乱して床についた。翌日リーゼは、母は深刻な心臓の病気を抱えており、私が情事をもちたいと話したときには心臓発作を起こして死ぬところだったと私に話した。それは真実ではなかったのだが、私は何年も後になるまでそのことを知らなかった。私はひどく懲り、罪悪感に苛まれ、二度と母を動転させないことを誓った。リーゼ・ヴィクトルのもとに母を訪ねるとき、私はたくさんの花を持って、身なりに気を遣い、私の訪問が母にとって楽しいものになるよう、できることはすべてした。しかし、終わりの頃の訪問で、リーゼ・ヴィクトルは私を見て、そんな「黒人の唇」でなければ、私も魅力的に見えるかもしれないと母に言った。

私は頬が熱くなるのを感じながら、リーゼから母に視線を向けた。母はそれに対して何も言わず、リーゼがあたかも賢明なことを言ったかのように彼女に微笑みかけた。長い間、私はアーリア人の少女のものよりも厚く色の濃い自分の唇を気にしていた。ナチスのポスターには、目立って大きい口をもつユダヤ人女性が描かれていた。そして、憎しみがこめられたポスターが撤去された後には、戦後のハンブルクの学生たちが頻繁に私を「黒人の唇」や「ユダヤ人の唇」とはやし立て、人種差別的な言葉を浴びせ続けた。リーぜはこのことに十分気づいていた。戦争で荒廃したハンブルク大空襲の火事の中で私を導いてくれた母が、このようなひどいことを私に言うことをリーゼに許したとき、私は母の愛を失ったという現実に押しつぶされた。

翌年〔一九五一年〕の秋、再びレナを連れて、母はリーゼの二番目の息子ブリーの妻としてニューヨークに旅立った。彼女の出国に関するすべてがとても辛く、私は何もはっきりと見ることができなかった。父は、母がドイツで暮らし続けるには、あまりにも多くの損失をドイツ人から被ったと説明し、誰にもいかなる非難の言葉を言わせなかった。このことは私にも理解できたのだが、移民資格を申し立てるための離婚と愛のない再婚、そして別々の親権の必要性については理解しがたかった。母にドイツを去らせることになった怒りによって、父はドイツに留まり戦うことになったのだと理解するのに、何年もかかった。

しかし、一年も経たないうちに、母の愛を取り戻したいと願う私はニューヨークに行かせてくれるよう父を説得した。すぐに私はその街に恋をし、その街も私に惹かれているようだった。私は、人生で初めて安全であると感じた。誰も私がユダヤ人であることを知っていたり、気にかけたりするようには見えなかった。人々は、ヨーロッパでは恥ずかしいくらい突飛だと思われかねない楽観主義とエネルギーに満ちていた。しかし、私はブリーと一緒に暮らすことには耐えられなかったので、母と親密な関係を築くことができなかった。彼は、ドイツ人的な自制心の持ち主という印象の人物だったが、実のところレナと私の入浴を手伝うことに熱心すぎた。私はすぐに、老夫婦が所有するマンハッタンのブラウンストーン〔米国東部、とくにニューヨークのアパートによく使われている建築材料〕のアパートの一室に引っ越し、一人暮らしを始め

アメリカに向かう船上のもうすぐ17歳になる著者。

た。約一年後、ブリーにロサンゼルスでの割の良い仕事が舞い込み、母とレナとともに引っ越して行った。もし聞かれていたら、私は彼らと一緒に行くことを断ったであろうが、母は聞かなかった。その数ヶ月後、ハンブルクで父と同居していたヘルガは、ロサンゼルスの彼らに合流させてもらえるよう、母を説得することに成功した。彼女が私を訪ねてニューヨークに立ち寄ったとき、ヘルガのプラチナブロンドの髪、すらりとした体型、そして新しい生活への期待のこもった緑の目が、どれほど注目を集めているかに気がついた。

完全に一人になった私は、当時在籍していた〔ニューヨーク市立大学の〕ハンター・カレッジで過ごすことは少なくなり、ある報道写真家の無給のアシスタントとしてジープに乗って駆け回り、普段地元の人以外があまり訪れない多様な人々が暮らす地域で密着取材をおこなっていた。コーシャー〔「ユダヤ教の律法にかなった食品」の意、ここでは「合法」の意〕ではなかったけれど、ジープには往来を駆け抜けるためのサイレンもついていた。あるとき、ファッション誌の写真家たちが私の容貌に興味をそそられ、モデルをして欲しいと望んでいることを知った。こうして、私は大金を稼ぎ、デザイナーズ・ブランドの服を購入できるようになった。その服は間違いなく、低賃金ではあったがニューヨークで最高の職を私が獲得する助けになった。その職というのは、ニューヨーク近代美術館の映画コレクションのスタッフだった。そこで働く間、私はエレノア・ローズヴェルト[*3]、グレタ・ガルボ[*4]、そしてかつて母が言っていたような知的で感受性が鋭く、思いやりのある、初めての情事の相手にふさわしい男性といった素晴らしい人々に出会った。一九五七年、二一歳のとき、〔後に夫となる〕ダニエルと私はマンハッタンのミネッタ通りで一緒に暮らし始め、その後、離れることはなかった。

その二年前〔の一九五五年の夏〕、白人女性にウィンクをしたとされた一四歳のアフリカ系アメリカ人のエメット・ティル少年の殺害に、私は胸が騒ぎ、怒りを覚えた。殺人犯は、ミシシッピ州の白人陪審により無罪判決を受けたのである。その後、私はアフリカ系アメリカ人の女友達とアパートを借りることに失敗し、ほぼ全員とはいわないにしても多くのアメリカ人によって人種差別は普通だと見なされていることに気づいた。それは、私がヨーロッパで経験した迫害の変種であった。〔学校をはじめとしたすべての生活に関わる施設が黒人と白人とで〕人種隔離[*5]されていた南部で育ち、学び、弁護士資格を取得したダニエルもそ

＊3　アメリカ合衆国第三二代大統領フランクリン・ローズヴェルトの妻であり、第二次世界大戦後は国連の人権委員会の委員長など様々な役職を務めた。
＊4　スウェーデンに生まれ、ハリウッドで活躍した女優。
＊5　南北戦争後に奴隷制が廃止された後も、南部州にはジム・クロウ法と呼ばれる人種隔離制度が存在していた。

のように感じていた。南部と同じくかなり人種隔離されていたワシントンDCに一九六〇年に引っ越した後、私たちは、人種差別と戦うために非暴力直接行動と市民的不服従の方針のもと行動する人種平等会議[6]〔CORE〕のメンバーとして活動した。その後、私は歴史的な一九六三年のワシントン大行進[7]のボランティアに、そしてその一年後には、アトランティック・シティでの民主党全国大会で人種統合の方針をとるミシシッピ自由民主党員の議席を獲得するためのワシントンDC地区の支援者となった。その直後、公民権運動のヒロインであるファニー・ルー・ヘイマーの招きにより、私は学生非暴力調整委員会[8]〔SNCC〕の現地スタッフとしてミシシッピ州に赴いた。ミシシッピ州パスカグーラの私たちのフリーダム・スクール[9]の前でクー・クラックス・クラン[10]が十字架を燃やしたとき、私は焦げた横木に「自由《フリーダム》」と絵の具で描き、授業を続けた。

私は、ヨーロッパで人種差別を経験したがゆえに、どこにいても気づいたら人種差別に反対する義務が自分にはあるとの固い信念とともに育ってきた。それは私たち家族の信条だったが、ヨーロッパでは、それに効果的に取り組むことができなかった。そのため私は、多くの命を奪い、さらに数え切れないほど多くの人をいまだに傷つけている悪と戦う機会をアメリカで与えられたことを、喜んで受け入れただけではなく、感謝した。アメリカの公民権運動について私がもっとも興奮したもののひとつは、その戦いの手段として選ばれた、圧倒的な権力と恐怖を前にした非暴力抵抗主義であった。正義の戦争と不正義の戦争の両方が人々にもたらすものを見てきたがゆえに、私は、命を救うために絶対に必要な場合を除き、暴力に反対だった。運動に参加したすべての人が一様に非暴力の原則に傾倒していたわけではなかったが、火には火で戦うことを好む者たちでさえ、危険を承知でそれを実践することに同意していた。私にとっては、そのような勇気と確信をもった非常に多くの人々と一緒に活動することはまたとない名誉であり、喜びでもあった。そして、公民権運動家の殺害、爆破、殴打、暗殺、投獄といった苦難にもかかわらず、非暴力的に闘ってついに多くの権利を勝ち取ったとき、私はもはや犠牲者ではなく、むしろ人種的な不正義に対する反対運動の戦闘員だった。非暴力的な抵抗は、私が子どもの頃に感じたどうすることもできない怒り

＊6　一九四二年に結成された公民権団体で創設者はジェイムズ・ファーマーである。公民権運動の様々な場面で重要な役割を果たすが、とくに一九六一年からの「フリーダム・ライド（自由のための乗車運動）」において主導的な役割を果たした。

＊7　一九六三年八月二八日にワシントンDCでおこなわれた人種差別撤廃を訴える大規模のデモ。参加者は二〇万から三〇万人だったといわれている。キング牧師が「私には夢がある」という演説をおこなったことで有名である。

＊8　学生非暴力調整委員会は、一九六〇年に結成された黒人解放運動の組織。シット・イン（座り込み）運動やミシシッピ・フリーダム・サマー計画を推進し、公民権運動において重要な役割を果たした。

＊9　一九六四年、公民権運動を担っていた四つの主要団体が連合し、とりわけ大学生による団体である学生非暴力調整委員会が中心となって、フリーダム・サマー計画を実行した。これは主に白人の大学生をミシシッピ州の黒人コミュニティに派遣し、夏の間、黒人とともに暮らし、投票権登録を推進しようというものだった。フリーダム・サマー計画においては教育が重視され、フリーダム・スクールが開かれ、三五〇〇名以上が読み書きや計算、黒人史、公民権運動などについて学んだ。

＊10　白人至上主義の秘密結社。南北戦争後に黒人排斥を目的に南部で結成され、黒人に対するリンチや暴力行為をおこなった。それに加え、ユダヤ系やカトリック教徒および黒人を支持する白人にも暴力を加えた。

に取って代わるものであった。また同時に非暴力は、戦争ではない別の解決方法があるはずだという、私が痛みを伴いながら手に入れた信念を立証するものでもあった。

　私がワシントンに戻った後、ダニエルは「貧困との戦い」[11]に参加した。その間私は、公民権運動、ヴェトナム反戦運動、アフリカ系アメリカ人〔連邦〕下院議員のシャーリー・チザムの〔一九七二年の〕大統領選挙運動への参加を通した女性解放運動という三つの運動に同時に関わった。私たちはときおり別々に逮捕され、また南アフリカのアパルトヘイトに狙いを定めたデモには一緒に参加した。三人の公民権活動家が〔一九六四年に〕殺害されたミシシッピ州の町〔フィラデルフィアの近郊〕で、〔一九八〇年八月に〕ロナルド・レーガン[12]が大統領選挙運動を開始した際には、私はそれを自分に関わることとして受けとめた。彼は選挙戦で「州権」への忠誠を誓ったが、それは人種隔離政策をゆるし、殺人者を刑罰から守るという彼の主義を改めて主張したことにほかならなかった。

　理想的な運動が、暴動、反発、政治的黙認、そしてその歴史的な成功によって台なしにされたため、〔一九八五年〕ダニエルと私は、私たちのささやかな家を売却し、イタリアのトスカーナ地方に引っ越した。そこで私たちは、頑として独立を守る丘の村民たちとともに心静かな生活を送り、近隣の町であるローマ、フィレンツェ、シエナ、そしてヴェネツィアの輝きを堪能した。ダニエルが素晴らしいアメリカの公民権に関する小説を書いている間、私はスケッチをし、絵の具で塗り、かつては実用的であったオブジェ・トルヴェ〔流木など人の手を加えていない美術品〕を作ったりした。一九七〇年代に驚くほど多様な新しい織り糸が突然手に入るようになったとき、ワシントンで制作を始めていたこともあり、私は、身に纏ったり、芸術作品として展示したりすることができる色彩に富んだ抽象的な繊維作品も作った。私はこれらの作品を展示したり、コレクションに出したり、あるいはヨーロッパやアメリカの都市で暮らすスタイリッシュな人々の身を飾ったりすることを通して、ささやかな成功も経験した。数年後にトスカーナからシチリアの小さな島であるレヴァンツォに引っ越し、そこでも、一万年以上前にそこの洞窟の壁に描かれたり、エッチングされたり、彩色されたりしたデザインを取り入れたウェアラブルアートを作り続けた。その太古の芸術は、私がナチスの目を逃れて隠れて過ごした日々に描いた絵を思い出させた。

島での牧歌的な七年間の暮らしの後、さらに数年間をトスカーナで過ごした。そこで私たちは、丘の村人たちがトスカーナ大公による死刑廃止三〇〇周年を祝うのを手伝った。[*13] その後、しばらくの間、ハンブルクに住むことを決意した。従姉妹のインゲを含む父方の存命中の親戚と話をし、私たちの過去についてもっと知りたいと思った。両親は二人とも亡くなっていたが、私はハンブルクの美しい墓地にある父の墓

＊11　一般的には、一九六四年にジョンソン大統領が打ち出した大規模な貧困対策を指すが、ここでは、著者の夫ダニエルがマイノリティの雇用促進のための組織で働いたことを指す。

＊12　アメリカ合衆国第四〇代大統領（在任一九八一―一九八九年）。共和党。外交で混乱したカーター政権に代わって「強いアメリカ」を望む世論を背景に当選した。

＊13　歴史的事実としては、トスカーナ大公のレオポルド一世（後の神聖ローマ皇帝）が一七六五年に死刑を停止し一七八六年に完全に死刑を廃止したので、三〇〇周年ということはあり得ず、著者が何らかの誤認をしていると思われる。

で彼の霊と心を通わすことはできるだろうと思った。

第11章

ブランケネーゼの子どもたち

人生が偶然の巡りあわせから動くように、二〇〇六年に「ブランケネーゼの子どもたち」の一人として私が再生したのは、当時ほとんど面識のなかったとある人物にばったり出会い、ハンブルク文学館でのお茶会に誘われたことがきっかけだった。私は、〔ハンブルクで〕ナチスによって殺害されたユダヤ人とジプシーの最後の住まいの前の歩道に、小さな真鍮の標識を設置する企画を進めていたこの人物、ペーター・ヘス[*1]をとても尊敬していたので、お茶会への誘いを喜んで受けいれた。私の祖母ローザ・ジンガー、彼女の息子のハンス、そして彼女の義理の妹のエマを含む多くの者にとって、彼らの名前、誕生日、殺害された年と場所を刻んだ約一〇センチ四方のこのプレートだけが生きた記念だった。歩道に埋められたこの標識は、シュトルパーシュタイン、すなわち「つまずきの石」と呼ばれている。[*2]

大叔母エマ・ミュラーの最後の住まいの近くに作られたシュトルパーシュタイン（つまずきの石）

お茶会で、ヘスの仲間が近く開催されるブランケネーゼの生徒の同窓会について話しているのを耳にし、私は自分が戦後にこの学校に通っていたことを話した。ブランケネーゼの学校は公立学校ではなく、むしろ難民となったユダヤ人の子どもたちを世話した個人的な避難所であったと説明した。

「それは本当に素晴らしかった」と私は言い、続けた。「エルベ川を見渡す美しい大邸宅だったけれど、もうそこにはないと思うの。幾度か探してみたけれど、見つけることができなかったもの。」

すると、二人が「まだそこにありますよ」と言い、「あなたはブランケネーゼの子どもたちの一人なんですね！」と続けた。

その女性たちは、ブランケネーゼ地区に住む〔特定の宗派・教派・教団に属さない〕非宗派のキリスト教の集まりのメンバーで、絵に描いたように美しく裕福な自分たちのコミュニティにかつて住んでいたユダヤ人たちの運命に関心をもっていた。絶滅収容所への強制移送という恥ずべき歴史を掘り起こした後に、そのグループは、ヴァールブルクの地所にあった学校の話を喜んで探り出し、最初に避難所に送られてきた子どもたちの同窓会を組織したのだった。その子どもたちは全員、ベルゲン・ベルゼン強制収容所の残骸の中から集められた孤児だった。子どもたちは皆、パレスチナに——そのうちの何人かはエクソダス号で[3]——送られていたため、同窓会を開くのはお金がかかり難しい計画だったが、実現した彼らの喜びは大きく、今回は私たち姉妹を含む第二団の子どもたちの同窓会を企画していた。そして私は、思い通りにならなかった初恋の相手ウリも含まれていることを願った。

ちょうど私は、ほんの数週前から、悪夢のようなナチスの支配下におけるウリの家族の殺害と彼自身の驚くべき冒険の旅についての彼の話を詳しく思い出そうとしながら、ウリについて書いていたところだった。六〇年もの時間が経過していたこと、また、想像を絶する苦しみについて書かれた他の同様の話、とくに悪名高い武器王のアルフリート・クルップによる奴隷労働者として搾取されたユダヤ人女性たちに対する残忍な扱いに関する話と彼の話が重なり、混ざりあっていることによって、書くことは容易ではなかった。クルップの戦争犯罪を裁く公判の記録に書かれた彼女たちの試練は、ウィリアム・マンチェスター

＊1　原著ではペーター・ヘッセとされていたが、正しくはペーター・ヘスであるので、訂正した状態で訳出した。ヘスは二〇〇二年に「つまずきの石」計画をハンブルクにもたらした人物として知られる。

＊2　シュトルパーシュタイン計画は、ドイツの芸術家ギュンター・デムニヒによって一九九二年に開始された。二〇一九年一二月現在、ドイツ全体で七万五〇〇〇人分の「石」が設置されている。ハンブルクには五五〇〇人分の「石」が設置されている。

＊3　一九四七年にホロコースト生還者たちを乗せてフランスからイギリス委任統治領のパレスチナに向かおうとした不法移民船。四五一五名を乗せ、パレスチナに向かった不法移民船の中では最大級だったが、イギリス軍に制圧され、数週間海上に留まり続けた後にヨーロッパに送り返された。

による素晴らしい歴史書『クルップの歴史』の中でも語られている。ウリの話に関する私の記憶は本の記述と符合するようであったし、私は、より多くの人々が戦争の悪行の歴史におけるこの一幕を知っておくべきであると強く信じている。そのため私は、他の女性たちが脱出に成功したのに収容所に引き返した、実在するが身元不明の女性としてウリの姉を描いた。私が知る限り、一人の逃亡者が引き返した理由については、これまで語られてこなかった。しかしそれは、もしかすると他の囚人、弟を救うためだったのではないかと考えた。今回の同窓会で、ウリから私の推測がどのくらい外れているかを聞き、それに応じて話を修正できることを願っていた。

初日の夕食で、私たち全員がブランケネーゼにどのようにしてやってきたのか、そしてそれについて今ではどのように感じているのかを話すように頼まれていた。四、五人を除いて全員、ハンガリーかポーランド出身の孤児で、シオニスト組織によって修道院や森、地下室から救い出され、東部の国々と占領地域を密かに通り抜けてブランケネーゼまで連れてこられた者たちだった。彼らが語る話はどれも、今となっては実話とは思えない生命の勝利の話であった。温かくてとても感じの良いある一人の女性は、名前のない赤ん坊として発見された。彼女がいつ、どこで生まれたかについてさえ、はっきりとは分からなかった。ブランケネーゼの学校で、「生命」を意味するハヤというユダヤ人の名前を与えられ、その後パレスチナへ密入国した。与えられた名前があまりにも時代遅れだと思ったことを除いては、彼女はイスラエルでの生活に満足しており、育ててくれたブランケネーゼの人々に感謝していた。

ただ食事を与えてくれただけではなく、他の子どもたちと一緒に安全な環境にいられる初めての経験を与えてくれた学校への感謝とともに、極度の飢えの経験がこうした生還者の話の主要なテーマであった。ある男性は、ブランケネーゼに来る前は、絶え間ない飢えが人生の当たり前の状態であると思い込んでいたと語った。手に持てるだけのパンを食べても良いといわれたとき、彼はびっくりした。彼らが死ぬことを世界が望むなかで、両親もなく生きるこうした子どもたちの多くは、生き延びるために信じがたいことをおこなった。たとえばある少年は、ドイツ人の子どもたちがまだ幼稚園にさえ行っていなかった年齢で、過密状態のポーランドのゲットーから逃げ出し、たった一人で川を渡り山を越えてカザフスタンに辿り着いたが、それでもまだ安全でないと感じ、ウズベキスタンの東端のタシケントまで行ったという。

翌日、同窓会の一行がベルゲン・ベルゼン収容所への辛い小旅行から戻ってきた後、彼らがブランケネーゼでウリ本人やウリに関することを知っていたか、彼が生きているのかどうか、もし生きているなら現在どこにいるのか、私は尋ね始めた。私は、彼の消息を最後に耳にしたとき、彼がどこかのキブツ〔イスラエルの集団農業共同体〕で果樹園を管理していると聞いたことを話した。しかし、誰も何も知らなかった。なぜそれほどウリに関心があるのかと尋ねられ、私は彼が初恋の人だったことを説明した。（それを聞いて、グループの数人の男性が自分の名前はウリであるとふざけて主張した。）ウリがどれだけ荒れた若者だったかを説明するために、私は自分の腕時計を贈り物としてあげたとき、彼が腕時計は看守の道具であると言ってそれを即座に叩き潰したことを話した。その話を聞いて男性の一人が、彼のロレックスをもらってくれと言い張った。私は、ウリが理由で時計を着けなくなったことを説明し、断った。

「ブランケネーゼの子どもたち」と過ごす日々の中、私は彼らに魅了された。彼らは私がこれまでに会ったなかでもっともあけっぴろげな愛情を示す人々で、私に、私の妹たちに、そして互いに親愛の情を表した。彼らは生きることで運命に逆らってきた。そして今、生に全力を尽くすことを決意していた。内気で控えめな、参加するよりも観察することを好む人もいたが、私たちはよく笑い、キスとハグをしょっちゅう交わす、喜びに満ちた一行だった。自発的に、あるいは求められれば、感情と意見が自由に共有された。他の人よりも目立とうとか、何らかの理由で他の誰かよりも自分が重要人物であるとほのめかそうとする人は、一人もいなかった。私たちを引きあわせてくれたドイツ人への感謝は、率直にそして十分に示された。しかしながら、感謝はしていたものの、スポンサーと生還者との間には、橋渡しが不可能な越えがたい溝があった。とはいえ、普通の子ども時代を過ごすことができなかった私たちは、一緒に子どもに戻ることができ、四六人の兄弟と姉妹を見つけられたことに深い喜びを感じていた。

私にとってセンシティヴな話題は「なぜ、これまでイスラエルに来なかったのか」という質問で、同じことを何度か尋ねられた。アメリカに住んだことのある人々でさえ、イスラエルは、ユダヤ人が自由にユダヤ人でいられる唯一の場所であると信じていた。むしろ、しばらくアメリカに住んでいた何人かが、その感情を独善的に主張した。

「それが再び起きるときは、皆イスラエルに来なければならないよ」と彼らのうちの一人は「それ」が何を意味するのかを説明することなく言い、「そうしたら、私たちがあなた方を守るから」と告げた。

要塞都市イスラエルに対する彼らの信頼と同様、ユダヤ人が世界じゅうで脅かされているという考えが彼らの間で広く共有されていた。しかし、話し手の声はその虚勢を裏切っていた。誇り高い発言の後に彼女が見せた表情は、子どもの頃と同様、いまだに恐怖とともに生きていることを示していた。

私が、自分は根っからの平和主義者で言いたいことを我慢できない性格なので、平和運動に賛同しない人々を怒らせるに違いないと応じたところ、彼らは私の心配を笑い飛ばした。私は、「イスラエルでは、誰もが自分自身の考えを話すんだ！」と繰り返し言われた。

別れのときまでに、私はイスラエルに行くことを約束した。息子と孫がアメリカにいるので、イスラエルに永住したくはなかった。しかし、私は新しくできた兄弟姉妹をもっと知ることができるくらいは長く滞在したかったし、できることなら正当な平和に貢献したかった。私の家族の多くは、戦渦の中、人種的な憎悪によって殺害された。ブランケネーゼの子どもたちに囲まれて、私はようやく子どもの頃に失った愛に満ちた血のつながりを発見したのであった。

イルミネーションズ

揺らめく炎が下っていく
そして突然私は丸いオーナメントを見た
本で見たクリスマス・ツリーのように
空いっぱいに浮かんで私を魅惑する
そして輝かしい約束をちらつかせた後
爆発する
私はそれらが静かに踊っているのを目にする
その魔法は耐えがたいものになる
至るところで燃え上がり、轟かせながら

ある朝私は逃げた
八歳だった

もはや戦争の見張り役ではない
しかし穀物が実る原っぱに寝転がっている
アネモネの枕の上で
そして私のまぶたの上に置かれたその赤い花びらは
炎から私をかばう
空を背景に踊り子たちを水彩に染めて
斜め下のほうを見つめると
お腹が天に向かって持ち上がるのが見える
そしてヤグルマギクが輝くベッドの上で
私は平和の甘く温かい香りを味わう
生命を唇で味わう
その香りに口づけ
花が奏でる音楽に耳を澄まして
そして忘れる

謝辞

最初に戦争と大虐殺における経験について書くよう私に勧めたのは父だった。父は、戦争中に何がなされたのかを暴き、同じことが起きないように最善を尽くすことは私たちの義務であると信じており、私にもそれを信じることを教えてくれた。母のナチスに対する勇敢な抵抗もまた、私がこの本を書くことを後押しした。彼女は自分自身および家族の身に起こったことを話すのに耐えられなかったため、私が母とその家族について語り、それによって彼らが記憶され、私自身も「同じ過ちは二度と繰り返しません！」という言辞に自分の声を添えたいと思った。しかし、私が一九四三年のハンブルク空襲大火について書こうとした一九五〇年代後半のニューヨークで、私の思考は完全に停止してしまった。私はいまだにあの恐怖に強く囚われており、過去を再訪することはできなかった。しかしある夜、将来、夫になるダニエルが抱きしめてくれる腕の中で、〔旧約聖書「創世記」第一九章に出てくる〕ソドムとゴモラと同じように破壊されるハンブルクの町から母と一緒に逃げ出したときのことを辿り直した。震え、すすり泣きながら、私はゴモラ作戦の最中に私たちが何を着ていて、何を目撃し、何と遭遇したかを思い出した。そこには、黒焦げになった死体や、黄燐に見舞われた人々の断末魔も含まれていた。完璧に近い記憶が甦ったその夜は、私の創作上の行き詰まりを取り払うだけではなく、私が幸運にもその後五〇年以上にわたりダニエルと共有することになる回復と強さの道へと導いてくれた。かなり控えめな言い方をしたとしても、彼の助けと支えなしにはこの本を完成させることはできなかったであろう。

また、私の素晴らしく機知に富んだ息子、もう一人のダニエルにも感謝したい。私が原稿の締切りと格闘していたとき、言うことをきかない私のパソコンに関する幾度となくSOSの電話に、彼は快く対応してくれた。戦渦がもたらした恐怖を共有し、それに関して書くことを支持してくれた私の妹たち、レナ・ヴィクトルとヘルガ・アンダーソンにも特別な謝意を表したい。『戦渦の中で』の原稿を選んでくれたスカイホース出版社のトニー・リヨンとその編集長であるジェイ・カッセル、原稿を素晴らしい本にしてくれた編集者のホリー・ルビノと有能なスタッフの皆さんにも敬意と心からの謝意を捧げる。トニー・リヨンに原稿を送ってくれたアンドリュー・クラークにも温かい感謝の意を示したい。

まだたったの一章にすぎなかった原稿に対し、イギリスの『グランタ』誌の伝説的な編集長として知られていたイアン・ジャックは、ハンブルク大空襲に関する記述に感動し、また知識を得ることができたといって、私が執筆を続けるのに必要としていた激励をくれた。当時、彼は戦争に関する刊行物を手がけたことがなかったが、一年後には手がけるようになり、私の「ゴモラ作戦」の章を掲載してくれた。[*1] それに対する反響は私の予想をはるかに越えた。ジョン・ハーシーの『ヒロシマ』と比較され、『マンチェスター・

ガーディアン』紙と『アイリッシュ・タイムズ』紙において高い評価を受け、さらには著名な作家のデイヴィッド・フォスター・ウォレスと編集者のロバート・アトワンによって『二〇〇七年度ベスト・アメリカン・エッセイ』に収録された。私の家族が目撃した戦争の一部が、ロシア語でも翻訳されるほど、広く読まれて共有されたことに対して、深く深く感謝する。

隠れ家での暮らしに関する話の簡約版に、早くから熱意を示してくれた「女性作家ネット」womenwriters.net の編集者ジャスティン・ダイモンドと『絢爛たる屍』誌の編集者アンドレイ・コドレスクにも謝辞を送る。セルゲイとキャシー・シャブッツキーは、ロシアの文芸雑誌『諸外国文学』〔*Inostrannaya Literatura*〕誌に「ゴモラ作戦」が転載されるよう手配してくれた。そして、ブランケネーゼの学校に避難していた子どもたちの同窓会を手配してくれた人々と、強制移送され殺された家族の最後の住居の前に真鍮でできた「つまずきの石」を設置してくれたドイツ・ハンブルクの人々に、私の温かい感謝の意を示さずに謝辞を閉じることはできない。

＊1　Marione Ingram, “Operation Gomorrah,” *Granta: The Magazine of New Writing*, vol.96（War Zones）, Winter 2006, pp.79-94.

解説

戦後七五年に戦争体験者の回想録を読む

――ホロコーストとハンブルク大空襲を生き延びた著者の体験を中心に

村岡 美奈

1　はじめに

二〇二〇年は、第二次世界大戦終結からちょうど七五年目にあたる。戦争を体験した世代の高齢化に伴い、戦争の記憶は風化する一方である。戦争について体験者から直接話を聞く機会が少なくなるなかで、ナチス・ドイツによるユダヤ人の大量虐殺を意味するホロコースト[1]と、一九四三年のハンブルク大空襲の両方を体験したマリオン・イングラムの回想録から学べることは少なくない。日本でも戦争の記憶の風化は例外ではない。NHKが戦後七〇年の二〇一五年におこなった全国世論調査によると、調査対象となった二〇歳以上の日本人のうち、原爆投下の日を正しく答えられなかった人は七割にも上った[2]。広島や長崎に投下された原子爆弾と同様に、民間人の犠牲者を数多く出した無差別爆撃のハンブルク大空襲は、後に「ドイツのヒロシマ」と呼ばれた。本書の読者には、当時七歳の少女だった著者の体験を通して、戦争がもたらす悲惨さを追体験し、生命の大切さや平和の大切さについて再認識していただけるものと思う。

読者はまた、本書から、多様化が進む日本において何を意識しながら暮らしていくべきかのヒントを得ることができるだろう。外国人労働者や外国人留学生の増加に伴い、人種、宗教、文化がますます多様化する日本社会においては、他者への理解を深め、寛容さを養うと同時に、豊かな人権感覚をはぐくむ必要がある。社会における平等さや公平さは、著者がユダヤ人であったことでそれらを奪われた少女時代から八〇代になった今日まで一貫して追求してきたテーマでもある。

本書は、イングラムによる *The Hands of War: A Tale of Endurance and Hope, from a Survivor of the Holocaust*, New York: Skyhorse Publishing, 2013 の全訳であり、母国ドイツにおける戦前の家族について、第二次世界大戦について、そしてホロコーストと戦後について著者の体験をもとに記したものである。ホロコーストでは、ドイツ国内およびドイツ占領下のヨーロッパの国々において六〇〇万人のユダヤ人が殺害され、その中には著者の祖母、叔父（母の弟）、大叔母（戦前に他界していた祖父の妹）が含まれていた。著者は、ユダヤ人に対する憎しみや偏見に幾度も直面したが、何とか命だけは失わずに生き延びることができた。

本書の続編である *The Hands of Peace: A Holocaust Survivor's Fight for Civil Rights in the American South*, New York: Skyhorse Publishing, 2015（邦訳『平和の下で――ホロコースト生還者によるアメリカの公民権のための闘い』小鳥遊書房、二〇二〇年）は、戦後アメリカに移住した著者の公民権運動への参加と体験について書き留めたものである。著者が移住した一九五〇年代のアメリカにおいては、黒人の基本的人権が保証されておらず、とりわけ南部各州では、彼らは人種隔離などの根強い差別を受けていた。ナチス政権下のドイツでは、ユダヤ人が隔離の対象となっていたため、著者にとって黒人に対する差別は他人事には思えなかった。そこで彼女は公民権運動に参加し、ナチス政権下のドイツで社会から排除された彼女自身の苦い経験を、他者の解放運動へと還元していったのだった。このような著者の生き様から現代社会を生きる読者が学ぶことは多いだろう。

かつては単一民族神話がうたわれた日本も、二〇一八年には、国内における人材不足を外国人の就労拡大により解消すべく入管法が改定され、今では移民の年間受け入れ人数で世界第四位となった(3)。少子高齢化対策として、今後も外国人労働者の需要が高まることが予測されている。一方で、人種、宗教、肌の色、民族的出自、性的指向への偏見や憎悪が理由で引き起こされる犯罪のヘイト・クライムの増加も指摘されている。これまでも移民の急増は、外国人や異民族に対する嫌悪の高まりや排外主義（ネイティヴィズム）が生み出される要因として挙げられてきた(4)。ホロコーストは、このような排外主義や人種差別が生んだ最悪の結末であったため、本書が読者にとって、異なる文化的背景をもつマイノリティに対する社会的認知や理解について考えるきっかけになることを願ってやまない。

この解説は、『戦渦の中で』の内容をより深く理解してもらえるよう、背景となるユダヤ人の歴史を明らかにするとともに、日本の読者には馴染みがないと思われる出来事についても補足するものである。

2 ユダヤ人について

本書は、ドイツ生まれのユダヤ人女性によって書かれた回想録であるが、まずユダヤ人とは、具体的にどのような人々を指すのか確認しておきたい。ユダヤ人やユダヤ教は、何世紀もの間に変化を遂げてきたため、ユダヤ人と直接接することが少ない日本人に限らず定義をするのが難しい。しかし、今日ユダヤ人は主に宗教、民族、血縁、歴史から定義されている。

『ブリタニカ国際大百科事典』は、「ユダヤ人すなわちユダヤ教徒とするのが通念であるが（中略）ユダヤ教内部では、単純化すれば旧約聖書のヘブルびと、イスラエル、とりわけユダ族の流れを継承する者（子孫）をユダヤ人とし、同時にユダヤ教への改宗者もユダヤ人とみる。（中略）宗教に拘泥しない者は、みずからをユダヤ人と主張する者、ユダヤ人の自覚をもつ者はすべてユダヤ人と見なしうるとする」と説明している。(5)ユダヤ教は、「アブラハムの宗教」と呼ばれる聖書の預言者アブラハムの伝統を受け継いでいるとされるユダヤ教、キリスト教、イスラム教の中でもっとも古い宗教である。宗教的には、ユダヤ人とは「タナハ」（ユダヤ教の聖書、旧約聖書）を聖典とし、「タルムード」（口伝律法、ユダヤ教の聖典のひとつ）の教えのもとに生きる人のことを指す。

また、伝統的なユダヤ啓示法「ハラハー」は、ユダヤ人を「ユダヤ人の母親から生まれた子、もしくはユダヤ教への改宗者」と定義している。ちなみに、一九五〇年にイスラエル政府が、国外のユダヤ人がイスラエルに移住することを認めるために制定したイスラエル帰還法においても、イスラエルに移住するユダヤ人に市民権を付与する要件としてこの定義が採用された。

さらには、ヘブライ文学の研究者であるレイモンド・P・シェインドリンは、著書『ユダヤ人の歴史』の中で「ユダヤ人とは宗教をともにする人たちではなく、歴史をともにする人たちである」と書いている。それは、「今日の、二一世紀初頭においては宗教的信条あるいは宗教的行動によってユダヤ人と定義される人達は少数派」だからであると説明している。(6)ここに記したように、何をもってユダヤ人とするのか、という問いは複雑であり、多様である。

3　ドイツのユダヤ人

本書の著者が生まれ育ったドイツは、ユダヤ人にとって悲劇の舞台になった国という印象が強いが、ドイツにおけるユダヤ人の経験について考えるとき、ホロコースト以前のユダヤ人の歴史についても理解しておく必要がある。なぜならば、ヨーロッパにおけるユダヤ人差別はナチス政権とともに生まれたものではなく、その前段階があったことをおさえておかなければならないからである。この解説でヨーロッパにおけるユダヤ人の歴史の全体像を把握することは難しいため、本章では、転換期のひとつとされている十字軍の派遣から近代までの流れを整理して述べたい。

（1）　近代までのドイツのユダヤ人

ここではまず、ドイツを中心にヨーロッパでどのような動きがあったのかを見ていきたい。ドイツのユダヤ人は近代以前も集団的な襲撃を含む迫害を受けてきたが、それは決してドイツに特化したものではなく、ヨーロッパ全体に見られる傾向であった。キリスト教支配下で、ユダヤ人はしばしば迫害の対象になったが、一一世紀近くまではキリスト教徒と安定した関係が続いていた[7]。しかし、一一世紀末にパレスチナの聖地をイスラム教国から奪還するためにヨーロッパ諸国から十字軍の派遣が始まったとき、ユダヤ教はイスラム教とともに敵として位置づけられたため、一般庶民の間に反ユダヤ的感情が定着した。ヨーロッパ各地ではユダヤ人に対する襲撃が発生し、最初に犠牲になったのは、八世紀末から重要なユダヤ人社会が形成されていたドイツのライン川沿いの町に住むユダヤ人だった。その後も、一二世紀にはユダヤ人はキリスト教徒の子どもを殺害し、その血を使ってユダヤの過ぎ越し祭のための種なしパン（マツォット）を作るのだという根拠のない噂が広がったり、一四世紀中葉に流行した黒死病（ペスト）においては、ユダヤ人が井戸に毒を入れたという噂が広がったりして、キリスト教徒のユダヤ人に対する憎悪をますますかき立てる要因となった。そのたびに、ユダヤ人に対する暴動と虐殺が起き、ドイツではミュンヘン、マインツ、フランクフルトなどの町でユダヤ人虐殺が起きている。

さらに、一三世紀から一四世紀にかけては西ヨーロッパから、一五世紀にはドイツなどの中央ヨーロッパやイベリア半島からユダヤ人を追い出そうとする動きが見られた。また、ユダヤ人はヨーロッパの多くの都市で、後にゲットー（ユダヤ人居住区）と呼ばれる地区に追いやられ、多数派社会から隔離された。ドイツに一五世紀に建設されたフランクフルトのゲットーでは、夜間、日曜日、そしてキリスト教祝祭日には、外に出ることを禁じられた。それに加え、ユダヤ人識別章の着用を義務づけられた。これらはおよそ五〇〇年後に起きるホロコーストで、ナチスがユダヤ人に課した制限を彷彿とさせるものであった。

一方で、一六世紀初頭からヨーロッパ社会で見られた社会および思想の変化においては、ユダヤ人を社会に同化させようという動きも見られた。たとえば、一六世紀初頭にマルティン・ルターがおこなった宗教改革や、一八世紀ヨーロッパで広がった啓蒙思想の動きの中では、ユダヤ人がキリスト教に改宗することが期待された。それに対して、モーゼス・メンデルスゾーンを中心とした若いユダヤ人の知識層は、ユダヤ人が改宗せずにユダヤ教を信仰しつつドイツ市民として受け入れられるためには、ユダヤ人も周りの世界を受け入れ、文化変容を遂げる必要があると主張した。

しかし結果的には、ユダヤ教の信仰やユダヤ人社会を脱却し、キリスト教に改宗するユダヤ人も少なくなかった。というのも、宗教の違いこそがユダヤ人が市民権を得るのを妨げるものとして考えられてきたからであった。一九世紀のドイツでは、多くのユダヤ人が芸術や文学の分野で活躍したが、彼らの大半がキリスト教に改宗したユダヤ人か同化したユダヤ人だった。たとえば、メンデルスゾーンの孫にあたる作曲家のフェリックス・メンデルスゾーンや、詩人のハインリヒ・ハイネはキリスト教への改宗者だった(8)。

そのようななか、一八七一年に全ドイツを対象に公布された新しい解放令は信仰の自由を認め、ユダヤ人の法的平等が実現したのである。それはユダヤ人の生活を大きく変えた。一九世紀初頭には大半が貧窮民であったユダヤ人は、公民権と政治的権利の制限がなくなったことで、急速に中産階級になり繁栄した。ユダヤ人は自由に都市で暮らすことができるようになり、多くのユダヤ人が宗教的な伝統と生活を手放し、世俗化したアイデンティティをもつようになった。こうして、ユダヤ人は社会に受け入れられ、経済的な発展を遂げた。しかし、急速に変化する時代において、それまでのユダヤ人に対する宗教的な差別は、次第に政治的および社会的なものへと変容を遂げていった。ユダヤ人はしばしば資本主義や産業化に伴い発生した経済や社会の問題や戦争の要因として非難されるようになった(9)。

また同じ頃、ユダヤ人に対する差別がもっとも著しかったのは、西ヨーロッパではなく、ポグロム(ユダヤ人に対する迫害と虐殺を指す)が幾度となく発生していた帝政ロシアであった。二〇世紀転換期頃には、ユダヤ人が財政力と知能を使ってキリスト教徒をだまし、世界を支配しようとしているという新しい噂が広まり、それを裏づけるかのようにロシアの秘密警察によって作成された『シオンの長老の議定書』という偽の文書が世界じゅうに流布し、さらなる反ユダヤ思想を広めた。

このような不安要素が尽きることはなかったが、都市居住者となったドイツのユダヤ人は、高等教育を受け専門職についた。彼らは、次第に法曹、医学、科学、政治、芸術などの分野で活躍し、ドイツ文化の形成に大きく貢献した。一九二五年のドイツにおいて、ユダヤ人は全人口のおよそ一パーセントにも満たなかったが、弁護士の二六パーセントがユダヤ人であり、医師の一五パーセントがユダヤ人であった。(10) 一九二一年に光電効果の発見でノーベル物理学賞を受賞したアルベルト・アインシュタインや、ワイマール共和国の外相を務めたヴァルター・ラーテナウもユダヤ人であった。

また、ドイツにおけるユダヤ人の混合婚（ユダヤ教徒とキリスト教徒の結婚）率は、一九一五年の時点ではおよそ三〇パーセントであり、洗礼率も高く、一九一八年には二一パーセントのユダヤ人男性が洗礼を受けた。(11) このように、ユダヤ人はドイツの社会に融合し、ドイツ人であることに誇りをもち、自分たちはそこに帰属していると感じていた。ユダヤ人の同化が著しく進むドイツで大虐殺が起きるなどとは、露ほども想像していなかったのである。

(2) ハンブルクのユダヤ社会

著者の出身地であるドイツ最大の港湾都市のハンブルクでは、第二次世界大戦前にユダヤ人の活躍がとりわけ著しかった。一六世紀末から一七世紀初頭にハンブルクに初めて定住したユダヤ人は、主にスペイ

【資料1】1906年にハンブルクに建てられた新シナゴーグ

ンやポルトガルにルーツをもつスファラディ系と呼ばれるユダヤ人であった。彼らは貿易業に携わり、商業の発展に大きく貢献した。中には富と政治的な影響力をもつ者も存在し、ユダヤ人は一六一九年のハンブルク銀行の設立においても重要な役割を果たした。一方で、一七世紀半ばまでハンブルクに住むことが許されていなかったヨーロッパ中部と東部にルーツをもつアシュケナジ系のユダヤ人も、小売業で活躍した。

こうしてハンブルクのユダヤ人社会は繁栄し、多くの優秀なラビ（ユダヤ教の聖職者または神の教えに関して専門知識をもつ律法学者）が輩出した。また、一八一七年に、近代的な生活を送るユダヤ人の宗教離れを防ぐために、ドイツ初の改革派の会堂が常設されたのもハンブルクだった。(12)

一八世紀から一九世紀前半まで、ハンブルクはドイツで最大のユダヤ人の人口を抱えていた。というのも、経済的同盟体であるハンザ都市のこの町は、ユダヤ人に対して比較的寛容だったからである。(13)さらに、一八四八年革命の中で開催されたフランクフルト国民議会における基本的権利を、一八四九年に制定した市の法律に採用したため、早くからユダヤ人に市民権がもたらされていたというのも魅力的な要素のひとつであった。一九二五年には二万人のユダヤ人がハンブルクに住んでいた。これは市の全人口のおよそ一・

七パーセントにあたり、割合としては決して高くはないが、ドイツのユダヤ人社会としては、ベルリン、フランクフルト、ブレスラウ（当時ドイツ領だった現ポーランドのヴロツワフ）に続く四番目の規模であった。[14]ハンブルクにおいては混合婚の割合がとくに高く、一九二八年には、ユダヤ人の結婚の三三パーセントが混合婚であった。[15]

ハンブルクのユダヤ人は経済的な側面から見ても特別に豊かであった。一九世紀末から二〇世紀初頭には、ハンブルク・アメリカ小包輸送株式会社を世界最大の輸送会社に成長させた実業家のアルベルト・バーリンや、民間銀行のM・M・ヴァールブルク商会の取締役で、第一次世界大戦において皇帝ヴィルヘルム二世の顧問を務めた銀行家のマックス・ヴァールブルクらが活躍した。一般のユダヤ人に関しても、労働者階級に属していたユダヤ人はわずか六・七パーセントから八パーセントで、その数値は市全体の労働者階級の割合の五分の一以下と著しく低かった。また、ハンブルクに住むユダヤ人の半分が、ハルフェステフーデとローターバウムという二つの最高級住宅地に居住していた。[16]その豊かさは、一九〇六年に設立されたシナゴーグ（ユダヤ教の寺院【資料1】）の壮美な外装にもよく表れている。このように、ハンブルクはドイツの中でもとりわけユダヤ人が繁栄し同化した都市であった。

（3）第一次世界大戦

こうしてドイツのユダヤ人が自由な風潮の中、活躍する間にも、ドイツは第一次世界大戦に参戦することになった。本書第2章に登場するローザ・ルクセンブルクのような平和主義者たちはこの戦争に反対したが、反戦の声を上げた者は圧倒的に少数派だった。というのも、大半のドイツ人はこの戦争は迅速なドイツの勝利で終わると考えていたからである。ドイツの参戦は、ユダヤ人を含むドイツ国民に支持され、ユダヤ人の間では愛国心をもち祖国のために戦うことが推奨された。ユダヤ人の人口の六分の一にあたる一〇万人が出征し、そのうちの三万五〇〇〇人が功績を収めた者に授与される鉄十字勲章を獲得した。[17] しかし、戦況がドイツにとって不利になるにつれてユダヤ人に対する風当たりは強くなっていった。最終的に長期間続いた戦争にドイツは敗れ、約二〇〇万人のドイツ人兵士が亡くなり、それに伴い多くの戦争孤児や未亡人が発生した。[18] また、戦後のドイツは、敗北と屈辱を味わうだけではなく、戦勝国による莫大な賠償金請求により経済的危機に瀕していた。それは社会不安をもたらし、国民の不満はピークに達した。

このような状況下で、様々な分野で活躍するユダヤ人の存在は都合の良いスケープゴートであった。戦後は、保守層や右翼が高まりをみせ、反ユダヤ主義が一時的に高まった。しかし、一九二〇年代半ばにドイツの経済状況が改善されると、再び共和制が盛り返し、ユダヤ人に対する差別感情も緩和されたように感じられた。それを象徴するかのように、一九二六年にはハンブルクに、「まぎれもないドイツ国民」としてユダヤ人の詩人のハイネ像が建てられている。[19] よって、都市部に住むドイツ社会に完全に同化したユダヤ人たちは反ユダヤ主義をあまり問題視しなかった。

ところが、一九二九年には大恐慌という新しい問題が生じた。ドイツは他のヨーロッパ諸国と同じように大きな打撃を受け、国じゅうが失業者で溢れた。ユダヤ人は目の敵にされ、彼らに対する暴力事件も頻発するようになった。第2章には、著者の祖父ジークフリートが金融危機によって煽られた反ユダヤ主義に対し絶望的になり、その結果自殺したことについて触れられている。このような状況が、極端な国粋主義思想を生み出す温床となり、ドイツはユダヤ人大虐殺への道を歩み始めるのである。

4　ホロコースト

ホロコーストとは、ナチ政権下のドイツとドイツ占領下の国々で実行されたユダヤ人大量虐殺（ジェノサイド）を指す。いつホロコーストが始まったのかを定義するのは難しい。なぜならば、ユダヤ人の大量虐殺が最初からナチスの政策として決まっていたわけではないからである。しかし、大量虐殺に至った重要な段階としては、ヒトラーが政権を握った一九三三年、あるいはユダヤ人が計画的に襲撃された一九三八年の「水晶の夜」（クリスタルナハト）、あるいは大量虐殺が政策として実行された一九四一年の三つの時期を転換期として挙げることができる。

歴史家のラウル・ヒルバーグが「ヨーロッパ・ユダヤ人の絶滅」と表現するホロコーストにおいては、六〇〇万人のユダヤ人の男性、女性、子どもの命が奪われただけではなく、ユダヤ人が中世から築いた共同体や文化が灰と化し、彼らの記憶までもが抹消されたのであった。[20] ホロコースト前夜、ヨーロッパには約九〇〇万人のユダヤ人が住んでいたが、生き延びたのはその三分の一の三〇〇万人だった。戦後、多くのユダヤ人が悲劇の舞台となったヨーロッパを去り、イスラエルとアメリカに移住したため、ホロコーストは世界のユダヤ人口の分布にも大きな変化を及ぼした。ここでは、ホロコーストがどのようにして展開したのかを概観したい。

(1) ユダヤ人迫害の初期段階

アドルフ・ヒトラーが率いるナチ党は、第一次世界大戦で敗戦国となったドイツにおいて、国民の不安を煽り、職にあぶれた多くの若者の支持を集めて権力を掌握していった。一九三三年一月三〇日にヒトラーがドイツ首相に任命されたことは、ユダヤ人のみならず、急速にドイツ社会全体に影を落とすことになった。ヒトラーは政権を握ってから一〇〇日以内に、言論の自由や反体制派を徹底的に弾圧した。同年の三月には、最初の収容所であるダッハウ強制収容所が建設され、逮捕された多くの労働組合員は裁判を受けることもないまま投獄された。

とりわけ、当初よりナチスのイデオロギーの核心となったのは人種主義であった。二〇世紀初頭に流行した優生学は、好ましくない特質を取り除き、人間を「改良」することを目的としていた。当時存在していたある学説では、アーリア人種は人類最高の人種であり、ドイツ民族こそもっとも優秀なアーリア人種とされた。ヒトラーは、政権を握る前からアーリア人種の人種的純潔に執着しており、一九二五年に出版された『我が闘争』において、「もっとも価値のある人種だけを保存し(中略)ドイツ民族を支配民族とすることは(中略)ドイツ民族の神聖なる使命である」と記している。[21] 一九三三年以降は、ヒトラーのこの人種主義的な思想に基づいてドイツの社会政策が形成され、ホロコーストという悲劇が引き起こされることになった。ちなみに、優生学の研究や政策はアメリカやイギリスなどのドイツ以外の国でもおこなわれていたが、公的な国家政策としてその中核に位置づけられたのはドイツだけだった。

ナチスはもっとも劣等で危険な民族がユダヤ人であるとし、ユダヤ人は、当初より排除すべき対象とされた。さらに、第一次世界大戦におけるドイツの敗北はユダヤ人の裏切りによるものだと主張し、同時に一九一七年のロシア革命もユダヤ人の仕業であり、ユダヤ人は共産党を率いて同じような革命をドイツにもたらそうとしていると非難した。一方で、ナチス政権の初期の段階においては、あくまでもユダヤ人の生活に法的な制限をかけて、彼らを国外に追い出すことが目標であった。

一九三三年四月一日から、初めての全国規模の組織的ボイコットが展開され、ドイツ各地でユダヤ人が経営する会社や商店に対する排斥運動が起きた。ユダヤ人の商店や家の外壁には、ダビデの星がペンキで描かれ、ユダヤ人から物を買わないように指示した貼り紙が至るところで目撃された。同月には「職業官吏再建法」が発布され、ユダヤ人は公職から追放された。

一九三四年になると、ゲシュタポ（ナチスの秘密国家警察）が全国的組織となり、恐怖政治の体制が敷かれたことで、ドイツ社会は服従を強要されることとなった。それというのも彼らには、令状なしに人々を逮捕する権利が与えられていたからである。

さらに一九三五年九月には、ニュルンベルクで開催されたナチ党大会において、「ドイツ人の血と名誉を守るための法」と「帝国市民法」からなる「ニュルンベルク法」が発布され、ドイツのユダヤ人は市民権を剥奪された。これ以降、ユダヤ人とアーリア系ドイツ人の婚姻は禁じられた。ユダヤ人は「ニュルンベルク法」をもって、公式に宗教的信条や慣習が理由ではなく、ナチスが定める人種的特質によって迫害を受けることになったのであった。この法の影響で、ユダヤ人は公共施設から追放された。ホテルやレストランだけではなく、本書第1章に登場する公園などにおいても、アーリア人専用のベンチとユダヤ人専用のベンチが設置され、ユダヤ人はドイツ社会から隔離された。

これらのユダヤ人排斥が影響して、一九三三年には五六万五〇〇〇人いたドイツのユダヤ人のうち、二〇から二五パーセントが一九三五年までにドイツを去ったが、出国したくても経済的な理由や国外の移民制限が理由でできない者もいた。また、ドイツに対する愛国心から留まりたいという気持ちを維持し続けたユダヤ人も多かった。[22] ところが、ユダヤ人迫害は勢いを強める一方であった。一九三八年からは、ユダヤ人が経営する企業がナチスとその協力者たちによって格安で買収され、そのうちの五分の四が一年以内にアーリア系ドイツ人の手に渡った。さらには、ユダヤ人の人間性を奪うような政策が次々に加えられた。まず、ユダヤ人であることを分かりやすくするために、男性にはイスラエル、女性にはザーラのミドルネームを入れることが強制され、パスポートには、ドイツ語でユダヤ人を意味する *Jude* の頭文字のJが入れられるようになった。こうして、ドイツにおけるユダヤ人の生活基盤は、次々と崩されていった。

一九三八年三月にオーストリアがドイツに併合されると、反ユダヤ主義はますます激化した。オーストリアには、一八万五〇〇〇人のユダヤ人が住んでいたが、地元のナチ親衛隊や市民が彼らを通りにひざまずかせ掃除をさせるなど、数々の屈辱を与えた。

このようなナチスの非人道的な政策に国際社会が気づかないわけはなかった。増加するユダヤ難民について協議するため、アメリカ大統領フランクリン・ローズヴェルトが提案し、一九三八年七月にフランスのエヴィアンに三二ヶ国の代表が集まった。しかし、九日間に及ぶ会議の結果、一時的に難民を受け入れることに合意した国はオランダとデンマーク、そして一〇万人のユダヤ人の受け入れを申し出たドミニカ共和国の三ヶ国のみであった。その他の二九ヶ国は、同情はしても、ユダヤに対して何も救いの手を差しのべないことで、ナチスによるユダヤ人迫害を黙認することになってしまったのである。

その数ヶ月後の一一月には、組織的虐殺である「水晶の夜」という決定的な事件がドイツとオーストリアで起きた。この事件においては、少なくとも二六七以上のシナゴーグが焼かれたり、七五〇〇以上のユダヤ人経営による商業施設のガラスが割られたりして、ユダヤ社会が破滅的な被害を受けた。この襲撃において、九一人のユダヤ人が殺害され、三万人が理由もなく逮捕されて収容所に連行された。[23]「水晶の夜」はユダヤ人に、いよいよドイツでは安全に暮らすことができないということを認識させる事件であった。多くのユダヤ人がこの事件を契機にドイツ国外に出ることを決めたため、一九三九年五月のドイツにおけるユダヤ人口は二一万三四〇〇人余りに減少した。[24]また、オーストリアでは一九三九年三月までに約一四万人のユダヤ人が出国した。[25]

（2）第二次世界大戦勃発後

一九三九年九月、ドイツ軍がポーランドに侵攻し、第二次世界大戦が勃発した。ナチスの反ユダヤ政策は、ドイツの占領下となったヨーロッパ諸国においても適用された。第二次世界大戦においてドイツに占領された国は二〇ヶ国以上あったが、これにはフランス、オランダ、ベルギーなどの西ヨーロッパに留まらず、ポーランド、ルーマニア、リトアニアなどの東ヨーロッパの国々も含まれていた。

ナチス政権になる以前、ヨーロッパに住んでいるユダヤ人の大半は東ヨーロッパに住んでいた。一九三三年の北、西、中央ヨーロッパに住んでいたユダヤ人の数が二三一万人余であるのに対して、東ヨーロッパには六七六万人のユダヤ人が住んでいた。その中でも、ユダヤ人口が最大のポーランドには三五〇万人以上のユダヤ人が暮らしていた。[26] 戦争が始まり、ドイツの勢力圏が広がるにつれて支配下のユダヤ人が増えたため、ナチスは占領下にある国のユダヤ人の対処方法についても考えなければならなくなった。

ドイツ軍の侵攻後間もなく、ポーランドのクラクフやワルシャワ、リトアニアのヴィリニュスやコヴノ、そしてラトビアのリガなどにゲットーが設置され、ユダヤ人はそこに隔離された。中でも、一九四〇年二月に設立されたワルシャワ・ゲットーは最大規模のもので、多いときで四六万人のユダヤ人が居住していた。ユダヤ人はワルシャワ全人口の三〇パーセントを占めており、その人々が、市全域の二・四パーセントの広さの区域に強制的に詰め込まれたのである。[27] ワルシャワ・ゲットーは十数キロにも及ぶ壁と鉄線で囲まれ、市の中心部から隔離されていた。不衛生な環境に加えて、ナチスはユダヤ人に対して一日に約一八一カロリー分の食べ物しか配給しなかったため、多くが飢えや病気で亡くなった。[28] 後の一九四二年の七月にはゲットーから強制収容所への移送が開始されたが、それまでに八万三〇〇〇人が死亡していた。[29]

こうしたナチスのユダヤ人に対する政策の目標が追放から絶滅に変わった転換期とされているのは、

一九四二年一月二〇日に開催されたヴァンゼー会議である。ユダヤ人の大量虐殺は、実際にはドイツ軍によるソ連侵攻直後の一九四一年六月に開始され、一二月にはポーランドのヘウムノでの移送式ガストラックを使用した大量虐殺として本格化していた。とはいえ、「ユダヤ人問題の最終解決」が正式に宣言されたのはヴァンゼー会議においてであった。それまでのユダヤ人を国内から一掃する目標とは異なり、今度はユダヤ人の絶滅自体が目標となった。政治的あるいは領土的な目標はないにもかかわらず、国家の最優先事項としてユダヤ人大量虐殺が組織的に実行されるようになったのである。

ホロコーストの特徴のひとつに、大量殺人システムの導入を挙げることができるが、実は最初に大量虐殺の対象となったのは障がい者だった。一九三九年一〇月、ヒトラーは「安楽死計画」を開始する命令書に署名した。身体障がい、精神疾患、精神障がいをもつ大人と子どもが安楽死センターに搬送され、後にユダヤ人の殺害にも使われたシャワー室に見せかけたガス室で殺害された。よって、後にユダヤ人に対して実行された組織的な殺害計画には、既に前例があったのだった。

ユダヤ人の絶滅が目標になると、彼らを殺害することを目的としたベウジェッツ、ソビブル、トレブリンカなどのガス室を備えた絶滅収容所が占領下のポーランドに設置された。存在した六つの絶滅収容所のうち、第二収容所のビルケナウが隣接されたアウシュヴィッツは最大規模であった。アウシュヴィッツは一九四〇年に開設され、当初はポーランド人やソ連軍の捕虜を収容していたが、一九四二年三月からユダヤ人の集団移送が始められた(30)。

アウシュヴィッツはもっとも高度に組織化され、もっとも多くの者が殺害された収容所として広く知られているが、それ以外にも収容所は多数存在した。強制収容所の数についてはこれまでも正確な数が判明していないが、推定九〇〇〇以上もの収容所が設置されていたとされる[31]。また、アメリカ合衆国ホロコースト記念博物館によると、一九三三年から一九四五年の間、ナチスやその協力者によって設置されたゲットーや、拘留、迫害、強制労働、殺害がおこなわれた場所は四万四〇〇〇以上あったという[32]。収容所にも様々な種類があり、本書で触れられているノイエンガメ、ブーヘンヴァルト、ベルゲン・ベルゼンなどのドイツ国内に設置された強制収容所もあれば、第9章に登場するウリが収容されていたデッヘンシューレのような労働教育収容所もあった。こうした労働教育収容所は各地に設置され、その目的は労働意欲のない労働者を短期間拘留することにあった。ユダヤ人も収容されたが、収容者の大半はポーランドやソ連の民間人と戦争捕虜であった[33]。

終戦までに、アウシュヴィッツには一三〇万人が移送されたと考えられている。そのうちの約一一〇万人がユダヤ人だった[34]。移送には鉄道が使われたため、鉄道による集団移送がなければ、最終解決は実行できなかったという見解もある。無論、ユダヤ人には殺害されることを知らされておらず、ナチスは、東への再定住のため、もしくは労働目的などと、ユダヤ人に都合の良い作り話を信じ込ませるために旅の荷造りまでさせた。ユダヤ人たちは家畜や貨物を輸送するための車両に乗せられ、多いときではひとつの車両に一五〇人もの人々が強制的に詰め込まれた。また、移送には数日を要する場合が多く、たとえば、著者の祖母が移送されたというミンスクは、ハンブルクから一三九〇キロメートルも離れていた。移送の間、食べ物や水は支給されず、車両には用を足すためのバケツが置かれているだけだった。このような劣悪な環境の中、当然ながら移送の間に死亡する者もいた。到着すると、多くの収容所の入り口には、「働けば自由になる」（【資料2】）という文句が記されていた。

しかし、到着すると早々に、ユダヤ人はナチ親衛隊の将校により「死の選別」を受けた。歩ける者は先に進むように指示され、歩けない者は殺害のため別の場所に連れて行かれた。その後、歩ける者であっても、老人、子ども、妊婦、虚弱な者は片方に行くよう指示され、また、それ以外の者は反対側に行くように指示された。彼らには片方の列が死を意味することなど知る由もなかった。男女別々にされ、家族、夫婦、親子は引き離された。殺害される者たちはシャワー室と呼ばれているガス室で直ちに殺害された。死ぬまで働かされることになった者たちは、持ち物や服などを奪われ、他人の前で裸にされた後、髪を剃られ、縦縞の囚人服を与えられ、通し番号の入れ墨を腕に彫られ、名前を奪われ、人間としての尊厳を剥ぎ取られた。結局のところ、生かされた者たちも収容所生活において幾度も生と死の選別を経験することになった。アウシュヴィッツは、奴隷労働収容所としても機能していたため、労働のために生かされた者もいたが、トレブリンカなどの収容所では、到着して早々大半が数時間のうちに殺害された。

【資料2】アウシュヴィッツの入り口

また、ナチスの犠牲になったのはユダヤ人だけではなかった。収容

ユダヤ人	600 万人
ソ連の民間人	700 万人（ユダヤ人を含む）
ソ連の戦争捕虜	300 万人（ユダヤ兵を含む）
非ユダヤ系のポーランドの民間人	180 万人
セルビアの民間人	31 万 2000 人
施設に入居している心身障がい者	25 万人
ロマ	25 万人
エホバの証人	1900 人
反社会分子および常習犯	7 万人
ナチス政権に反対する政治犯	不明
同性愛者	数百から数千人

【資料 3】ナチス政権下における犠牲者数（グループ別）
（"Documenting Numbers of Victims of the Holocaust and Nazi Persecution," United States Holocaust Memorial Museum を参照）

所には、ロマや、ソ連兵捕虜、政治犯、エホバの証人、同性愛者も送られた。ロマに関しては、ユダヤ人と同様に、ナチスの主張する人種イデオロギーにおいて劣等人種とされ、アーリア人種にとって脅威と見なされたため、殺害目的で収容所に送られた。一方で、反体制派で政治犯と見なされた人々や、エホバの証人、同性愛者たちが収容された目的は殺害ではなかったとされている。しかし、いずれにせよ、当初殺害目的ではないとされていた人々も多数犠牲になっている（【資料3】）。

収容所は劣悪な環境だった。木のバラックには木板の上に藁が敷かれただけの寝台があり、その上に数人が寝た（【資料4】）。便所がないバラックでは、バケツで用を足したり、極寒の中、外で用を足したりしなければならない場合もあった。アウシュヴィッツでは、真冬に氷点下二〇度まで気温が下がることもあった。囚人たちは、四六時中看守に監視され、ほんの些細なことから拷問を受け、理由もなく射殺される場合もあった。労働条件は悲惨なもので、囚人たちは食べ物も十分に与えられず、寒さの中、十分な服もないまま、長いときは一日に一一時間の重労働を強いられた。労働にも様々な種類があり、資材や兵器などを製造するために工場で労働をさせられた者もいた。中でも、本書第9章にも登場するクルップの他、イー・ゲー・ファルベンやシーメンスなど、ドイツ有数の企業は収容所の近くに工場を設置し、収容所管理本部にわずかな賃金を支払って囚人の労働力を悪用したことも知られている。収容所では、毎日飢えや病で倒れる者もいれば、殺害される者もいた。たとえば、ビルケナウには、巨大なガス室が四室あり、一日に一万二〇〇〇人を殺害することが可能であった。屋根の穴から青酸ガスのツィクロンBの粒剤が注ぎ込まれると、犠牲者のほとんどは二〇分以内に死亡した。[35]

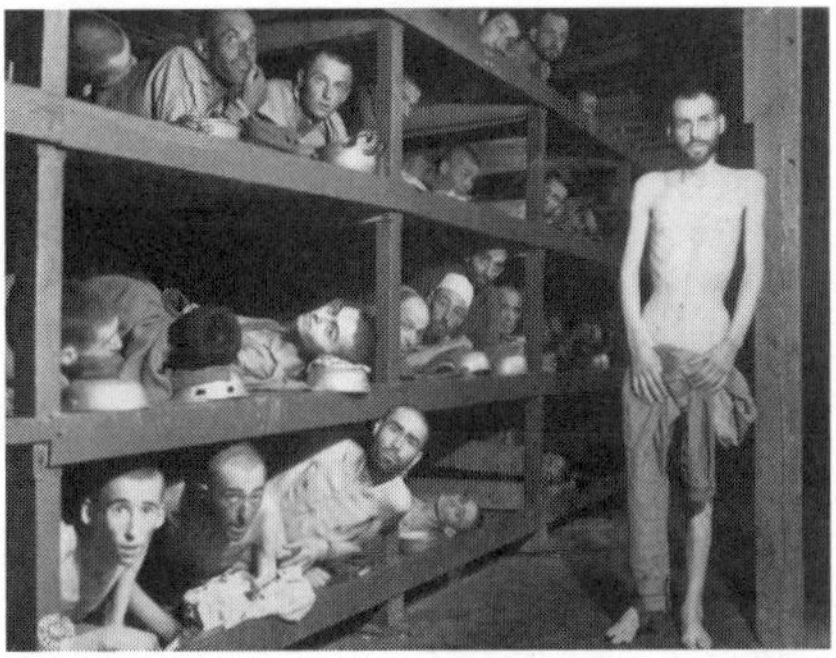

【資料4】ブーヘンヴァルト収容所のバラックの中

こうして殺害された者たちの遺体を焼却炉に運び、処分するゾンダーコマンド（特別労務班員）も労働のひとつであった。本書に登場するウリもこの役割を担当している。

このようにナチスが、ユダヤ人絶滅計画のために莫大な資金と労力を投入する一方で、戦争におけるドイツの情勢は悪化していった。一九四四年から四五年にかけての冬になると、東からはソ連軍、西からはアメリカ軍とイギリス軍が収容所の近くまで迫り、ナチ親衛隊は彼らが犯した罪を隠蔽するため、文書などの証拠品を焼き払い撤退した。収容所は破壊され、囚人たちは極寒の中、西に向かって行進させられた。この行進は、途中で多くの者が力尽きて亡くなるか、射殺されるかしたため「死の行進」と呼ばれている。たとえば、アウシュヴィッツからヴォディスワフまでのおよそ五六キロメートルを極寒の一月に行進させられた六万六〇〇〇人の囚人は、その四分の一が途中で死亡している。[36]「死は靴からやってくる」とはアウシュヴィッツ収容所の生還者の一人であるプリーモ・レーヴィの言葉だが、囚人たちはもともとまともな靴を履かされておらず、数時間行進を続けると、雪に浸かりきって腫れた足の皮膚がはち切れた。それでも助かるかもしれないというかすかな希望をもって行進を続けるしかなかった。

一九四四年の夏より、ソ連軍による収容所の解放が徐々に始まっていたが、アウシュヴィッツに彼らが到着したのは一九四五年一月だった。それまでにアウシュヴィッツでは一一〇万人が殺害されていた。[37]同年の四月には、イギリス軍がベルゲン・ベルゼン強制収容所を解放し、アメリカ軍がブーヘンヴァルトとダッハウを含むいくつかの収容所を解放した。ヒトラーは一九四五年四月三〇日に自殺し、ドイツは五月七日に無条件降伏した。終戦とともに、ナチスによるユダヤ人絶滅計画も終わりを迎えた。しかし解放後に、重度の栄養失調、過労、病などが理由で亡くなる者も少なくなかった。

(3) 加害者、傍観者、被害者、そして抗う人々と救済者

ホロコーストのような残虐な行為が、ヨーロッパにおいて教養の高さを誇るドイツで一体どのようにして実行されたのだろうか。それに関してはこれまでも幾度も問われてきたが、ひとつには、協力者なしには遂行できなかったということである。従来ホロコーストに関係した人々は、加担者(Perpetrators)、傍観者(Bystanders)、被害者(Victims)という三つのカテゴリーに大きく分けられてきた。[38]まず、ナチスだけで

はなく地元の警察や市民もナチスのユダヤ人迫害に協力した。本書第3章にも記されているように、隣人がユダヤ人を密告したり、ナチスではない地元の住民がユダヤ人虐殺に加担したりした場合もある。たとえば、ポーランドのイェドヴァブネでは、ユダヤ人が地元のカトリック教徒によって虐殺される事件が一九四一年に起きている。その一方で、多くの人々はユダヤ人の虐殺には関心を示さず、ナチスに直接協力はしないまでも、見て見ぬ振りをした。この傍観者たちも結果的にはナチスの残虐行為を見逃し、黙認したことになる。そして、ナチスの迫害に対する被害者のユダヤ人の態度に関しては、まるで屠畜場へ向かうほふられる羊のようだったと、彼らの消極さを強調して表現されることがある。しかし、このような状況に対して、ユダヤ人が全く立ち上がらなかったわけではない。たとえば、一九四三年の四月から五月にかけてワルシャワ・ゲットーで、同年の八月にトレブリンカ絶滅収容所で、ユダヤ人が蜂起している。また、レジスタンスやパルチザンのグループに加わり、自らの人間としての尊厳を守るためナチスに抵抗し、戦うことを選んだ者や、他人のために立ち向かった人々、すなわち「抗う人々」(Upstanders)もいた。さらには、自らの命を危険にさらしてユダヤ人を匿った人々や支援した「救済者」(Rescuers)もいた。本書第6章にも、著者たちが農場でナチスの目を逃れて身を潜めているユダヤ人であることを知りながら、食べ物を差し入れてくれた隣人がいたことについて記されている。また、著者には冷淡な人物として記憶されているピンバー夫人も、結果的には二年近く著者とその家族を匿い、助けたことになるだろう。

（4）ホロコーストの子どもたち

ホロコーストの経験は千差万別であった。ホロコーストの犠牲者には、老若男女の違いだけではなく、言語や文化が異なるヨーロッパ諸国の出身者がいた。ここでは本書に記されている子どもたちについて触れておきたい。

ホロコーストでは、推定一五〇万人以上のユダヤ人の子どもたちが殺害された[39]。子どもたちの経験は、住んでいた地域や時期によって大きく異なっていたが、ドイツのユダヤ人の子どもたちは、一九三三年にナチ政権が成立してから間もなく大人とともに基本的人権を奪われることになった。一九三三年四月には、公立学校におけるユダヤ人生徒の数に制限が課されたが、一部のユダヤ人の子どもは一九三八年まで公立学校に通うことができた。しかし公立学校に行くことはもはや安全ではないと考えられたため、多くの子どもたちが、ユダヤ人が独自に設立した学校または家庭で教育を受けた[40]。

後に東ヨーロッパに設置されたゲットーでは、ナチスによりユダヤ人の子どもの教育は禁じられていたが、密かに設置された学校で教育を受け続けることができた者もいる。しかし何といってもホロコーストのときに子どもだった生還者たちの多くが鮮明に覚えているのは、飢えであった。子どもたちは十分な栄養をとることができず、常にお腹を空かせていた。両親が亡くなり、物乞いやホームレスと化した者もいれば、小さな体とすばしっこさを活かして、闇物資をゲットー内に持ち込み、家族を養った者もいた。見つかれば最悪の場合、その場で射殺されることもある危険な行為であった。

ユダヤ人に対する迫害が勢いを増すなかで、親たちには子どもだけを匿ってくれる人に預けるか、家族で隠れるか、またはナチスの指示に従い子どもを一緒に収容所に連れて行くかといったいずれも辛い選択肢しか残っていなかった。修道院に匿われた子どももいれば、地下や屋根裏、または森に身を潜めた子どももいた。髪の毛や目の色が明るく、アーリア人と見分けがつかない子どもは非ユダヤ人に預けられ、非ユダヤ人として生活した。著者の妹、ヘルガもそうであった。しかしその場合も、自分の本名や素性を隠しながら暮らすことを強いられた。いずれにせよ、子どもたちにとって親元を離れることは耐えがたいことであった。最終的に、家族とともに収容所に移送された子どもたちは、労働力にならないためにほとんどの場合がすぐに死の選別を受けた。また、ガス室に送られなかった子どもたちも収容所の厳しい環境下で生き延びることはまれであった。チェコの町のテレジンに設立されたテレージエンシュタット収容所では、収容された一六歳以下の一万五〇〇〇人の子どものうち、生き延びたのは一五〇人だけであった。(41)

5　イングラムの戦争

ここまで、ホロコーストの概要を述べてきたが、それからすると、本書に記されている著者の経験は、読者が想像するユダヤ人のホロコースト経験とは少し異なるかもしれない。なぜならば、ゲットーや強制収容所の経験がないからである。しかし、著者のようにユダヤ人とドイツ人の間に生まれ、収容所への移送を免れて、身を潜めながら生き延びた者は実は少なくない。これまでもホロコースト生還者とは、強制収容所やゲットーを経験した者でなくてはならないのか、もしくは難民として移住した者や匿われていた子どもたちも含まれるのかという疑問が呈されてきた。[42] しかし、アメリカ合衆国ホロコースト記念博物館によるホロコースト生還者の定義は次の通りである。「ユダヤ人、非ユダヤ人に関わらず、一九三三年から一九四五年の間に、ナチスとその協力者の人種、宗教、民族、社会、政治的な政策により退去、迫害、差別を受けたすべての人」であり、そしてそれは難民と身を潜めていた人々を含むとされている。[43] いずれにせよ、ホロコーストにおける経験は千差万別であるため、様々な背景をもつ生還者の声を聞くことで、より理解を深められるであろう。

著者は、かつて多くのユダヤ人がドイツの自由な風潮の中で生活し、活躍していたことを知らずに育った。彼女が物心ついた頃には既にナチスが政権を握り、ユダヤ人は差別を受けていた。著者が生まれた一九三五年に「ニュルンベルク法」が制定されると、ユダヤ人とは誰のことを指すのかを定義することが必要とされた。ナチスによるユダヤ人の定義は、本稿第2節で述べた本来のものとは異なり、キリスト教に改宗をしていた者も、祖父母に三人以上のユダヤ人がいる場合には「完全なユダヤ人」と見なされた。ドイツ人とユダヤ人の間に生まれた子どもに関しては、二分の一から四分の一の割合でユダヤ人の血を引く者は「混血ユダヤ人」とされた。ユダヤ人の母親とドイツ人の父親をもつ著者は「第一級混血ユダヤ人」に分類された。一九三九年におこなわれた国勢調査によると、ドイツ全体で「混血ユダヤ人」に分類された者の数は、およそ一一万二五八〇人だった。[44] 著者が暮らしていたハンブルクは、ドイツの都市の中でもとくにその割合が高く、ドイツ全体の平均値では、一〇〇人のユダヤ人に対して三五人の「混血ユダヤ人」がいたのに比べ、七七人であった。[45] 彼らには、当初帝国の市民権を保持することが許され、嘆願書を提出することで反ユダヤ的な制限が免除されるという特権が与えられていたが、戦争が勃発すると、実質的には他のユダヤ人と同様に帝国市民と見なされなくなった。それでも、「混血ユダヤ人」とドイツ人の配偶者をもつユダヤ人は、公式には一九四四年の時点でも強制移送から除外されていた。[46]

ハンブルクには、一九三三年に約一万九九〇〇人のユダヤ人が住んでいたが、一九三七年までの間に五〇〇〇人のユダヤ人がハンブルクを去り、留まった者のうち、七八〇〇人がホロコーストで殺害された。[47]ハンブルクにおいて、本格的に強制移送が始まったのは一九四一年一一月のことであり、著者の祖母、叔父、大叔母を含む三二〇〇人近くのユダヤ人が、リガ、ロッジ、ミンスクにある収容所に移送された。一九四二年には二〇〇〇人近くのユダヤ人がアウシュヴィッツとチェコのテレージエンシュタットに移送された。また、本書第1章では著者の母親の自殺未遂について触れられているが、家族が収容所に移送された者も多く、先の見えない不安の中、ハンブルクだけでもナチス政権の一二年間で三〇八人のユダヤ人が自殺している。[48]ちなみに、ドイツ全体では、控えめな推定でも、五〇〇〇人のユダヤ人が自ら命を絶ったとされている。[49]

本書には、一九四三年の七月に、著者、母親、妹たちにも移送命令が下されたと記されている。「混血ユダヤ人」の著者やドイツ人の配偶者をもつ母親に対し、どのような経緯で命令が下されたのか実際のところは分からないが、彼らに与えられた特権は必ずしも命を保証するものではなく、特権をもつユダヤ人が警察に脅かされ、犯してもいない罪の責任を問われて収容所に送られることもあった。[50]いよいよ著者たちが移送される日が近づいたとき、偶然にも連合軍による空襲がハンブルクを襲った。こうして著者は、ユダヤ人として差別を被ったドイツにおいて、今度はドイツ人として連合軍のドイツ全体に対する爆弾の投下を受けたのであるが、後のインタビューにおいて、二〇世紀のもっとも恐ろしい大空襲のひとつであるハンブルク大空襲がなければ、二〇世紀最悪の大量虐殺において命を落としていたかもしれないと語っている。(51)

第二次世界大戦中の英米軍によるドイツ空襲の被害がもっとも大きかったのは、ドレスデン、ベルリン、ハンブルクの三都市である。とくに一九四三年七月二四日から八月二日にかけて実行されたハンブルクの「ゴモラ作戦」は、イギリス空軍指揮下におこなわれた空襲作戦であり、当時の航空戦史上で最大の被害を出した空襲であった。この年、ハンブルクは一〇年に一度という暑さのため、極度に乾燥していた。とくに、本書の第5章で触れられているハマーブローク地区は、住宅地で燃焼物質の割合も高かったため、すぐに煙が上がった。至るところで火事あらしが発生し、この大空襲により約四万五〇〇〇人のハンブルク市民が死亡し、約三万七五〇〇人が負傷、二五万人が住居を失った。さらに、死因の七割から八割はガス中毒によるものであり、死者の大半は路上ではなく、地下の防空壕に閉じ込められたまま亡くなった。(52)近くの住民が防空壕に避難するなか、皮肉にも、イングラムと母親はユダヤ人であるがゆえに、隣人に防空壕に入れてもらえなかったことが理由で命拾いした。

大空襲の後、彼女たちは終戦を迎えるまでの二年近くの間、父親の戦前の共産党仲間の農場に身を寄せ、森の小さな隠れ家に身を潜めて過ごした。このように身を潜めることでホロコーストを生き延びたユダヤ人はナチス占領下のヨーロッパ諸国で推定四〇万人から五〇万人いたと考えられており、決して少なくなかった[53]。それにしても、著者は、ドイツに留まりながらも両親と二人の妹の家族全員が助かるという、当時の状況からすれば、むしろ珍しいケースだった。戦後、多くのホロコースト生還者たちが、どのようにしてホロコーストを生き延びることができたのかという質問に対し、ただ運が良かっただけと答えている[54]。著者も命を落としてもおかしくない危険な目に幾度も遭遇しながら、偶然とタイミングの良さから奇跡的に生き延びることができたといえよう。

6　再出発

（1）　ユダヤ難民

戦争とホロコーストを生き延びたヨーロッパのユダヤ人は三〇〇万人いたが、連合軍やソ連軍によって収容所から解放された人々や、身を潜めて生き延びた人々の多くは故郷に戻ることができなかった。自宅が略奪されたり破壊されたりしている場合も多く、また、人々に意図的に植えつけられたユダヤ人に対する偏見や憎しみが終戦とともに急に消えるわけでもなかった。たとえば、東ヨーロッパでは、一九四五年から一九四七年の間に発生したポグロムにおいて一〇〇〇人以上のユダヤ人が殺害されている[55]。帰る故郷を失ったユダヤ人の多くは、定住先が決まるまで、もしくは家族と再会するまで難民キャンプで過ごすことを余儀なくされた。難民キャンプは、アメリカ占領下のドイツと、オーストリア、イタリアに設置され、一九四七年の一番多いときには、約二五万人のユダヤ難民が難民キャンプに身を寄せていた[56]。心身ともに傷つき、健康を害している者が多かったため、難民キャンプでの生活は不快なものであった。

当初、難民の援助は連合国救済復興機関（ＵＮＲＲＡ）がおこなっていたが、一九四五年の秋からは、アメリカ・ユダヤ人合同配分委員会（American Jewish Joint Distribution Committee、通称ジョイント）などのユダヤ系の救済組織が活動を開始した。ジョイントは、ユダヤ難民たちが定住先で生活をするのに困らないように職業訓練や教育を支援した。[57]

著者が戦後に通っていたハンブルク郊外のブランケネーゼには、一九四六年一月から一九四八年三月の間、ジョイントがイスラエル建国前のパレスチナに向かう三〇〇人以上の子どもたちに一時的な住居と教育を提供した児童養護施設があった[58]（【資料５】）。ジョイントは、戦後ヴァールブルク家に返還された敷地と屋敷を借りて、二歳から一八歳までの子どもを受け入れた。そのうちの二二〇人は、本書に登場するウリのような、ベルゲン・ベルゼンから解放された子どもだった。[59] ブランケネーゼのようなジョイントが支援した子どものための施設は全部で二四四ヶ所にあり、ドイツだけではなく、フランスやルーマニアなどのヨーロッパ各地に設置された。約二万人の子どもたちがこのような施設の恩恵を受け、その大半は孤児であった。[60] また、著者のように親が働きに出ている子どもたちが受け入れられるケースもあった。[61]

【資料５】ブランケネーゼの児童養護施設

ブランケネーゼにおける主な活動内容は、パレスチナに移住する準備を提供することであり、施設では、イスラエル建国前からパレスチナのユダヤ人の公用語とされていたヘブライ語が言語として使用された。子どもたちはヘブライ語、読書、算術、地理、ユダヤの歴史を学び、年長の子どもたちには、職業訓練の機会が与えられた[62]。

終戦から三年後の一九四八年五月には、パレスチナのイギリス委任統治終了とともにイスラエルが建国された。その経緯を辿ると、ユダヤ人の祖先が住んでいたとされるパレスチナの地にユダヤ人国家を建設しようというシオニズム運動は、一九世紀末に迫害や貧困問題を抱えていた東ヨーロッパのユダヤ人の間で広がった運動であった。一九一七年に、イギリス外相のバルフォアがその主張を認め、シオニズムが勢いづく契機となった。さらに、ホロコーストで、ヨーロッパの三分の二のユダヤ人が殺害されると、戦後も行き場のない難民が国際社会の同情を呼び、ユダヤ人国家の建設に対する支持を集めて建国されることになった。一九五〇年には、帰還法が制定され、移住したユダヤ人にはすぐに市民権が与えられた。ヨーロッパではつまはじきにされたり、迫害されたりしてきたユダヤ人にとって、温かい手を差し伸べ、歓迎してくれる故郷ができたことは感慨深かった。

一九四七年から一九五〇年の間に約一二万人のユダヤ難民がパレスチナ／イスラエルに移住し、約八万人から九万人がアメリカに移住した。それ以外の者はカナダ、オーストラリア、そして南米諸国に移住した[63]。こうして、ホロコーストを生き延びた多くのユダヤ人たちが生まれ育った土地を去り、再定住先の慣れない環境で苦労しながら生活を立て直した。その一方で、辛い記憶に苛まれながらもドイツに留まった者もいた。戦後、およそ一万二〇〇〇人のドイツ生まれのユダヤ人が西ドイツに留まったが、彼らは、著者の母親のように、ドイツ人の配偶者をもっている場合が多かった。[64]

(2) 生還者の回想録

戦後、生還者たちは自分や家族の身に起きた悪夢を決して忘れることはなかったが、その大半は長い間沈黙を守った。「沈黙」という行動は、精神的苦痛を伴う体験後に共通して見られる現象であると同時に、彼らは新しい環境で生活を立て直すのに必死だった。しかし、時間が経つとともに、殺害された人々を記憶し追悼するためにも、次世代の倫理観や歴史認識の形成のためにも、ホロコーストについて語り継がなければいけないという責任を感じるようになった。これまでも歴史における個人の記憶については、客観性に欠ける、または選択的に抽出されるため、信ぴょう性や正確さに欠けるといわれてきた。しかし、生還者たちのホロコーストに関する証言や回想録は、歴史研究から欠落している様々な背景をもつ個々の経験に関する知識を補うのに重要な役割を果たしている。

今では、生還者が記述して出版された本の数だけでも三〇〇〇以上あるが、[65] たとえば『アンネの日記』のように、日記や手紙などの、出版されることを目的に書かれていないものも多く含まれている。ホロコーストで殺害された者や生還者による手記は、終戦直後から出版されていたが、出版される回想録の数が急増したのは戦後三〇年経った一九七〇年代半ば以降のことであった。[66] それはホロコーストが、多くの作者にとって、思い出して記録するにはあまりにも生々しく絶望的な記憶だったためである。著者が本書を完成させるためにハンブルクに住み始めたのは、ホロコーストから半世紀以上経った二〇〇〇年であり、六〇代後半になってからのことだった。本書の続編の『平和の下で』の中で、著者は回想録を記した動機について詳しく述べているが、それによると、殺された人々を追悼し、著者の父親のように、ユダヤ人を助けようとして立ち上がった人々に捧げるためだった。また、著者は戦後半世紀以上経った後もトラウマに悩まされることがあったため、書くことでそれを克服できるかもしれないという期待も込められていた。さらには、このような個人的な理由とは別に、暴力や戦争などの絶対悪に直面したとき、立ち上がり、抵抗する大切さを次世代に示そうという目的もあったことが分かる。こうして、自らの経験を共有することで、戦争に対して異議を申し立てる人が増えることを願っていると記している。(67) また、本書の第9章で創作も交えながらクルップの奴隷労働者について記したのには、奴隷労働者たちを残虐に扱いながらも、戦後におこなわれた軍事裁判において正当な裁きを受けなかったアルフリート・クルップについて書き記し、語り継ぐことで、彼が犯した罪が忘れ去られることに対する抵抗の意味も込められているのであろう。こうした著者の動機は、自らの体験を回想録や証言という形で残そうとする他の生還者にも共有されるものである。いずれにせよ、生還者が不在となる時代はすぐ近くまできている。そうなったときに、戦争体験者の回想録は、記憶の継承において唯一無二の価値をもつものとなるであろう。

7　むすびに代えて

本書の著者マリオン・イングラムは、ホロコーストとハンブルク大空襲という二つの災難を体験したが、本書の副題にも「ホロコースト生還者による苦難と希望の物語」とあるように、決して希望を捨てることはなかった。さらには、戦後自らの苦難の経験から、移住先のアメリカにおいて、他の社会的弱者のために戦うことを決意したのであった。

厳しい状況のもとで不安や恐怖に脅かされ、怒りや嫌悪を他者に向ける過ちは、これまでの歴史でも幾度も繰り返されてきた。日本も決してその例外ではなく、たとえば一九二三年に発生した関東大震災の際の朝鮮人虐殺事件が挙げられる。このような過去の過ちを知り、そこから学ぶことは重要である。ホロコースト生還者で、一九八六年にノーベル平和賞を受賞したエリ・ヴィーゼルは「忘却は、危険と侮辱を意味する。死者たちを忘れることは、彼らをもう一度殺すも同じだ」(68)という言葉を残している。本書はホロコーストという負の遺産を通して、不寛容さが社会にどのような影響を与えるのか、何を生み出すのかという問いについて改めて私たちに考えさせる。ホロコーストについて学ぶ意義は寛容さを養うことにあると繰り返し言われてきたが、戦後七五年の今日、私たちが達成すべき目標は、寛容さを養うことだけではなく、その先にある受容ではないだろうか。本書が、急速に多様化する日本、あるいは世界で生きる読者にとって、自分と他者のつながりについて、もしくは社会のあり方について今一度見つめ直すきっかけになることを願って本稿を閉じたい。

＊＊＊

本訳書の刊行にあたっては、多くの方々のお世話になった。翻訳の計画は、二〇一七年一一月にオハイオ州シンシナティで開催された「南部ユダヤ人歴史学会」での北の口頭発表を聞き、当時、ワシントン・ユダヤ人歴史協会の職員であったクリスティーン・バウアーさんが著者イングラムさんについて教えてくださったことに始まる。翌年春、バウアーさんの紹介で北がワシントンDCのイングラムさん宅を訪問し、その際、本書のドイツ語訳が刊行されていることから、世界で唯一原爆を経験した日本でも本書が広く読まれることを希望しているとのお話をうかがった。イングラムさんはその場でニューヨークのスカイホース出版社に電話をかけ、日本語への翻訳の話が進み始めた。さらに、二〇一九年の春、北・寺田がイングラムさん宅を訪問して夫君のダニエルさんも交えて歓談し、「日本語版への序文」を執筆いただくことの他、本訳書の出版の暁には、これまでに既にイングラムさんがドイツでされてきたように、日本を訪問し、学生向けに講演やワークショップを開催していただける意向であることを確認した。

翻訳に関わる作業については、以下のように分担した。「日本語版への序文」の訳は寺田がおこなった。「日本語版への序文」以外の全体について、村岡が一回目の訳および訳註の執筆をおこなった。その後、はしがきから8章までを北、9章から最後（著者による謝辞）までを寺田が、翻訳と訳註の修正・註の追加をおこなった。さらに、はしがきから8章までを寺田、9章から最後までを北が、再度の訳と註の修正、註の追加をおこなった。その後、意味が不明瞭な部分の再々確認と図版の選定なども含め、全体の調整を村岡と北でおこなった。地図、解説文、年表、参考図書一覧は、村岡が作成および執筆した。

本書の出版に際しては、二〇一八〜二〇一九年度北九州市立大学・学長選考型研究費A（研究課題名「ユダヤ人の経験から差別とその克服について考える：解説付き翻訳書の出版による大学生向け教材作りおよびアクティブラーニングへの接続の試み（研究代表者：北美幸）」）による助成を受けた。研究助成金は主に、本書および本書の続編にあたる *The Hands of Peace*（邦題『平和の下で――ホロコースト生還者によるアメリカの公民権のための闘い』小鳥遊書房、二〇二〇年）とあわせて二冊の翻訳出版権の購入に充てた。この場を借りて、松尾太加志学長および事務職員の方々に、感謝申し上げたい。

原著は回想録という性質上、本文と図版（写真）のみで構成されており、いっさいの註釈が付されていないばかりか、年代や固有名詞がはっきりしなかったり、著者が事実関係を誤認していたりする部分も少なくなかった。訳者が註釈、解説、資料を補足したことによりこれらの部分が補われ、少しでも読みやすい書物になっていれば幸いである。また、本書には、ハンブルク大空襲後の著者のアパート（著者の父が撮影したそうである）など、当時としては非常に貴重な写真が含まれているので、それらの写真はできるだけ多く掲載した。一方、原著においても出典がはっきりと記されていない写真や、本書の内容との関わりが少ない写真は、ページ数の関係で割愛した。

最後になったが、本訳書の刊行には、小鳥遊書房の高梨治さん、編集の林田こずえさんに一方ならぬお世話になった。記してお礼申し上げたい。コロナ禍により格差や貧困が改めて顕になり、ジョージ・フロイドさん圧死事件をきっかけに全世界で差別やそれを固定化する社会構造への問い直しがおこなわれている現在、本訳書が、こういった問題を考える日本の読者に何らかのヒントを与えられることを願いたい。

（文責：北美幸）

註

（1）語源を遡ると神への神聖な生け贄を示す言葉であるため、虐殺を表すことに抵抗を感じているユダヤ人も多い。イスラエルなどでは、ヘブライ語で「破壊」を意味する「ショアー」（Shoah）が用いられている。

（2）ＮＨＫ「２０１５広島・長崎・全国調査 被爆70年 原爆と平和の意識は」http://www.nhk.or.jp/d-navi/sp/graph/hibaku70/, 二〇二〇年五月一五日最終アクセス。

（3）『日本経済新聞』「日本、実は世界4位の「移民大国」 採用難で門戸開放」二〇一九年八月二〇日（電子版）https://www.nikkei.com/article/DGXMZO48702850Z10C19A8000000/, 二〇二〇年六月三〇日最終アクセス。

（4）Rita Chin, Heide Fehrenbach et al, *After the Nazi Racial State: Difference and Democracy in Germany and Europe*, Ann Arbor: The University of Michigan Press, 2009, p.12; Peter Schrag, *Not Fit for Our Society: Immigration and Nativism in America*, Berkeley: University of California Press, 2010.

（5）秋吉輝雄「ユダヤ人」『ブリタニカ国際大百科事典（改訂版）』ＴＢＳブリタニカ、一九九五年、一八巻、五六四頁。

（6）レイモンド・Ｐ・シェインドリン（入江規夫訳）『ユダヤ人の歴史』河出書房新社、二〇一二年、二〇頁。

（7）同書、一四四頁。

（8）Todd Endelman, *Leaving the Jewish Fold: Conversion and Radical Assimilation in Modern Jewish History*, Princeton, NJ: Princeton University Press, 2015, p.69.

（9）アモス・エロン（滝川義人訳）『ドイツに生きたユダヤ人の歴史――フリードリヒ大王の時代からナチズム勃興まで』明石書店、二〇一三年、三三六頁。

（10）Monika Richarz, “The History of the Jews in Europe during the 19th and Early 20th Centuries,” The Holocaust and the United Nations Outreach Programme. https://www.un.org/en/holocaustremembrance/docs/paper8.shtml, 二〇二〇年四月三日最終アクセス。

（11）エロン、三〇二―三〇九頁。

（12）Lloyd P. Gartner, *History of the Jews in Modern Times*, New York: Oxford University Press, 2001, p.141. なお、独自の会堂が設立されたのは一八一八年だった。ベルリンの改革派の会堂がハンブルクよりも前の一八一五年に設立されたという説もあるが、常設のものとしては初めての会堂だった。また、改革派として独自の祈祷を取り入れたのはハンブルクが先であった。

（13）Frank Bajohr, *‘Aryanisation’ in Hamburg: The Economic Exclusion of Jews and the Confiscation of their Property in Nazi Germany*, New York: Berghahn Books, 2002, p.104; エロン、三八頁。

（14）Steven M. Lowenstein, “Was Urbanization Harmful to Jewish Tradition and Identity in Germany?” Ezra Mendelsohn, ed., *People of the City: Jews and the Urban Challenge*, New York: Oxford University Press, 2000, pp.85-86.

（15）Jonathan C. Friedman, *The Lion and the Star: Gentile-Jewish Relations in Three Hessian Communities, 1919-1945*, Lexington, KY: The University Press of Kentucky, 1998, p.28; Marion A. Kaplan, *Between Dignity and Despair: Jewish Life in Nazi Germany*, New York: Oxford University Press, 1998, p.191.

（16）Bajohr, p.105; エロン、三四七頁。

（17）マイケル・ベーレンバウム（芝健介監修・石川順子、高橋宏訳）『ホロコースト全史』創元社、一九九六年、五四頁。

（18）Richard Bessel, *Germany After the First World War*, Oxford: Clarendon Press, 1993, p.6.

（19）エロン、四九六頁。

（20）Raul Hilberg, *The Destruction of the European Jews*, rev. edn., New York: Holmes & Meier, 1985.

（21） Quoted in Richard Weikart, "The Role of Evolutionary Ethics in Nazi Propaganda and Worldview Training," Wolfgang Bialas and Lothar Fritze eds., *Nazi Ideology and Ethics*, Newcastle upon Tyne: Cambridge Scholars Publishing, 2014, p.199.

（22） David Bankier, "German Jewry," Walter Laqueur ed., *The Holocaust Encyclopedia*, New Haven, CT: Yale University Press, 2001, p.245.

（23） Karol Jonca, "Kristallnacht," *The Holocaust Encyclopedia*, p.390

（24） *ibid.*, p.385.

（25） ベーレンバウム、九八頁。

（26） Antony Polonsky, "Polish Jewry," *The Holocaust Encyclopedia*, p.486.

（27） ベーレンバウム、一六〇―一六三頁。

（28） Israel Goodman, "Warsaw," *The Holocaust Encyclopedia*, p.687; Naomi Grossman, "Ghettos: Hunger and Disease," *The Holocaust Encyclopedia*, pp.259-265.

（29） "Warsaw," *Holocaust Encyclopedia*, United States Holocaust Memorial Museum, https://encyclopedia.ushmm.org/content/en/article/warsaw, 二〇二〇年七月一三日最終アクセス。

（30） Wacław Długoborski, at al., *The Tragedy of the Jews of Slovakia: 1938-1945: Slovakia and the "Final Solution of the Jewish Question,"* Auschwitz-Birkenau State Museum, 2002, p.213.

（31） ベーレンバウム、二五八頁。

（32） "Publications: Encyclopedia of Camps and Ghettos, 1933-1945," United States Holocaust Memorial Museum, https://www.ushmm.org/research/publications/encyclopedia-camps-ghettos, 二〇二〇年六月三〇日最終アクセス。

（33） Ulrich Herbert, *Hitler's Foreign Workers: Enforced Foreign Labor in Germany Under the Third Reich*, Cambridge: Cambridge University Press, 1997, p.218.

（34） Raul Hilberg, "Auschwitz," *The Holocaust Encyclopedia*, p. 44.

（35） ベーレンバウム、二四四、二六一、二九六、二九八頁。

(36) 同書、三八四頁。
(37) ベーレンバウム、二六四頁。
(38) Raul Hilberg, *Perpetrators Victims Bystanders: Jewish Catastrophe 1933-1945*, New York: Harper Perennial, 1993.
(39) Nili Keren, “Children,” *The Holocaust Encyclopedia*, pp.115-119.
(40) David Bankier, “German Jewry,” *The Holocaust Encyclopedia*, p.246.
(41) Keren, p. 118
(42) Jessica Lang, *Textual Silence: Unreadability and the Holocaust*, New Brunswick, NJ: Rutgers University Press, 2017, p.88.
(43) “Frequently Asked Questions,” United States Holocaust Memorial Museum, https://www.ushmm.org/remember/resources-holocaust-survivors-victims/individual-research/registry-faq#11, 二〇二〇年六月一五日最終アクセス。
(44) Annegret Ehmann, “Mischlinge,” *The Holocaust Encyclopedia*, p.421. なお、この数にはドイツに併合されていたオーストリアとズデーテン地方も含まれている。
(45) Bajohr, p.105.
(46) Ehmann, p.424.
(47) “Hamburg,” Robert Rozett and Shmuel Spector eds., *Encyclopedia of the Holocaust*, New York: Routledge, 2000, p.257.
(48) Staatsarchiv Hamburg, *Die jüdischen Opfer des Nationalsozialismus in Hamburg*, Hamburg, 1964, p.104, quoted in Michael Robert Marrus ed., *The Nazi Holocaust: Historical Articles on the Destruction of European Jews, v. 2. The Origins of the Holocaust*, Westport, CT: Meckler, 1989, p.678.
(49) Marrus, p.678.
(50) Kaplan, p.190.
(51) Rebecca Sheir, “‘The Hands of War’: A Washingtonian Reflects on Childhood Consumed by Conflict,” WAMU Radio 88.5, American University Radio. Mar.8, 2013. https://wamu.org/story/13/03/08/the_hands_of_war_a_washingtonian_reflects_on_childhood_consumed_by_conflict/, 二〇二〇年六月一五日最終アクセス。

(52) Keith Lowe, *Inferno: The Fiery Destruction of Hamburg, 1943*, New York: Scribner, 2007, p. 362; イェルク・フリードリヒ（香月恵里訳）『ドイツを焼いた戦略爆撃 1940-1945』みすず書房、二〇一一年、八七、一五六−一五八頁。

(53) Yael Danieli, "The Treatment and Prevention of Long-term Effects and Intergenerational Transmission of Victimization: A Lesson from Holocaust Survivors and their Children," Charles R. Figley ed., *Trauma and its Wake*, Bristol, PA: Brunner/Mazel, 1985, p.296.

(54) Henry Friedlander and Sybil Milton, "Surviving," Alex Grobman and Daniel Landes eds., *Genocide, Critical Issues of the Holocaust: A Companion to the Film Genocide*, Los Angeles: The Simon Wiesenthal Center; Chappaqua, N.Y., Rossel Books, 1983, p.233; Joseph J. Preil ed., *Holocaust Testimonies: European Survivors and American Liberators in New Jersey*, New Brunswick, NJ: Rutgers University Press, 2001, p.167.

(55) Jan T. Gross, "After Auschwitz: The Reality and Meaning of Postwar Antisemitism in Poland," Jonathan Frankel and Dan Diner eds., *Dark Times, Dire Decisions: Jews and Communism*, New York: Oxford University Press, 2004, p.216; Yisrael Gutman and Shmuel Krakowski, *Unequal Victims: Poles and Jews During World War II*, New York: Holocaust Library, 1986, pp. 370-374.

(56) Arieh J. Kochavi, "Liberation and Dispersal," Peter Hayes and John K. Roth eds., *The Oxford Handbook of Holocaust Studies*, New York: Oxford University Press, 2010, p.518.

(57) Hagit Lavsky, *New Beginnings: Holocaust Survivors in Bergen-Belsen and the British Zone in Germany, 1945-1950*, Detroit: Wayne State University Press, 2002, p.146.

(58) Angelika Königseder and Juliane Wetzel, *Waiting for Hope: Jewish Displaced Persons in Post-World War II Germany*, Evanston, IL: Northwestern University Press, 2001, pp.184-185.

(59) Frances Balgley, "Rebuilding Life for Homeless Children: European and American Relief Agencies Give a Hand to Children of Other Nationalities," *The Child*, Monthly Bulletin, Federal Security Agency, Children's Bureau (July 1946), pp. 17-23.

(60) "Young children in an OSE/JDC children's home wash up and brush their teeth," United States Holocaust Memorial Museum,

https://collections.ushmm.org/search/catalog/pa1167050, 二〇二〇年七月一〇日最終アクセス。

(61) Yosef Litvak, "The American Joint Distribution Committee and Polish Jewry 1944-1949," Ilan Troen and Benjamin Pinkus eds., *Organizing Rescue: Jewish National Solidarity in the Modern Period*, London: Routledge, 2020, pp. 269-312.

(62) Königseder and Wetzel, pp.185, 187.

(63) Michael Brenner, "Displaced Persons," *The Holocaust Encyclopedia*, p.157.

(64) Michael L. Meng, "After the Holocaust: The History of Jewish Life in West Germany," *Contemporary European History*, 14, 3 (2005), pp.403-404.

(65) Robert Rozett, "Published Memoirs of Holocaust Survivors," John K. Roth et al eds., *Remembering for the Future: The Holocaust in an Age of Genocide*, London: Macmillan Publishers Limited, 2001, p.168.

(66) *ibid.*

(67) Marione Ingram, *The Hands of Peace: A Holocaust Survivor's Fight for Civil Rights in the American South*, New York: Skyhorse Publishing, 2015, p.3（邦訳『平和の下で——ホロコースト生還者によるアメリカの公民権のための闘い』小鳥遊書房、二〇二〇年）二六頁。

(68) Elie Wiesel, *Night: A New Translation by Marion Wiesel*, New York: Macmillan, 2012, p. 14.

資料出典

【資料1】http://www.edwardvictor.com/Hamburg.htm

【資料2】https://www.yadvashem.org/blog/recovery-of-arbeit-macht-frei-sign.html

【資料4】https://encyclopedia.ushmm.org/content/en/photo/former-prisoners-of-the-little-camp-in-buchenwald

【資料5】United States Holocaust Memorial Museum, courtesy of John Fink（https://collections.ushmm.org/search/catalog/pa1118041）

関係年表

	著者に関連する出来事	ドイツの動き	日本の動き
一九一八	**一一月** 祖父ジークフリートが病院で第一次世界大戦終戦を迎える。	**八月一一日** ワイマール（ヴァイマル）憲法制定。	**七月** 米騒動が起きる。 **八月** シベリア出兵。
一九一九	**一月** 祖母が慕っていたローザ・ルクセンブルクが殺害される。	**一月** ドイツ労働者党（後の国家社会主義ドイツ労働者党〔ナチ〕）結党。 **九月** ヒトラー、ドイツ労働者党に入党。	
一九二二			**二月** 九カ国条約調印。
一九二三		**一一月** ミュンヘン一揆。	**九月** 関東大震災。
一九二五		**七月** ヒトラー、『我が闘争』を出版。 **一一月** 親衛隊が編成される。	**四月** 治安維持法公布。 **五月** 普通選挙法公布。
一九二八			特別高等警察を全国各府県に設置。
一九二九	母マルガレーテ、祖母とパリで過ごす。 **冬** 祖父ジークフリートが自殺。		**四月** 四・一六事件にて共産党員の検挙がおこなわれる。
一九三一			**九月** 満州事変。

一九三二	父と母が大叔母の紹介で出会う。	**七月三一日** 国会選挙でナチが第一党になる。	**一月** 上海事変。 **三月** 満州国の建国宣言。
一九三三		**一月三〇日** ヒトラー、政権掌握。 **二月** 共産党員が大勢逮捕される。 **三月** ダッハウとオラーニエンブルクにドイツ初の強制収容所が設置される。 **四月一日** ユダヤ人商店ボイコットが全国で展開される。 **四月七日** 高等教育機関におけるユダヤ人学生の数が制限され、公職からユダヤ人が追放される。 **一〇月** ドイツ、国際連盟を脱退。	**三月** 日本、国際連盟脱退を表明。
一九三四	**九月** 父と母が結婚。	**八月** ヒトラー、総統に就任。	**一二月** ワシントン海軍軍縮条約の廃棄を通告。
一九三五	**一一月一九日** 著者ハンブルクで生まれる。	**九月一五日** ニュルンベルク法を発布。 **一二月三一日** ユダヤ人を公務員職から排除。	
一九三六		**八月** ベルリン・オリンピック。 **八月** ザクセンハウゼンに強制収容所が設置される。	**二月** 二・二六事件。
一九三七	妹ヘルガが生まれる。	**七月一六日** ブーヘンヴァルト強制収容所が設置される。	**七月** 盧溝橋事件をきっかけに日中戦争始まる。 **一二月** 南京事件。

一九三八		**三月** ドイツ、オーストリアを併合。 **五月一六日** オーストリアのマウトハウゼンに強制収容所が設置される。 **六月一五日** ドイツ国内のユダヤ人約一五〇〇人が強制収容所に送られる。 **七月** エヴィアン会議。 **一一月九日〜一〇日** 水晶の夜（クリスタルナハト）、約三万人のユダヤ人が強制収容所に送られる。 ノイエンガメ強制収容所が設置される。	**四月** 国家総動員法公布。
一九三九		**一月三〇日** ヒトラー、「ヨーロッパのユダヤ人種の絶滅」を国会で放言。 **三月一五日** ドイツ軍、チェコスロバキアを併合。 **五月二七日** ユダヤ難民を乗せたセントルイス号、キューバ政府により入港を拒否される。 **八月** 独ソ不可侵条約調印。 **九月一日** ドイツ軍、ポーランド侵攻、第二次世界大戦勃発、ユダヤ人に対する夜間外出禁止令。 **一〇月** ヒトラー、安楽死計画に署名。	**五月** ノモンハン事件。 **七月** アメリカ、日米通商航海条約破棄通告。 **七月** 国民徴用令が出される。

一九四〇	妹レナが生まれる。	**四月九日**　ドイツ軍、デンマーク、ノルウェー侵攻。 **四月二七日**　ヒムラー、ポーランドにアウシュヴィッツ強制収容所設置を指示。 **五月**　ルクセンブルク、ベルギー、オランダ侵攻。 **六月一四日**　パリ陥落。 **八月一五日**　ドイツ空軍による英空襲開始。 **九月二七日**　日独伊三国軍事同盟締結。 **一〇月二日**　ワルシャワ・ゲットー設置命令。	**三月**　大東亜共栄圏構想。 **九月**　日独伊三国軍事同盟。 **一〇月**　大政翼賛会が結成される。
一九四一	**一一月**　ハンブルクからの本格的な強制移送が始まる。祖母、大叔母、叔父がミンスクに強制移送され、殺害される。	**三月**　ビルケナウ（アウシュヴィッツ第二収容所）の設置命令。 **四月六日**　ドイツ軍、ギリシャとユーゴスラビアへ侵攻。 **五月**　ドイツ空軍によるロンドン大空襲。 **六月二三日**　行動部隊（アインザッツグルッペン）、ソ連占領地でユダヤ人の虐殺開始。	**三月**　国民学校令が公布される。 **四月**　日ソ中立条約調印。 **一二月八日**　ハワイ真珠湾奇襲。

		七月三一日 ゲーリング、「ユダヤ人問題の最終解決」準備を指示。 **九月三日** ツィクロンBによる最初のガス殺実験。 **九月八日** ドイツ軍、レニングラード包囲開始。 **一〇月一五日** ドイツ、オーストリアのユダヤ人のポーランド移送開始。 **一一月一日** ベウジェツに絶滅収容所建設開始。	**一二月** 太平洋戦争勃発。
一九四二	ハンブルク大空襲前の父の最後の帰宅。 クリスマス前、フレッドがナチスに尋問される。 他のユダヤ人の子どもたちと一緒にガスマスク着用を強要され、殺害されそうになる。	**一月二〇日** ヴァンゼー会議、「ユダヤ人問題の最終解決」を正式に宣言。 **二月三日** ポーランドのゲットーより強制収容所への移送開始。 **三月一日** ソビブル絶滅収容所建設開始。 **三月二八日** フランスのユダヤ人の移送開始。 **七月一五日** オランダのユダヤ人の移送開始。	**一月～三月** 日本軍、マニラ、シンガポール、ジャワ、ビルマ（ミャンマー）を占領。 **六月** 日本海軍、ミッドウェー海戦で大敗。
一九四三	**七月** 移送命令を受ける。	**二月二日** スターリングラードのドイツ軍降伏。	**二月** ガダルカナル島から撤退。

	七月 母が自殺未遂。 **七月** ハンブルク大空襲。終戦までピンバー夫人の農場にて隠れ家生活。	**二月二六日** ロマのアウシュヴィッツ移送開始。 **四月** ベルゲン・ベルゼン強制収容所が設置される。 **四月一九日〜五月一六日** ワルシャワ・ゲットーの蜂起。 **六月一一日** ヒムラー、ポーランドの全ゲットー掃討を命令。	**一一月** 大東亜会議。 **一二月** 学徒出陣。
一九四四	**冬** 隠れ家生活で、寒く飢えに苦しむ日々を送る。	**三月一九日** ドイツ軍、ハンガリー占領。 **五月** ハンガリーのユダヤ人の移送開始。 **六月** 連合軍によるノルマンディー上陸作戦。 **七月二〇日** ヒトラー暗殺未遂事件。 **七月二四日** ソ連軍、マイダネク解放。 **七月二八日** 「死の行進」始まる。	**七月** サイパン島陥落。 **一一月** B29爆撃機による本土空襲開始。
一九四五	**四月** イギリス軍がハンブルクに到着。 **五月** イギリス軍によるハンブルク占領。	**一月一六日** ナチ親衛隊、アウシュヴィッツ撤収を指示。徒歩移動中に一万五〇〇〇人が死亡。 **一月二七日** ソ連軍、アウシュヴィッツ解放。	**三月一〇日** 東京大空襲。 **四月** アメリカ軍、沖縄本島に上陸。

	父が農場に迎えにくる。	**二月**　アメリカ軍によるドレスデン爆撃。 **四月一一日**　アメリカ軍、ブーヘンヴァルト解放。 **四月一五日**　イギリス軍、ベルゲン・ベルゼン解放。 **四月二九日**　アメリカ軍、ダッハウ解放。 **四月三〇日**　ヒトラー自殺。 **五月七日**　ドイツ、無条件降伏。 **一一月二〇日**　ニュルンベルク国際軍事裁判開廷。	**八月六日**　広島に原爆投下。 **八月九日**　長崎に原爆投下。 **八月一五日**　ポツダム宣言受諾により無条件降伏。 **九月**　連合軍が日本を占領。 **一〇月**　憲法改定、五大改革指令。 **一一月〜一二月**　海軍省、陸軍省廃止。
一九四六		**一〇月一日**　ニュルンベルク国際軍事裁判最終判決。	**一一月**　日本国憲法公布。 **五月**　東京裁判（極東国際軍事裁判）が開廷（一九四八年一一月最終判決）。
一九四七	この頃、ハンブルク郊外ブランケネーゼにあるユダヤ人孤児のための学校に在学する。		

『戦渦の中で』参考図書　さらに調べたい人のために

◎ユダヤ人について知るには

市川裕『ユダヤ人とユダヤ教』岩波書店、二〇一九年。

臼杵陽『「ユダヤ」の世界史――一神教の誕生から民族国家の建設まで』作品社、二〇一九年。

アモス・エロン（滝川義人訳）『ドイツに生きたユダヤ人の歴史――フリードリヒ大王の時代からナチズム勃興まで』明石書店、二〇一三年。

エレーナ・R・カステーヨ、ウリエル・M・カポーン（那岐一尭訳）『図説ユダヤ人の２０００年』全二巻、同朋舎出版、一九九六年。

レイモンド・P・シェインドリン（入江規夫訳）『ユダヤ人の歴史』河出書房新社、二〇一二年。

◎ホロコーストについて知るには

マーチン・ギルバート（滝川義人訳）『ホロコースト歴史地図――1918―1948』東洋書林、一九九五年。

ラウル・ヒルバーグ（望田幸男、原田一美、井上茂子訳）『ヨーロッパ・ユダヤ人の絶滅』（上・下）柏書房、一九九七年。

クリストファー・R・ブラウニング（谷喬夫訳）『増補　普通の人びと――ホロコーストと第１０１警察予備

大隊』筑摩書房、二〇一九年。

マイケル・ベーレンバウム（芝健介監修・石川順子、高橋宏訳）『ホロコースト全史』創元社、一九九六年。

マイケル・R・マラス（長田浩彰訳）『ホロコースト――歴史的考察』時事通信社、一九九六年。

◎他の生還者の経験について知るには

エリ・ヴィーゼル（村上光彦訳）『夜　新版』みすず書房、二〇一〇年。

アート・スピーゲルマン（小野耕世訳）『完全版マウス――アウシュヴィッツを生きのびた父親の物語』パンローリング社、二〇二〇年。

トーマス・バーゲンソール（池田礼子、渋谷節子訳）『アウシュビッツを一人で生き抜いた少年』朝日新聞出版、二〇一二年。

ヴィクトール・E・フランクル（池田香代子訳）『夜と霧　新版』みすず書房、二〇〇二年。

プリーモ・レーヴィ（竹山博英訳）『改訂完全版　これが人間か――アウシュヴィッツは終わらない』朝日新聞出版、二〇一七年。

◎ホロコーストに関する歴史認識について知るには

ハンナ・アーレント（大久保和郎訳）『イェルサレムのアイヒマン――悪の陳腐さについての報告』みすず書房、一九六九年。

石田勇治『過去の克服――ヒトラー後のドイツ』白水社、二〇〇二年。

岡裕人『忘却に抵抗するドイツ――歴史教育から「記憶の文化」へ』大月書店、二〇一二年。

武井彩佳『戦後ドイツのユダヤ人』白水社、二〇〇五年。

イアン・ブルマ（石井信平訳）『戦争の記憶――日本人とドイツ人』筑摩書房、二〇〇三年。

◎ホロコースト下の子どもたちについて知るには

ヘレン・エプスタイン（マクミラン和世訳）『ホロコーストの子供たち』朝日新聞社、一九八四年。

デボラ・ドワーク（芝健介監修・甲斐明子訳）『星をつけた子供たち――ナチ支配下のユダヤの子供たち』創元社、一九九九年。

ローレル・ホリディ（横山絹子訳）『子どもたちのホロコースト』小学館、一九九七年。

エーリカ・マン（田代尚弘訳）『ナチズム下の子どもたち――家庭と学校の崩壊』法政大学出版局、一九九八年。

＊その他、『平和の下で』巻末の参考図書一覧を御覧ください。

◎ワ行

◎ラ行

◎マ行

◎ヤ行

◎ナ行

◎ハ行

◎タ行

◎サ行

◎カ行

索引

※索引のノンブルは、地図、参考図書を除き、本文、解説、訳註、解説の註、図版のキャプションを含む。
※「→」にて、同義の語句を示す場合は「を参照」、同じ語句を含むより限定した語句は「も参照」とした。
※本書全体を通して頻出すると判断した「ジンガー、マルガレーテ（母）」、「ドイツ」、「ユダヤ人」は頁数を割愛し、＊をつけている。

【著者】

マリオン・イングラム

(Marione Ingram)

1935年、ハンブルク生まれ。第二次世界大戦下のドイツで、ユダヤ人の母と非ユダヤ人の父の娘として成長した。ホロコーストだけではなく、何万もの人々が殺戮され、市の大半が破壊された1943年の大空襲も経験し、終戦までの約2年間を隠れ家で過ごした。1952年にニューヨーク市に移住し、ニューヨーク近代美術館で働き、芸術を志す者たちとアトリエをともにした。1960年にワシントンDCに転居した後、結婚し、母、アメリカ市民、公民権運動家となり、学生非暴力調整委員会のスタッフとしてミシシッピでフリーダム・スクールを運営した。ファイバー・アーティストでもあり、その作品はアメリカとヨーロッパで展示された。

現在は、7年間暮らしたシチリア島の暮らしについての本を執筆している。

【訳者】

村岡美奈

(むらおか・みな)

関東学院大学国際文化学部専任講師。筑波大学大学院地域研究研究科、ニューヨーク市立大学ブルックリン校大学院ユダヤ学部を経て、ブランダイス大学大学院近東ユダヤ学部博士課程修了。博士（近東ユダヤ学)。専門は近代ユダヤ史およびアメリカ・ユダヤ史。在学中にニューヨークのユダヤ遺産博物館で教育インターンとしてホロコースト教育に努める。論考に「日露戦争期のアメリカ・ユダヤ人——ダヴィデに例えられた日本」『地域研究』14巻2号（2014年）など。

北 美幸

(きた・みゆき)

北九州市立大学外国語学部教授。アメリカ史・アメリカ研究。九州大学大学院比較社会文化研究科博士後期課程単位取得退学。博士（比較社会文化)。著作に『公民権運動の歩兵たち——黒人差別と闘った白人女子学生の日記』（彩流社、2016年）など。

寺田由美

(てらだ・ゆみ)

北九州市立大学文学部教授。アメリカ史。広島大学大学院文学研究科（西洋史学専攻）博士課程後期単位取得退学。論考に「ブレッド・アンド・ローズ」槇原茂編『個人の語りがひらく世界』（ミネルヴァ書房、2014年）など。

戦渦《せんか》の中《なか》で

ホロコースト生還者《せいかんしゃ》による苦難《くなん》と希望《きぼう》の物語《ものがたり》

2020年11月30日　第1刷発行

【著者】
マリオン・イングラム

【訳者】
村岡美奈、北 美幸、寺田由美

発行者：高梨 治
発行所：株式会社**小鳥遊《たかなし》書房**
〒102-0071　東京都千代田区富士見 1-7-6-5F
電話 03 (6265) 4910（代表）／FAX 03 (6265) 4902
http://www.tkns-shobou.co.jp

装幀　坂川朱音（朱猫堂）
印刷・製本　モリモト印刷(株)

ISBN978-4-909812-45-2　C0022